古典詩歌研究彙刊

第一輯

龔鵬程　主編

第 20 冊

解讀與重建王士禎
「神韻說」與王國維「境界說」──
由內涵、圖像、心靈到「性情」與「情」的建構

呂 怡 菁　著

國家圖書館出版品預行編目資料

解讀與重建王士禎「神韻說」與王國維「境界說」——由內涵、
圖像、心靈到「性情」與「情」的建構／呂怡菁著 -- 初版 --
台北縣永和市：花木蘭文化出版社，2007〔民 96〕

目 4+234 面；17×24 公分（古典詩歌研究彙刊 第一輯；第 20 冊）
ISBN-13：978-986-7128-92-8（全套：精裝）
ISBN-13：978-986-7128-91-1（精裝）
1. 王士禎－作品評論 2. 王國維－作品評論

821.88   96003159

ISBN - 9867128911

9 789867 128911

古典詩歌研究彙刊
第一輯　第二十冊
　　　　　　　　　ISBN：978-986-7128-91-1

解讀與重建王士禎「神韻說」與王國維「境界說」
——由內涵、圖像、心靈到「性情」與「情」的建構

作　　者　呂怡菁
主　　編　龔鵬程
出　　版　花木蘭文化出版社
發 行 所　花木蘭文化出版社
發 行 人　高小娟
聯絡地址　台北縣永和市中正路五九五號七樓之三
　　　　　電話：02-2923-1455／傳眞：02-2923-1452
電子信箱　sut81518@ms59.hinet.net
初　　版　2007 年 3 月
定　　價　第一輯 20 冊（精裝）新台幣 28,000 元

解讀與重建王士禎
「神韻說」與王國維「境界說」——
由內涵、圖像、心靈到「性情」與「情」的建構

呂怡菁 著

作者簡介

呂怡菁，國立清華大學中國文學系博士，現任清雲科技大學通識中心專任助理教授。著有〈論古典詩空間特質之構成因素〉、〈《詩經》中的水畔「神女」〉、〈現代書信中「直接稱謂詞」的表述模式〉等研究論文。

提　　要

　　本文嘗試依據王士禎與王國維的詩歌批評理論來說明「神韻」與「境界」這兩個語彙的基本差異，並嘗試建構這兩種文學概念其「理想」的作品藍圖。緣此，本文分成三部分來說明「神韻」與「境界」這兩個概念的差異：第一部分著重於建構「神韻」與「境界」這兩個概念與其作品所要求的中心「內涵」。至於第二部分與第三部分則分別從作品「意象」的營造與「主體」的心靈層面來加以建構「神韻」與「境界」概念的作品觀與創作論。簡言之，本文可以說是將「神韻」與「境界」這兩個概念放到「內涵」、「圖像」、「心靈」三大主軸中來加以說明定義。相較而論，「神韻」概念較重視詩人主體必須展現曠達超逸的「性情」，傾向以自然景物的美感或趣味表現詩人的生命境界。至於「境界」概念則較為重視主體深刻執著的「情」與真誠感受，並認為作品應該具備救贖與慰藉生命的功能。

目

錄

緒　論 ……………………………………………………… 1

第一章　「神韻」與「境界」在作品中的「內
　　　　涵」與「詮釋」……………………… 13

　前　言 …………………………………………………… 13

　第一節　「神韻」與「性情」的對位 ………… 14

　　壹、由一般定義到「對位」的詮釋系統 …… 14

　　貳、「神韻」作品由「顯在」到「潛在」意義
　　　　的轉換基點 ………………………………… 20

　　　一、讀者的「悟性」…………………………… 21

　　　二、「神韻」的二重身分：「指標」與「內
　　　　　涵」 …………………………………………… 23

　　參、「趣」與形式、結構的關聯 ……………… 45

　　　一、結構：部分與部分的連結（包括文
　　　　　化積累與聲韻）…………………………… 46

　　　二、特定風格對於「形容詞」組的回應 54

　小　結 …………………………………………………… 62

　第二節　「境界」──「感受」的永恆回歸 65

　　壹、起點：由劃分割裂的世界觀引向內外層
　　　　的結構 ……………………………………… 65

　　貳、關於「境界」之基本內涵的幾層推究 …… 73

一、「理想」中的「境界」所表徵的意
　　義：「情」與「規模」的開創⋯⋯ 75
二、「典範」中的「境界」的主要內涵—
　　—狹義與廣義之「情」的特質⋯⋯ 80
　參、由主觀到客觀：「感受」的兩大基本特質
　　在作品中的具體呈現 ⋯⋯⋯⋯⋯⋯⋯ 92
　小　結 ⋯⋯⋯⋯⋯⋯⋯⋯⋯⋯⋯⋯⋯⋯ 100
第二章　由「詮釋」到「神韻」與「境界」的
　　　　意象構成 ⋯⋯⋯⋯⋯⋯⋯⋯⋯⋯ 103
　前　言 ⋯⋯⋯⋯⋯⋯⋯⋯⋯⋯⋯⋯⋯⋯ 103
　第一節　開放形式 ⋯⋯⋯⋯⋯⋯⋯⋯⋯ 108
　壹、「暗示」的基點：「林中路」的空間思考
　　⋯⋯⋯⋯⋯⋯⋯⋯⋯⋯⋯⋯⋯⋯⋯⋯ 108
　　一、讓影響不再焦慮——由具象、現實
　　　的基點到文化對應 ⋯⋯⋯⋯⋯⋯ 110
　　二、「林中路」的語義呈現：「中立化」
　　　句子 ⋯⋯⋯⋯⋯⋯⋯⋯⋯⋯⋯⋯ 117
　貳、由林中路到「隨處越過自我」的構圖 124
　　一、光影勝過線條的朦朧影像 ⋯⋯ 124
　　二、平行與對照的「物」、「人」關係 127
　小　結 ⋯⋯⋯⋯⋯⋯⋯⋯⋯⋯⋯⋯⋯⋯ 132
　第二節　閉瑣形式 ⋯⋯⋯⋯⋯⋯⋯⋯⋯ 132
　壹、圖像在「境界」作品中的基本意義—
　　—「詮釋」的必要條件 ⋯⋯⋯⋯⋯ 133
　　一、「境界」作品意義與價值的來源 133
　　二、「境界」作品的詮釋法則：物象的旁
　　　通代換 ⋯⋯⋯⋯⋯⋯⋯⋯⋯⋯⋯ 135
　貳、「隨處反身指向自我」的構圖 ⋯⋯ 142
　　一、明確的主題：「理想」的追尋 ⋯ 143
　　二、「阻礙」的表現：以時間連結空間 146
　　三、「物」與「人」的關係：反映「自我」
　　　的背景 ⋯⋯⋯⋯⋯⋯⋯⋯⋯⋯⋯ 150
　小　結 ⋯⋯⋯⋯⋯⋯⋯⋯⋯⋯⋯⋯⋯⋯ 158

第三章　創造「神韻」與「境界」作品的心靈
　　　　模式之建構 ································ 159

　前　言 ·· 159

　第一節　構成「性情」的內在與外在感知與
　　　　　行爲模式 ······························ 160

　　壹、「放鬆」原則的範疇界定與思考模式的提
　　　　出 ·· 161

　　貳、並行而相得益彰的兩種力：「生命境界」
　　　　與「生命型態」 ·························· 171

　　　一、「性情」的行爲表徵：由「蘊育」到
　　　　　「表現」 ···························· 174

　　　二、價值的調合 ························ 181

　小　結 ·· 189

　第二節　外部「生命歷程」與內在「深情」
　　　　　的交感 ······························ 191

　　壹、外部生命狀況的規制：追尋「理想」的
　　　　生命歷程 ································ 191

　　貳、內部狀況的規制：天才的心靈與感受模
　　　　式 ·· 203

　　參、世界觀的回歸：「境界」與「生命」 ···· 214

　小　結 ·· 219

結　語 ·· 221

附　錄 ·· 227

　一、關於二家著述之參考版本 ·············· 227

　二、關於王士禎「神韻說」之參考書目 ······ 227

　三、關於王國維「境界說」之參考書目 ······ 230

　四、其它相關參考書目 ······················ 233

緒　論

一、研究對象的選定

「神韻」與「境界」——兩個不斷縈繞在我們耳邊的術語……

就中國文學或是文學批評傳統而言，只要我們評論一件文學或是藝術作品，幾乎都會自覺或不自覺的使用「神韻」或是「境界」兩個詞彙。亦即在文學藝術的各個批評領域之中，「神韻」與「境界」可以說無所不在。不論在傳統詩論或是畫論，乃至於現代的文學、藝術等批評領域之中，「神韻」與「境界」這兩個語彙都一再地出現。但是，它們雖然廣範地被批評家所使用，然而，在大多數的情況中，它們卻可以說是在不自覺的狀況中脫口而出，人們甚至只消用直覺就可以分別「神韻」與「境界」的差別，該用「境界」的時候，絕不會使用「神韻」；該用「神韻」來形容時，也不會以「境界」來說明。然而，如果要一個批評家說明他為什麼要以「神韻」，而不是「境界」來評論某一篇文章或某件藝術品時，他可能說不清兩者的具體差別到底是什麼？雖然他可以模糊地感覺到兩者雖有相近處（都是超乎具體筆墨形象之外的東西），但在相近處似乎又有不同。

要具體地說明「神韻」與「境界」這兩個術語的差異是一個極為龐大的工作，畢竟這兩個術語流傳已久，〔註1〕再加上它們所跨的領

〔註1〕「神韻」這個概念最早大致出現於《莊子》，而「境界」這個概念最

域很多，由人物品評、詩論、畫論、書論乃至於樂論等，幾乎各個領域都使用這兩個語彙。因此，要全面地了解這兩個語彙在各個時代與各個領域中的意義是一個需要時間的工作。職是，本文在此只能夠選取某一個時代斷限中的某個領域來比較說明這兩個術語的異同。在此，我們將研究範圍限定於詩論的領域中，至於時代斷限則以傳統「詩論」的尾聲：清中葉的王士禎（字子真，號阮亭，一號漁洋逸老，濟南新城人）（1634～1711）與清末的王國維（字靜安，號觀堂，浙江海寧人）（1877～1972）的論點作爲主要材料。

「神韻」詩派的家數譜系

就傳統「詩論」而言，關於「神韻」與「境界」這兩個批評語彙的關聯性，已有許多前輩提出。整體來說，將「神韻」與「境界」聯繫起來的論述，基本上多半將「境界」視爲「神韻」詩派的一支。在下文對於「神韻」詩派的家數譜系所作的一個大致的勾勒中，就可以

早大致出現於《詩經》。這兩個概念的淵源如下：

（1）關於「神韻」這個詞的淵源。曾祖蔭提到，從《莊子·德充符》就集中講了許多形殘而神全的故事。漢《淮南子》、漢末魏初劉劭《人物志》、魏晉釋家支遁的《神無形論》、慧遠的《形盡神不滅》、顧愷之「以形寫神」論乃至於《世說新語》及謝赫《古畫品錄》都出現這個概念。參見曾祖蔭：《中國古代美學範疇》（台北：丹青出版社），頁 82。又如霍有明也提到：「『神韻』」本用以指人的風度、氣韻，如〈宋書·王敬弘傳〉：『敬弘神韻沖簡』，繼則被用於畫，如南齊謝赫《古畫品敍》中評顧駿之：『神韻氣力不逮前賢』」。參見霍有明：《清代詩歌發展史》（陝西：陝西人民出版社，1993），頁 58。

（2）關於「境界」這個詞的淵源。祖保泉與張曉云提到：「『境界』原是『疆界』的意思，指的是一定範圍內的一塊疆土，詞義實在。后來，這個詞被用到哲學範疇中去，詞義開始虛化。……。如《莊子》中的……，都是指一種超現實的，優遊自在的理想境界」。詳參祖保泉、張曉云：《王國維與人間詞話》（上海：上海古籍出版社，1990），頁 40。又如顏崑陽也提出：「『境界』一詞往往用以指『界域』而言。『境』，本作『竟』。《說文》云：『樂曲盡爲意』。『界』，《說文》云：『界，竟也』，段玉裁注：『竟，俗本作境，今正。樂曲盡爲竟，引申爲凡邊界之稱。界之言介也』，介者畫也。畫者介也』。詳見顏崑陽：《六朝文學觀念論叢》（台北：中正書局，1993），頁 328。

看出「神韻」與「境界」在詩論中其實有很密切的關聯性。

　　關於「神韻」詩派的重要家數，一般大多以唐代司空圖為首，宋代嚴羽為繼，而以清代的王士禎為集其大成。不過，除此之外，關於「神韻」流派的界定，歷來學者其實還有許多不同的意見與說法。這一方面主要是因著前人各自以不同的角度來為各個詩派作歸類與連繫。再者，由於每個學者作分類的中心軸不一樣，有的學者是以「神韻」當作中心點，把某些詩派集中在一起，視之為「神韻」詩派，有的則是針對某一詩派，為其作尋本溯源的工作，因此才會產生這些紛歧多樣的意見。大體而論，這些意見可以歸結為以下幾種角度。例如：有的學者是以「神韻」詩（亦即具體的「神韻」作品）為主，而不是以「神韻」詩論的批評作為整理與探究「神韻」傳統的標準。他們將某些作家的作品中凡是透露出與一般所認定的「神韻」論述相關的要點，諸如「清遠」、「清澹」的風格或以寫景為主等特質，作為歸結「神韻」詩史的重要原則。可以說這個角度是以實際作品的特質與詩論的重心互相參照，以作為連結各個詩家與詩論家的原則。例如王小舒的《神韻詩史研究》〔註 2〕就把「神韻」詩史上溯六朝的嵇康、阮籍、左思、郭璞、蘭亭集團與陶淵明，稱之為「清遠派」。然後以謝靈運與謝朓之「山水詩」作為傳承。至於唐代的"張九齡、祖詠、儲光羲、常健、劉慎虛"、"孟浩然、王維"、"李欣、王昌齡、岑參、李白"這三大派別則被統稱為「清澹派」，是為「神韻詩的高峰期」。而大歷詩風、韋應物、柳宗元及司空圖之「韻味說」則被當作「清澹派的衰變」，至於宋代的晚唐派、嚴羽之妙悟說、明代的古澹派則作為「神韻詩的餘脈」，最後以王士禎的神韻詩與神韻論當作「神韻派的復興與總結」。另一個角度是以「因象悟意說」的觀點來統合司空圖、嚴羽及王士禎三家，例如黃維樑先生的《中國詩學縱橫論》。〔註3〕此外，另一種連結各個家派

────────────

〔註 2〕詳參王小舒：《神韻詩史研究》（台北：文津出版社，1994）。
〔註 3〕黃維樑以「因象悟意說」的觀點來統合司空圖、嚴羽及王士禎三家。

的方式是名詞或名稱追溯法，從「神韻」這個詞語的發源與運用中將各個不同的派別連繫起來。

近來也有學者認爲王國維的「境界說」與「神韻」詩派有密切的關係。關於王國維的「境界說」與「神韻」詩派的連結，基本上亦可以歸結爲二大方向：一是大致上本源於王國維自己的意見，以此將「境界」與「神韻說」的重要家派連繫起來。二是按照前文所提到的名詞追溯法，爲「境界」（或稱「意境」）一詞溯源，〔註4〕將王國維「境界說」上溯某些提出「意境」或「境」等相關術語的前輩，而這些前輩有的又剛好是屬於「神韻」詩派的家數。先就第一種連結而論，其實，首先提出「境界說」與「神韻說」有密切關聯的人正是王國維自己。他在《人間詞話》裡說：〔註5〕

　　嚴滄浪《詩話》曰：「盛唐諸公，唯在興趣，羚羊掛角，無跡可求。故其妙處，透澈玲瓏，不可湊泊。如空中之音，相中之色，水中之影，鏡中之象，言有盡而意無窮。」余謂北宋以前之詞亦復如是。但滄浪所謂「興趣」，阮亭（王

參考黃維樑：《中國詩學縱橫論》（台北：洪範書店，1977）。

〔註 4〕「境界」與「意境」這兩個詞彙常相混。基本上，前人提到「境界」這個概念，往往也提到相關的詞彙「意境」。有的學者認爲兩者大致上是相同的詞語。例如李正治的〈境界說的闡釋〉說：「『境界』一辭的使用實可包涵『意境』』一詞」。參見李正治：《至情只可酬知己》（台北：業強出版社，1986），頁 55。又如葉朗也舉出很多例證說明：「『境界』或『意境』，作爲美學範疇，在清代已經普遍被使用了，而且『境界』和『意境』常常是作爲同義詞來使用」，「但王國維使用這個詞還是有差別」。詳參葉朗：《中國美學的巨擘》（台北：滄浪出版社，1986），頁 289-290。此外，有的學者則認爲王國維使用「境界」一辭而不用「意境」二字，其中的原因頗堪玩味。例如謝桃坊就認爲「境界」、「境」、「意境」三者有聯繫，有區別，不應混同。見謝桃坊：《中國詞學史》（成都，巴蜀書社，1993）。其實，黃維樑已大致歸納學者對於「意境」與「境界」二字的看法。他舉出同義的派別有劉任萍，李長之等；不同義的派別有莉克蒂，葉嘉瑩等。參見黃維樑：《中國詩學縱橫論》（台北：洪範書局，1977），頁 105。

〔註 5〕本文所引《人間詞話》版本，皆見王國維著，滕咸惠校注：《人間詞話新注》（修定本）（山東：齊魯書社，1986）。

士禎）所謂「神韻」，猶不過道其面目，不若鄙人拈出「境
界」二字爲探其本也。(《人間詞話》，頁 71～79 (9))

此外，他又說：

> 言氣質，言格律，不如言境界。有境界，本也。氣質，
> 格律，神韻，末也。有境界而三者隨之矣。(《人間詞話》，頁
> 44～45 (冊 13))

在這二則詞話中，王國維主要的目的雖然是要爲他的「境界說」辯護，
強調其它諸說（不論是「興趣」、「格調」、「神韻」等詩派）都沒有探
究到詩歌生命的本質，都只能算是枝節沒流的論詩觀點。然而在這自
我辯護的論述中，似乎也透露出他的「境界說」與自嚴羽而下的「神
韻」詩派，在某一層面上具有相同的詩歌藝術理想。此外，王國維在
他的《人間詞話》中，也曾引用王士禎的詞話：

> 唐五代北宋之詞，所謂「生香眞色」。若雲間諸公則
> 彩花耳。湘眞且然，況其次也者乎！(《人間詞話》，頁 60～
> 67 (冊 20))

這一段話是出自王士禎的《花草蒙拾》：

> 「生香眞色人難學」，爲「丹青女易描」所從出。千古
> 詩文之訣，盡此七字。陳大屯詩首尾溫麗，《湘眞詞》亦然。
> 然不學者，縷金雕鞚，如土木被文銹耳。

由這些論述可以看出，王國維的「境界說」與「神韻」詩論的重要家
數在某些層面上具有內在的連繫，後來的學者即根據王國維這幾則詞
話的意見，將「境界說」與「神韻」詩論連繫起來。有的學者比較「境
界說」與「神韻說」的差異，如黃景進的《王漁洋詩論之研究》，他
主要是爲「神韻說」說話：

> 神韻是著眼在經驗的性質，而境界是著眼在獲得經驗
> 的途徑……。從文學本身的立場來看，神韻或許更探其本，
> 因爲它把握到詩的本質，不管「神韻」在什麼場合出現，
> 它都是指向藝術性的世界，可是「境界」這個概念並非只
> 能用在文學藝術方面的場合，在很多場合，境界所涉及的

與文學的性質無關〔註6〕。

有的學者則視王國維的「境界說」爲「神韻」詩論的一支，〔註7〕或是把「境界說」的理論淵源上溯司空圖、嚴羽與王士禎三家。〔註8〕而柯慶明先生的《中國現代文學述評》甚至以「境界說」爲「神韻」詩派的總結，他認爲王國維的「境界論」代表了中國「神韻」傳統的總結，它們同樣重視「美感取向」，有別於以「政教取向」來面對文學的「言志傳統」：

> 梁啓超之於言志傳統。王國維之於神韻傳統，都能以其各人獨到的豐富廣泛的文化學術背景，迎接西方思潮的刺激，對於上述兩大傳統，作了承先啓後，踵事增華的發揚。〔註9〕

再就第二種以名詞溯源法將「神韻」與「境界」連結的論述來說，這一派大多是以「意境」爲中心，將王國維與前代倡導「意境」的詩論家放在一起，如曾祖蔭先生在《中國古代美學範疇》中就提出王國維的「境界說」對於「意境理論的特性及其意義作了全面的論述」，他所謂的意境論的形成與發展大體上是由唐代王昌齡《詩格》、到宋代皎然、司空圖、嚴羽，乃至於明代王世貞等人爲傳統。〔註10〕而吳調公先生在《神韻論》中也認爲司空圖的「思與境諧」是王國維之「境界說」的先河：

> 到了司空圖，則繼承了殷璠、高仲武、王昌齡、皎然等前人所初步揭示的「境」和「取境」的觀點而具體揭示

〔註6〕 詳見黃景進：《王漁洋詩論研究》（台北：文史哲出版社，1980），頁202。

〔註7〕 如勞榦〈論神韻說與境界說〉就提出：「境界說」實從「神韻說」轉化而來。收入《中國文學評論》第二冊（台北：聯經出版社，1977），頁123。

〔註8〕 把「境界說」的理論淵源上溯司空圖、嚴羽與王士禎三家。如前文所提過的黃維樑：《中國詩學縱橫論》。

〔註9〕 詳參柯慶明：《中國現代文學述評》（台北：大安出版社，1987），頁172。

〔註10〕 曾祖蔭：《中國古代美學範疇》（台北：丹青出版社），頁303。

了「意境」之說，爲後來的王國維開闢了先河。〔註11〕

在這種名詞追溯法中，甚至有許多人又反過來將「神韻」詩派歸結到「意境」（「境界」）論的流派之中。例如：李淼的《禪宗與中國古代詩歌藝術》就把王士禛的「神韻說」一并視爲「意境」的流派：

> 有唐以後，閃爍光芒的意境言論則不勝枚舉。……。司空圖、嚴羽、葉燮、王士禛、湯顯祖等人多是最有代表性的人物。……。而"境在象外"，如所周知才是意境的存在的標誌。這即是所謂意境主要指由實象所引發虛象，意境即是所謂實象和虛象的結合，意境不在象內，而在象外。有意境的詩在呈示於讀者的具體的有形意象之外，還有一個無形廣闊而深邃的境界。……。這即是司空圖所謂"象外之象，景外之景"。第一個象即是實象，第二個象即是虛象，……。〔註12〕

又如黃維樑也將司空圖乃至於王士禛的「神韻說」視爲「境界」一詞的淵源，這也可以說是把「神韻」視爲「境界」的一個支派：

> 劉大白大概是第一個指出境界說淵源的人。……。長於考據的饒宗頤，更指出境、境界或意境等語，很多詩話和詞話常有出現。……，計除江順詒之外，還有司空圖、鹿乾岳、王士禛、袁枚、劉體仁、陳廷焯、況周頤等。〔註13〕

其實把「神韻」視爲「境界」（或稱「意境」）的支流，基本上是以「意境」爲嚴羽詩論的中心，然後把後來的詩論家視爲他的流派。當然，關於王士禛之「神韻說」與王國維之「境界說」的連繫，除了以「神韻」或「境界」相連結之外，還有其它許多種的連結法。例如劉若愚

〔註11〕參見吳調公：《神韻論》（北京：人民文學出版社，1991），頁 14。

〔註12〕見李淼：《禪宗與中國古代詩歌藝術》（高雄：麗文公司印行，1993），頁 197。

〔註13〕黃維樑並舉出江順詒、梁啟超、桐誠派古文家、林紓論文等都曾用境界二字。如果要探討「境界」這個詞的流變，可以從黃維樑所提供的這些資料開始。參考黃維樑：《中國詩學縱橫論》（台北：洪範書店，1977），頁 37。

的《中國詩學》是以「情」、「景」關係將兩者連繫起來：

> 受嚴羽影響的後代批評家中，我將提出三位……，王
> 夫之（1619～1692），王士禛（1634～1711），王國維（1877
> ～1972）。這三個人都認爲詩不僅與「情」的表現有關，而
> 且和外界的「景」的反映也有關。〔註14〕

　　由以上所歸結的「神韻」詩派的重要家數，可以看出「神韻」與「境界」的關聯性其實是很密切的。不論是都把「意境」或「境界」詩論歸爲「神韻」詩派的一支，還是倒過來將「神韻」詩派視爲「意境」一派的流衍，或者同一個詩論家（如王士禛）既被歸爲「神韻」詩派，有時又被視爲「意境說」的承繼者，都說明了「神韻」與「境界」的關係是很密切的。由於篇幅的限制，本文在此只選取傳統詩論的尾聲：王士禛的「神韻說」與王國維的「境界說」作爲我們分別「神韻」與「境界」兩個概念的起點。

二、研究方法的提出

　　本文的基本目標既然是藉由分析王士禛的「神韻說」與王國維的「境界說」，以對於「神韻」與「境界」這兩個概念有一個基本的認識。那麼，我們如何從他們兩個人的批評論述之中推斷這兩個語彙的基本意涵呢？

　　基本上，我們是從建構這兩位詩論家心目中「理想」的作品爲何來探討「神韻」與「境界」這兩個概念的。爲什麼探討「神韻」與「境界」這兩個語彙，首先就要建構詩論家認爲一個「理想」的作品應該要表現什麼呢？這一方面是因爲「神韻」與「境界」這兩個語彙本來就是用來批評作品的某一個「理想」的狀況（雖然未必是唯一的「理想」），因此，爲了要了解它們，建構作品的「理想」藍圖自是一個重要的基本途徑。另一方面，也是最爲重要的一點，在我們進入這兩派詩論的具體分析之後，剛好又發現王士禛與王國維這兩位詩論家所認

〔註14〕見劉若愚：《中國詩學》（台北：幼獅文化事業，1977），頁129。

定的最佳「理想」狀態的作品基本上剛好是以「神韻」與「境界」作
爲核心。因此可以說，如果將他們心目中「理想」的作品建構出來，
就可以了解「神韻」與「境界」具體指稱的是什麼，以及它們在作品
中是如何具體開展出來的。

　　既然建構詩論家心目中「理想」的作品藍圖是了解「神韻」與「境
界」這兩個語彙的基礎，那麼，我們要使用哪些材料來建構這個藍圖
呢？這同時又牽涉到本文看待傳統詩論的基本立場。實際上，不論那
些傳統詩論家用什麼概念標舉自身的批評論，或者被後人標舉爲哪一
個派別，其實，每個批評家所提出的觀點可以說都指向了一個基本的
方向：一個最「理想」的文學作品應該是什麼樣的狀態？亦即不論詩
論家提出詩人主體在怎樣的狀況之中才能創作，或是詩人應該具備怎
樣的生命境界，其實都是要指向一個最佳狀態的作品。換言之，本文
是把一個詩論家所提出的各個層次的批評觀點（包括創作論，讀者
論，作家論，作品論等等），乃至於他們所舉出的詩例，都當作是建
構他們心目中「理想」的文學作品（這裡主要是詩與詞）的材料。雖
然詩論家所舉的詩例不是以論點（批評）的方式呈現，然而，卻是詩
論家心目中的「理想」的具體呈現，因此，我們把這些資料都視爲建
構詩論家心目中的「理想」作品的基本材料。

　　而本文所以使用「性情」與「情」來指稱「神韻」與「境界」，
也是因爲在具體分析的過程中，發現「神韻」與「境界」這兩個語彙
雖然可以泛泛地使用到各個文學與藝術的批評領域之中。然而，它們
除了是一種抽象的概念之外，在每一個派別之中還有它具體的內涵，
而這個具體的內涵放到王士禎與王國維的詩論中即是「性情」與「情」
（狹義的「感受」）。〔註15〕因此，又可以說，「性情」與「情」是「神
韻」與「境界」的基本內涵，而我們研究「性情」與「情」在作品中

　　〔註15〕關於「境界」的基本內涵，本文在第一章以「感受」稱之，但在題
　　　　　　目上卻使用「情」，是爲了與「神韻」的主要內涵：「性情」相對照
　　　　　　之故。

的位置，就是研究「神韻」與「境界」在作品中的具體展現。準此，本文擬分三部分來探究「神韻」與「境界」這兩個概念。在第一部分，首先要作的就是將「神韻」與「境界」作品的中心內涵建構出來，此一方面是因為這個主要內涵正是「神韻」與「境界」這兩個概念的基本意義。另一方面，則是因為主要內涵的建構正指出了這兩類作品的「理想」狀態是什麼？此外，由於我們發現這個內涵的確認又與詩論家詮釋作品的特殊角度有關，因此第一部分又可以說是由「詮釋」到「內涵」來建構「神韻」與「境界」在作品中的具體意義到底是什麼？至於第二部分與第三部分，我們則要進一步說明「神韻」與「境界」這兩類作品的「理想」狀態，若是放到意象的營造上與主體的心靈上又是怎樣展現的？亦即第二部分與第三部分基本上可以視為第一部分的延伸。

不過，由於本文基本上認為一個概念的呈顯（或定義），往往與我們所設定的呈現環境有關，因此，第二、三部分也可以說是與第一部分並列的結構。怎麼說呢？要說明與陳述任何一種概念往往要給與它一個語境（環境），亦即在陳述一個概念時往往必須選擇一些環境將這個概念呈顯出來，而我們所選擇的環境的特質，又會使我們對於同一個概念的理解產生極大的不同。那麼，何謂「環境」？它基本上是屬於一種類型的劃分，至於劃分類型的標準，則可以有許多不同的層次與基點，諸如心靈、行為、視覺、聽覺環境等等，或是以學科作為分類：諸如心理、社會、哲學等等，可以依著不同的需要而設定。由於我們基本上都是以語言來說明一個概念，因此，這些環境又可以說是以語言類型的劃分作為基礎。當然，由於這個問題很複雜，需要有更多的人將它們作更為確切的劃分與定義，我們在此只能夠先初步地強調一個基本的觀點，那就是我們所選擇的環境（暫時叫它語言類型）會非常強大地影響我們對於一個概念的了解。

正緣於此，第二部分與第三部分除了是進一步說明「神韻」與「境界」在意象與主體上是如何展現的，同時，它們本身亦又回過頭來讓

我們更加確切的了解「神韻」與「境界」這兩種作品的「理想」是什
麼？以及「神韻」與「境界」這兩個概念在意象與心靈上的意義又是
什麼？職此，本文三大部分的關係基本上可以用兩種角度來說明：第
一種角度就是把第二、三部分視為第一部分的延伸，也就是以第一部
分為建構作品的「理想」狀態，第二、三部分則是進一步說明這個建
構出來的「理想」在意象與主體身上如何展現。第二種角度是把這三
個部分視為說明「神韻」與「境界」這兩個概念的三種不同的環境。
如此，這三個部分的討論，一方面讓我們可以較為整全地觀照「神韻」
與「境界」這兩個概念，另一方面，在這每一個各別的部分之中又可
以看到，當我們把同一個概念放到不同的環境之中來說明，又將會有
怎樣的不同。

　　此外，值得注意的是，第三部分其實又具有兩重性。它一方面是
創造作品（第一部分與第二部分）的「因」，但同時又可以視為「果」。
也就是說，第三部分一方面是建構這兩位詩論家認為要創造一個「理
想」的作品，詩人主體應該要具備怎樣的「理想」狀況。但同時，它
們又是展現「神韻」與「境界」這兩個概念的一種成果。為什麼第三
部分具有這種二重性呢？主要可以說是因為中國詩論中作品與作者
的不可分割性。正因為這種不可分割性，所以只有當詩人主體具備某
種「神韻」與「境界」，他才有可能創造出理想的「神韻」與「境界」
作品，從這方面看，主體可以說是創造作品的「因」。若是倒過來說，
「神韻」與「境界」的展現範圍也就因此而不只要在作品中，更要在
作家主體的身上。亦即在作品與作者不可分割的狀況下，「神韻」與
「境界」單是展現在作品中是不夠的，它還必須要展現在主體身上才
完整。既然「神韻」與「境界」的展現是從主體到作品，由作品到主
體，因而可以說，主體也是一種作品。所以，建構創生「理想」作品
的主體狀況，也可以說是建構「神韻」與「境界」在主體這個作品上
應該要如何展現。簡言之，本文第三部分關於主體內在狀況的建構，
不只是探究創生理想作品的「因」，同時也是建構「神韻」與「境界」

在主體這個作品中具體展現的「成果」。

由以上的說明，本文又可以說是將「神韻」與「境界」這兩個概念——「性情」與「情」，放到內涵意義、圖像（視覺）、心靈三大環境來加以說明（定義）這兩個概念的語義，亦即在三種環境中了解「神韻」與「境界」的基本內涵。

第一章　「神韻」與「境界」在作品中的「內涵」與「詮釋」

前　言

　　緒論中提到，要了解「神韻」與「境界」這兩個概念在作品中的具體展現，必須要建構詩論家心目中「理想」的作品藍圖。而要建構詩論家心目中理想的作品藍圖，首先要探究的是一個理想的「神韻」作品與「境界」作品主要是要表現什麼，它的中心內涵是什麼？亦即首要的工作是確認作品之「主要內涵」。在確認理想作品的「主要內涵」之後，我們要進一步說明詩論家「詮釋」作品的角度為何？因為「神韻」與「境界」作品所具有的主要內涵，顯然與王士禎與王國維這兩位詩論家如何詮釋作品有很密切的關係。可以說詩論家詮釋詩歌的角度，一方面影響讀者對於已完成之作品（傳統文學作品）的解讀，另一方面又影響詩人如何去創造一件「理想」的作品以及作品的構成方式。而對於詩論家詮釋作品的角度與方法有了初步的了解之後，就可以進一步說明與主要內涵相呼應的作品特徵與結構。換言之，「神韻」與「境界」作品的基本內涵是什麼與詩論家「詮釋」作品的方法有很密切的關係，而作品的「詮釋」基本上又與作品的「特徵」與「結構」的特殊性有關。

　　怎麼說呢？在具體分析的過程中，我們發現不論是「神韻」作品，還是「境界」作品，它們所要展現的主要內涵其實都不是具體可見的東西。它們似乎都是從特殊的「詮釋」角度生發出來的東西。因此，不了解這個特殊的詮釋角度，就不能了解這兩類作品的主要內涵是怎樣產生的。而此特殊的詮釋所以可以適用於作品，其實又與作品的特殊構成方式（特別是意象的構成方式）有很密切的關係。職是，為了說明「神韻」與「境界」的基本內涵是什麼，就離不開作品的「詮釋」與「結構」的特徵的探究。換言之，本文主要是從作品的詮釋與結構來說明「神韻」與「境界」——「性情」與「情」（作品的主要內涵）在作品中的具體展現。

第一節　「神韻」與「性情」的對位

壹、由一般定義到「對位」的詮釋系統

關於「神韻」作品主要內涵的確認與定位

　　就「神韻說」而言，王士禎提出作品基本上應該要表現「性情」，因此，我們可以把「神韻」作品的「主要內涵」定為「性情」。可以說「神韻」這個抽象概念放到王士禎心目中「理想」的作品中，具體而言，它的基本內涵是「性情」。

一、同一類字群的一般定義

　　「性情」既是「神韻」作品的主要內涵，那麼，它是什麼呢？它在作品中是如何構成的呢？讓我們先嘗試給它一個初步的定義。

　　對於一個概念的定義，首先就在於它是「什麼」？而為了說明它是什麼，我們往往必須用一些名詞來說明它。不過，由於名詞通常只能顯現一個概念所在的範圍，如果要進一步說明一個概念的質地，又必然要使用一些形容詞將它的「狀態」描述出來。準此，為了給「性情」一個初步的定義，以下嘗試用一些名詞與形容詞來說明它。

　　「性情」這個概念的範圍是什麼呢？王士禎提出許多與「性情」相似的概念，諸如「生命境界」、「風懷」等等。這一些與「性情」相似而屬於「名詞」的概念詞彙，基本上都可以讓我們先將「性情」圈套在某一個名詞的語義範圍中。也就是說，「性情」是一種「生命境界」，或是一種「風懷」，是一種「風範」：〔註1〕

　　　　東坡謂柳柳州詩在陶彭澤下，……。余昔在揚州，作〈論詩絕句〉，有云：「風懷澄澹推韋柳，佳處多從五字求；解識無聲弦指妙，柳州那得並蘇州？」……（《帶經堂詩話》，卷一，頁40）〔註2〕

　　　　問：孟襄陽詩，昔人謂格韻雙絕，敢問格與韻之別？格謂品格，韻謂風神。（《帶經堂詩話》，卷二十九，頁844）

　　以上是就相似的「名詞」組將「性情」這一個概念其具體的名詞範圍確認出來，接下來則要以一群形容詞來進一步說明這些名詞的特性。諸如：「曠達」、「澄澹」、〔註3〕「禪境」〔註4〕等等，這些都可以說是「性情」這個概念的質地。此外，關於「性情」還有一個重要的特質，就是它必須要讓讀者感受到某種不同於凡俗的「脫俗」氣息。這一點可以說對於整個「神韻」作品的構成有很大的影響，〔註5〕亦

〔註1〕郭紹虞也提到「神韻」重個性所表顯出來的「風神氣度」：「可知漁洋神韻之說，不能謂與個性無關。不過所表現的不是個性，而是個性所表現的風神態度而已」。詳見郭紹虞：《中國詩的神韻、格調及性靈說》（台北：華正書局，1975），頁50。

〔註2〕本文所引《帶經堂詩話》之版本，皆見王士禎著，張宗柟纂集，戴鴻森校點：《帶經堂詩話》（北京：人民出版社，1982）。

〔註3〕黃麗卿在〈王漁洋「神韻說」探論——以批評術語，推尊詩家，得詩家三昧為中心〉一文中，歸納王士禎所用的批評術語，提出「再以《漁洋詩話》之用語與之比較，得出較多類同滄浪之品者有，……。從古、深、遠、逸之群屬中，此中可見漁洋常用術語較偏屬優游不迫者」。收入《文學與美學》（第三集）（台北：文史哲出版社，1992），頁479。

〔註4〕關於「神韻」與禪境的關聯性已有許多人探究。但由於「禪」的問題是一個複雜的問題，故本文在此只略為述及。可參考周裕鍇：《中國禪宗與詩歌》（上海：人民出版社，1992），頁139。

〔註5〕「脫俗」氣息與風格、心靈、遊山水都有關聯，以下有詳述。

即我們必須用「脫俗」一類的形容詞才能將「性情」的價值取向標示出來。具體地說,「性情」所重的價值取向,就是「生命境界」的向上飛昇:

> 汪鈍翁琬嘗問予:「王、孟齊名,何以孟不及王?」予曰:「正以襄陽未能脫俗耳。」汪深然之,且曰:「他人從未見到此。」(《香祖筆記》,卷八,頁148)〔註6〕

由這一則論述我們可以看出,王士禎所以極為推崇王維的主要原因,乃在於王維詩比孟浩然詩更為「脫俗」。由於「神韻」詩人希望自身的生命能夠越升自一個更為「超凡入聖」的境界,因此,在「性情」所包涵的許多層意涵中,使主體具有超凡入聖(類似於佛境、禪境)的生命境界就變得很重要。

不過,詩論家所說的「俗」,不一定是用語上的「俗」而已。〔註7〕清新脫俗既然是構成「性情」的必要條件,「俗」就特別為王士禎所詬病。他甚至以宗教境界的高低,亦即超凡入聖之生命境界的高低來為詩人分等級。例如在以下兩則論述中,我們就可以看到,王士禎以「佛語」、「菩薩語」、「祖師語」、「辟支語」、「聖語」將詩人分為好幾個由凡到仙的等級:

> 余偶論唐、宋八大家七言歌行,譬之宗門,李、杜如來禪,蘇、黃祖師禪也。(《香祖筆記》,頁169)

〔註6〕 本文所引《香祖筆記》之版本,皆見王士禎所撰:《香祖筆記》(上海:古籍出版社,1982)。

〔註7〕 脫俗與用語的「雅」其實不一定有必然的關係。例如我們由王士禎的這一段論述就可以略窺一二。祝希哲《書評》云:『孟櫃雖媚,猶可言也;其似算子率俗書,不可言也。』王元美云:『李北海傷佻,然自雅;趙松雪稍隱,然近俗。』又云:「承旨精工之內,時有俗筆。」予謂松雪師亦有法,所患未能免俗耳。參見王士禎:《帶精堂詩話》,卷一,頁47。此外,黃景進也引王夢鷗先生在〈中國藝術風格試論〉一文中對於「雅」的分析,認為「漁洋所謂的『俗』,都是較接近於現實生活或物質欲望。翁方綱即曾批評過漁洋太過脫離現實生活」。參見黃景進:《王漁洋詩論之研究》(台北:文史哲出版社,1980),頁157-159。

> 嘗戲唐人詩。王維佛語，孟浩然菩薩語，劉眘虛、韋
> 應物祖師語。柳宗元聲聞辟支語。李白、常健飛仙語。杜
> 甫聖語。陳子昂眞靈語。張九齡典午名士語。岑參劍仙語。
> 韓愈英雄語。李賀才鬼語。盧仝巫覡語。李商隱、韓渥兒
> 女語。蘇軾有菩薩語，有劍仙語。有英雄語，獨不能作佛
> 語、聖語耳。(《帶精堂詩話》，卷一，頁 17)

在這些等級的區分之中，我們可以看到，被放到最高等級的詩人大
多是以描寫田園之恬淡心境爲主的詩人（如王維、孟浩然），至於杜
甫、蘇軾等一般所認爲的大家只被放到中間的位置。由此可以很明
顯地看出「神韻」詩所重的不是濃密之情感的曲張，而是生命境界
的超然恬適與否。

　　以上是由「定義」的角度來了解「神韻」作品的主要內涵：「性
情」。然而，由於我們所習以爲常的任何一個概念的本身，都是一個
複雜的語義的組合，單是用幾個詞性來爲之定義仍嫌未足，〔註8〕因
此以下從「詮釋」乃至於「結構」的觀點來進一步說明：「性情」。

二、「對位」的「詮釋」系統的提出

　　要說明「性情」在「神韻」作品中的具體展現，本文認爲首先要
說明「神韻」作品的「詮釋」問題，而「對位」的觀念正好可以用來
說明「神韻」作品的特殊詮釋方式。

　　最常見的「對位」概念，主要是用在音樂上，〔註9〕大體上是指

〔註 8〕就像我們在詞典與字典之中所得到的字義，往往並不能完全使我們
　　　　整全的了解一個概念。

〔註 9〕《音樂的結構與風格》：「對位法一詞可以解釋爲：兩個或更多的節
　　　　奏與曲調特殊段落的結合。『複音音樂』一詞往往用作對位法的同
　　　　義……」。此外，尚有所謂的「複對位」（Inverted Counterpoint）：「各
　　　　段的相互轉位，因此上方聲部成爲下方聲部，反過來說亦是。如果
　　　　包含兩個聲部，則稱爲二部複對位法」。參見黎翁斯坦著，潘皇龍譯：
　　　　《音樂的結構與風格》（台北：全音樂譜，1975），頁 121-124。由此
　　　　似乎可以説，「對位」這個概念其實包含了「結合」與「轉位」兩層
　　　　意義。

作曲家將許多的節奏與曲調配合在一起的創作技巧,具有一種「並列」的意義。不過,我們這裡所謂的「對位」,主要除了指向「並列」的意義之外,還具有一種「轉化」的意義。那麼,何謂「並列」與 「轉化」(或者說是「結合」與「轉位」)呢?這裡所說的「並列」,是指作品所要表現的其實是A與B的共存(假設A與B是「神韻」作家用來組合「神韻」作品的兩個要素),它們因著交互影響而共存,同時因著這種搭配而共同譜出曼妙的樂章。至於它所以還具有「轉化」的意義,是因為這兩個質素之中有一個「顯在」的意義比較抽象(A),另一個「潛在」的意義則較為具體(B),因此,讀者必須將較為抽象的A轉化為較為具體的B,才能夠使作品具有較為具體的意義,以下就針對這個觀點進行具體的說明。

「神韻」作品的兩層意涵:「顯在」與「潛在」

雖然說「神韻」作品的主要內涵基本上是「性情」,但是「性情」這一個概念在「神韻」作品中的具體展現,其實絕大部分是自然物象的「神韻」。亦即「神韻」詩人展現「性情」的方式,並不是直接地說出自己的生命境界是多麼的曠逸,風懷又是多麼灑落,相反地,「神韻」詩人往往是藉著自然物象的描寫,藉著作品所表現出來的「神韻」,讓讀者自己體會詩人的「性情」。所以,「神韻」作品的主要內涵,其實並沒有很直接地表現在作品的字面意義上。相對而言,「境界」作品的內涵可以說比較具體地表現在作品之中。

因此,對於一個「神韻」作品的解讀,我們必須要了解到它的內涵實際上有兩層:一是它表面上是描寫物象(特別是自然物象)的「神韻」,但是實際上這些物象的「神韻」其實是要表現主體的「性情」。由以下這一則論述就可以看出,所謂的「性情」(「風懷」)其實與「神韻」(「形」、「神」的問題)是密不可分的:

> 東坡謂柳柳州詩在陶彭澤下,韋蘇州上,此言誤矣。
> 余更其語曰:韋詩在陶彭澤下,柳柳州上。余昔在揚州作

《論詩絕句》有云：「風懷澄澹推韋柳，佳處多從五字求，
解識無聲弦指妙，柳州那得并蘇州。」又常謂陶如佛語，
韋如菩薩語，王右丞如祖師語也。(《分甘餘話》，頁65)〔註10〕

王士禎所以極爲推崇王右丞、韋蘇州、柳柳州等詩人的原因，主要就
是因爲他們的作品表現出他所推崇的「性情」：即是「澄澹」（形容詞）
的「風懷」（名詞）。然而，即使同樣都表現出「澄澹的風懷」，但是，
柳詩所以不如韋詩的基本原因，乃在於柳柳州的作品缺乏「無聲弦指
妙」的曼妙意境。也就是說，一個作品單單表現出「風懷澄澹」的「性
情」是不夠的，它還必須要達到「無聲弦指妙」的境界。那麼，什麼
是「無聲弦指妙」呢？簡單的說，音樂雖然是用聲音來表現的，但是，
「境界」高的音樂卻能使聽者體會出超越表面旋律節拍的意境。表出
音樂的「形」（聲音）若是放到詩歌上說，即是所謂的文字語言，因而
所謂的「無聲弦旨妙」放到詩歌上是說，就是指一首好詩要使讀者能
夠直接地越過文字語言的表層意義，而進入無限「神韻」的徜徉中。
雖然每一種藝術類型所使用的材質都不同，但是最佳的作品都是要使
讀者可以越過它的材質而進入內裡的超遠意境之中。由此可以看出，
「性情」的表現與「神韻」（「無聲弦旨妙」）是密不可分的，而由王士
禎把那些同樣傾向於表現「風懷澄澹」的作家所分的等級（「陶如佛語，
韋如菩薩語，王右丞如祖師語也」），也可以看出他所謂的「風懷澄澹」
的「性情」是依著作家能否表現出一種弦外之音（神韻）來分高下的。

　　由以下這則論述也可以看出「性情」與「神韻」的關係，這裡的
「不著一字，盡得風流」基本上就是指「神韻」：

司空表聖云：「不著一字，盡得風流」，此性情之說也；
楊子雲云：「讀千賦則能賦」，此學問之說也。二者相輔相
行，不可偏廢。(《師友詩傳錄》，頁125)〔註11〕

─────────────

〔註10〕本文所引《分甘餘話》之版本，皆見王士禎所撰：《分甘餘話》（北
　　　　京：中華書局，1989）。
〔註11〕本文所引《師友詩傳錄》之版本，皆見王士禎撰：《師友詩傳續錄》，
　　　　收入《清詩話》（台北：明倫出版社，1971）。

司空圖的話指出無限風流之「神韻」的表出基本上是從「性情」發展出來的，也可以倒過來說，無限風流之「神韻」的表出是在展現作者的「性情」。至於「讀千賦則能賦」則是「學問」的展現，王士禎認爲「性情」與「學問」兩者不可偏廢才能達到「神韻」的理想。

由以上的例證可以看出，「神韻」作品的主要內涵（「性情」）可能幾乎完全隱藏，表面上是描寫某一些自然物象的「神韻」，但是，其實它根本上是要讀者由這些物象的「神韻」之中自己去感受作者的生命風懷（「性情」）。因此，就表層的意義而言，「神韻」作品的「內涵」似乎是自然物象的「神韻」，然而它眞正所要表現的是作者內在的「性情」。根據這一認識，可以這樣說，「神韻」作品的意涵基本上可以分爲兩個層次：它有「顯在」與「潛在」的兩層意涵。自然物象的「神韻」可以說是「神韻」作品的顯在內涵，「性情」則是隱含的內涵，也就是最根本的內涵。正是因著這個詮釋的關鍵，使得「神韻」作品的詮釋必須採取「對位」的方式。

貳、「神韻」作品由「顯在」到「潛在」意義的轉換基點

「神韻」作品所以能夠由自然物象的「神韻」這個「顯在」的意涵，被讀者所理會或轉化爲一種「潛在」的內涵：主體的「性情」，大略可以說是基於三個層面的因素：一是作品意象的營造方式（本文稱之爲圖像結構）。〔註12〕二是讀者的「悟性」。三是「神韻」本身所具有的雙重身分。關於「神韻」作品的圖像結構問題，本文在第二章詳述，在此先針對第二、三點加以說明。

〔註12〕對於一個不是這一個文化的讀者來說，他是否會由這一些自然物象的描寫中聯想到主體的性情呢？所以關於「神韻」作品的詮釋問題我們要問的是，它所以可以由自然物象的「神韻」被理解（或體悟）爲一種主體的境界，是因爲作品具有什麼暗示？它可能是傳統的某種表現方式的承繼，或是因爲基於對於「言筌」的顧慮，乃至於意象的構成方式。

一、讀者的「悟性」

　　由於「神韻」本身所具有的雙重身分這個問題較爲複雜，所以我們在此先就這二點：讀者的「悟性」這部分來加以說明。

　　爲什麼「神韻」作品要以自然物象來構成「圖像式」的語言呢？根據王士禎本人的論述，是爲著對於作者、弟子以及讀者之「悟性」的要求。亦即他的「神韻」論述與作品主要是針對有悟性的人而提出的，至於一些客觀的法則僅供初學者參考：

　　　　問：「昔人論七言長古作法：曰分段，曰過段，曰突冗，
　　曰用字，曰讚歎，曰再起，曰歸題，曰送尾，此不易之式
　　否？」

　　　　答：「此等語皆教初學之法，要令知章法耳，神龍行空，
　　雲霧滅沒，鱗鬣隱現，豈令人測其首尾哉？」（《師友詩傳續
　　錄》，頁 153，21）〔註13〕

由此可以看出，「神韻」作品其實預設了某種類型的讀者，是這種隱含的讀者之悟性導致「神韻」作品有其特殊的呈現方式，並使得「神韻」作品的詮釋必須由「顯在」到「潛在」。也可以說，王士禎的詩論乃至於作品所以含蓄「入微」，是爲了給特殊的「知者」體會（「此語入微，可與知者道，難爲俗人言」）。緣是之故，「神韻」作品的詮釋所以要由潛在到顯在，一方面是禪道的遺風，另一方面是因爲「知音」傳統重主體與主體之間「遙契默會」的影響。〔註14〕正因爲重「遙契默會」，所以作者並不以一種直接而明顯的方式抒情。

　　至於這種強調讀者「悟性」的表述與詮釋方式，它的背後其實是基於這樣的一種思考，這些詩論家認爲所謂的「道」（這裡可以説是

〔註13〕本文所引《師友詩傳續錄》之版本，皆見王士禎撰：《師友詩傳續錄》，
　　收入《清詩話》（台北：明倫出版社，1971）。

〔註14〕關於「知音傳統」，見蔡英俊〈「知音」探源——中國文學批評的基
　　本理念之一〉一文，他說：「文學批評的活動是一種主體與主體之間
　　相互感通的過程，批評的目地，是爲了揭露主體之間的這份遙契默
　　會」。收入呂正惠、蔡英俊主編《中國文學批評》第一集（台北：學
　　生書局，1992），頁 140。

作品的真義）不存在於客觀的言論與陳述之中，只存在於主體的體悟之中。當一個人只聽到高妙的道，但是沒有經過他個人的體悟，那終究是別人的「道」，只有當這種普遍的真道與個人的「悟性」相碰觸時，它才成為真正的「道」，王士禎說：

> 越處女與勾踐論劍術曰：「妾非受於人也，而忽自有之。」司馬相如答盛覽曰：「賦家之心，得之於內，不可得而傳。」雲門禪師曰：「汝等不記己語，反記吾語，異日俾販我耶？」數語皆詩家三昧。（《漁洋詩話》，頁 180，81）〔註 15〕

由這一段話我們可以看到，不論是劍道、禪道乃至於詩文之道，基本上都不是靠著「受於人」或是「記他語」而學習得來的，反倒是靠著「忽自有之」、「記己語」而了悟的。把這種對於「道」的領悟放到作品的意義上，也可以說，作品的意義其實存在於讀者的閱讀與領悟之中，只有當讀者在閱讀的過程中以著自身的「悟性」與作品相接觸時，作品的真實意義才發生，亦即「道」（真理的解讀）存在於讀者的體悟中。

職此，王士禎論及作詩之法，往往叫弟子熟讀《三百篇》等巨著（代表真道或理想），要人由此「悟入」，並強調「神會」、「妙悟」的方式。〔註 16〕把這種存在於理論背後的思考用到作品的解讀上，可以說王士禎等「神韻」詩人所以要讀者在自然物象的「神韻」中自行體悟詩人的「性情」，而「神韻」作品的詮釋所以要由「潛在」到「顯在」，正是因為一個作品是否具有「性情」乃存在於讀者的體悟之中。

〔註 15〕本文所引《漁洋詩話》之版本，皆見王士禎撰：《漁洋詩話》，收入《清詩話》（台北：明倫出版社，1971）。

〔註 16〕關於王士禎對於嚴羽「妙悟說」（「神會」、「悟入」等方式）的繼承，許多學者都有論及。例如霍有明就提到：「王士禎認為，只有生於興會、出自「妙悟」，才有可能寫出具有「神韻」的作品」。見霍有明：《清代詩歌發展史》（陝西：陝西人民出版社，1993），頁 63。另可參考劉偉林：《中國文藝心理學史》（山東：三環出版社，1989），頁 330。

二、「神韻」的二重身分：「指標」與「內涵」

對於爲什麼「神韻」作品要以自然物象來構成圖像式的語言（意象）的原因之一（讀者的悟性）有了初步的了解，在此進入構成「神韻」的另一個要素：關於「神韻」之雙重身分的探究。

爲什麼我們不以「韻味」作爲主要內涵，而以之作爲「顯在」的內涵呢？這主要是起於「神韻」基本上具有兩重身分。「神韻」雖然說可以指向某一種「內容」，然而，它除了是一種內容外，在很大的成分上其實是一種指引作品的內容應該定位於哪裡的「指標」。也就是「神韻」基本上同時兼具兩種身分：它既是一種內容，然而同時它又是一種指引內容在哪裡的定位座標。

1、「指標」所依靠的語言規則：「跳脫形跡」與「依賴形跡」

我們由王士禎所提到的相關論述看來，「神韻」主要是一種言外之意，是一種弦外之音。因此，就「指標」這個身分來看，「神韻」可以說是一種「言外之意」。它指引讀者「內容」的位置存在於「言外」，而不存在於語言的字面意義中，換句話說，「神韻」指引出了一條通向「言外」的路，所謂的「言外之意」，就是告訴讀者，「神韻」作品的眞正內容是在「言外」的意義中，它是一種超出於表層語義的弦外之音。「神韻」既是呈現「性情」的顯在表現，而「神韻」的基本涵意又是「言外之意」，所以，進一步說明弦外之音所運用的語言規則將有助於我們了解「神韻」的實質意義。職是，本文首先要說明「神韻」詩人是利用怎樣的語言規則將作品由表層意義向特出的弦外之音轉化。

所謂的「弦外之音」所運用的語言規則其實與「形」、「神」問題是相通的，大略言之，王士禎對於「形」、「神」的態度表現出一種二重性：一方面追求「跳脫形跡」，但同時又要「依賴形跡」。若是就「跳脫形跡」與「依賴形跡」的表層看來，它們似乎是矛盾的。然而，追本溯源，這種二重性是基於不同的需要而論，「跳脫形跡」是爲了追求作品（意義）的無限，而「依賴形跡」除了是因爲「神」的表現本

來就離不開「形」之外，主要則是為了表現作者個人的不朽與獨特。

（1）跳脫形跡（「神韻」與「意」）

先就「跳脫形跡」而論，首先牽涉的問題是：所有的「神韻」作品企圖以什麼感動人？自六朝以來，倡導「神韻」的詩論家及藝術家都認定最高境界的作品，必須使讀者可以直接越過它的形跡（表層的語義系統），而進入無限「神韻」的徜徉之中，亦即所有的「神韻」作品都要以那個突破表層語義系統的部分來感動人：

> 《新唐書》如近日許道寧輩畫山水，是真畫也。《史記》
> 如郭忠恕畫天外數峰，略有筆墨。然而使人見而心服者，
> 在筆墨之外也。右王楙《野客叢書》中語，得詩文三昧。
> 司空表聖所謂「不著一字，盡得風流」者也。（《帶經堂詩話》，
> 卷三，頁 86，十五）

由「略有筆墨」可以看出「神韻」作為一種「指標」所導致的作品特質。「神韻」畫家所以要強調用「略有筆墨」來表現「天外數峰」，而不用仔細刻畫的線條與筆觸，是因為「神韻」作為一種位置指標，所強調的「內容」重心既然是在「筆墨之外」，所以自然不用在「筆墨」的位置上多著墨。亦即一個作品真正「使人見而心服者」的位置既然是在「筆墨之外」，因此就只要在整體感上「略有筆墨」，不必在細部加以描繪。把這種繪畫原則用到詩歌的創作上，則是強調「不著一字，盡得風流」。但語言上的「不著一字」是什麼呢？基本上，就是要作者對於他所要表達的「意」不要「明白說盡」。

那麼，要如何「不著一字」，也就是怎樣表現才不會「明白說盡」呢？「簡約」的方式可以說就是使有限之語言達到「無限」之韻致的方式之一。何謂「簡約」呢？所謂的「簡約」，主要似乎是指篇幅與字句的簡約。王士禎認為簡約才能夠「味長」，就是要作家不要把心中所感所想的全部明白說盡，而必須將意義用簡約的方式來呈現，才會使作品生發無限的韻致：

> 問：「五言六句古作法，五言亦有五句古否？」

　　阮亭答：「五言短古詩，昔人謂詞簡味長，不可明白說
盡。楊仲宏曰：「五言短古，只是選首尾四句，所以含蓄無
限。」（《師友詩傳錄》，頁139，18）

至於「跳脫」的方式也是使詩歌之無限韻味擴大的方式之一。例如王
士禎即以刪詩來加強某些作品的弦外之音，或者刪掉末尾二句，或者
刪掉中間二聯，以使詩的意義中斷，讓讀者自己去聯想：

　　南海程周量有詩云：「朝行青山頭，暮歇青山曲。青山
不見人，猿聲聽相續。」本是古詩，余直刪作絕句，以爲
有不盡之義，程深服之。又嘗言柳子厚「漁翁夜傍西巖宿」
一首，如作絕句，以「欸乃一聲山水綠」結之，便成高
作，下二句眞蛇足耳；而盲者顧稱之，何耶？（《漁洋詩話》，
頁169，24）

　　緣此，我們可以說，關於「神韻」的創造，詩人所面臨的一個重
要的問題已由如何「無中生有」變成「化有爲奇」。由於這些詩論家
一方面要使「形跡」獨特，但是無可避免地又要使用一些常見的陳言
套語，諸如經語、史語等，因此他們必然要使用某些方法以改造或包
裝既有的一些爲大家所熟悉的語言。王士禎所提出的「脫化」原則，
正說明詩人如何使這些常見的陳言套語變得陌生化，或是使它們不露
痕跡：

　　〈唐人宮怨〉詩云：「事與年俱往，恩無日再中。」案
秦王執留太子丹，與誓曰：使日再中，天雨粟，烏頭白，
馬生角，廚門木象生肉足，乃得歸！如此用事，可謂脫化。
（《帶經堂詩話》卷十七，頁482）

　　作詩用事以不露痕跡爲高，往董禦史玉虯（文驥）外
遷隴右道，留別予葦詩云：「逐臣西北去，河水東南流。」
初謂常語，後讀〈北史〉，魏孝武帝西奔宇文泰，循河西行，
流涕謂梁禦曰：此水東流，而朕西上，乃悟董語本此，深
歎其用古之妙。（《帶經堂詩話》頁477，二）

由這兩段論述可以看出，詩人所以要使用「脫化」原則以將文化傳統

的積累放置到作品中，就是因爲這些文化歷史的積累，特別是典故以及經語、史語都是讀者耳熟能詳的，爲了讓作品達到「不露痕跡」的境地，並表現「無盡風流」的「神韻」，詩人只能儘量地將這些人們所常見的語句「脫化」或包裝變形爲讀者不能一眼參透，而必須慢慢體會才能夠感知的餘味（即「神韻」）：

> 富平李天生因篤，年三十棄諸生，……。予謂理語、經語最不易下，坡公寫杜詩至「致遠恐終泥」，停筆謂學人云：此句不足爲法。王敬美云：曹子健後作者多能入史語，不能入經語，謝康樂出而〈易〉辭〈莊語〉無不爲用。然則用經固以康樂爲宗也。（《帶經堂詩話》頁476，一）或（《師友詩傳續錄》，頁155，二九）

此外，還有許多的方式都是「不著一字」的重要方式，諸如「中立化」的句子等等，這些在下文第二章意象的營造上再予以進一步地說明。

大致說明了「言外之意」（「神韻」的基本意涵）的第一層意義：「跳脫形跡」，下文將進一步說明它的第二層意義：「依賴形跡」。

（2）依賴形跡

就「依賴形跡」的意義而論，似乎又可再分爲兩層。第一層意義是，當詩人想要讓作品的深刻內容存在於「言外」，也就是讓意義不限於表層的語意，他還是要從一般的「言」（語言）著手。也就是說，要創造一種屬於個人獨特性的語言風格與深刻意義，還是必須要從約定俗成、普遍化的語言著眼。如果我們把「言外之意」視爲一種「脫軌」的東西，脫軌的前提還是必須要先立定於某個軌道上。當這一群詩人打算要製造一種「言外之意」，他不能夠自創一種全新的語言，他還是要用原來約定俗成的語言來指出獨特的意涵——言外之意，這就是「依賴形跡」的第一層意義。同時，由於所有的「神韻」作品所要表述的最終內涵其實已經被規範於「性情」的範限中，而所謂的「性情」的展現又具有兩個最爲基本的特性：一是「性情」的特性除了「名詞」的範限之外，還必須由「形容詞」群所決定。二是「性情」的展

現最重個人「獨特性」，每個「神韻」詩人其實都希望他的作品能夠展現個人的「獨特性」。﹝註17﹞因此，作品的表層語意的部分（形跡）雖然不是主要內涵之所在，但是還是很重要，因爲它是詩人展現獨特性的依據，這就是「依賴形跡」的第二層意義。

由此可見，「形跡」（這裡指語言所組合成的作品）所以成爲詩人的依賴，除了與詩人的「不朽」密切相關之外（「詩言志」的傳統，可以說是詩人以語言文字作爲他自身之不朽的代言人的表現），還與個人的獨特性不可分割。因爲就詩人所追求的眞道（這裡指「性情」，一種生命的境界）而言，它是普遍而共通的。眞道既然是普遍而共通的，當這些詩人都爬上了那共通的精神高峰，唯有「形跡」（作品的語言）的獨特，才能表現他個人的獨特性。畢竟，「語必己出」才能表現個人的特殊性。我們由以下這則論述就可以看出，每一位詩人的特殊性都必須從語言開始，因爲當前代的作家將作品推上了某種生命境界的高峰之後，後代的詩人爲了與前人並駕齊驅，甚至超越前人，都紛紛以這些作品的內在精神作爲標的向前衝鋒。他們既是朝前人的內在精神看齊，也只有在表層的語言層次上才能表現他個人的獨特性：

﹝註17﹞關於「神韻」特重個人的獨特性，許多學者都注意到。如劉若愚就提到：「『神』指事物的本性，而『韻』是指詩中個人的風格，語言特色，或者風味。王士禎使用這個字（韻），意指詩中個人的風味。王士禎頗爲重視詩中個人的獨特性，顯示出與個人主義者有些近似之處」，「但他的興趣在於獲得一種個人的風味，一種文學的人格（persona），不在於像袁枚那樣表現個性和個人切身的感情。他的理想是在詩中具體表現個人的特殊性所蒸餾過的生命的『神』，如此這種詩才能獲得個人的『韻』。參見劉若愚：《中國詩學》（台北：幼獅文化事業，1977），頁 130-131。黃維樑也指出：「美國學者林理察（Richard、J, Lynn）步武郭紹虞和劉若愚之後，把神韻的韻譯爲『個人的韻調』（personaltone），又認爲神韻之意可有下列各端：『有時僅指個人的韻調，有時則指直覺認知與個人的韻調的結合』」。參考黃維樑：《中國詩學縱橫論》（台北：洪範，1977），頁 148。由此都可看出「神韻」重「個人」的表現。

宋明以來詩人學杜子美者多矣。予謂退之得杜神，子瞻得杜氣，魯直得杜意，獻吉得杜體，鄭繼之得杜骨，它如李義山、陳無己、陸務觀、袁海叟輩又其次也，陳簡齋最下。《後村詩話》謂簡齋以簡嚴掃繁褥，以雄渾代尖巧，其品格在諸家之上，何也？（《帶經堂詩話》，卷一，頁20，四）

王士禎認爲，每位作家在追蹤前人足跡之時各自所達到的層次都不同，有的達到「神」，有的達到「氣」，或者「意」、「體」、「骨」等不同層次。雖然王士禎認爲能夠達到「神」的層次才是最高的境界，然而由以下這則論述可以看出，雖然「神」的層次才是模仿的極致，然而「語言」的層次才能表現詩人自我的特殊，「語必己出」才能夠表現詩人自我的獨特：

明初詩人，共推高季迪爲冠，而大復獨以海叟爲冠，空同許爲知言。今讀其詩，古詩學魏晉，近體學杜，皆具體而微耳，遽躋之青邱生之列，未免失倫。故予謂從來學杜者無如山谷。山谷語必己出，不屑禆販杜語，後山，簡齋之屬，都未夢見，況其下如海叟者乎？（《帶經堂詩話》，卷一，頁20，四）

如果說杜甫的作品可以算是達到詩歌藝術的巔峰，而所有的詩人都在朝著向他看齊的大道上邁進，在此情況下，也只有「語必己出」才能夠表現自我的殊性。由此可以看出王士禎所說的「神韻」是以「語言」作爲表現個人獨特性的基礎，王士禎所以認爲自古以來學習杜甫的詩人沒有人能比得上黃庭堅，正是因爲他「語必己出，不屑禆販杜語」，他既能夠學杜甫的精神，又能在語言字句的層次上自創新意：

越處女與勾踐論劍術曰：「妾非受於人也，而忽自有之。」司馬相如答盛覽曰：「賦家之心，得之於內，不可得而傳。」雲門禪師曰：「汝等不記己語，反記吾語，異日稗販我耶？」數語皆詩家三昧。（《漁洋詩話》，頁180，81）或（《帶經堂詩話》，頁81，卷三，二）

佛印元禪師謂眾曰：昔雲門說法如雲雨，絕不喜人記

> 錄其語。見即罵曰:「汝口不用,反記吾語,時稗販我去!」
> 學者漁獵語言文字,正如吹網欲滿,非愚即狂。吾輩作詩
> 文,最忌稗販。所謂「汝口不用,反記吾語」者也。(《帶經
> 堂詩話》,卷三,82,七)

如果說,詩歌創作的理想是一種「得之於內」而不可靠「記某某語」
而得到的真道,那麼,當詩人不再「稗販」他人之語,不再「漁獵語
言文字」,而能夠在語言上自創新意來表述言外之音的時候,他就是
真正能夠掌握詩歌之道了。

　　循上所論,「依賴形跡」基本上所以具有兩層意涵,一是因著語
言與言外之意的依存關係;二是就「性情」的展現,亦即詩人與語言
(作品)的依存關係來說的。前者所依賴的「形跡」主要是指語言,
後者所依賴的「形跡」主要是指整個作品,也可以說,後者以前者為
基礎。因為言外之意的歧出(脫軌)與無窮語義的展現離不開語言;
而詩人的不朽與獨特,就像無限一樣,亦離不開語言(乃至於整個作
品)的獨特性。

　　簡而言之,「跳脫形跡」與「依賴形跡」,用禪理來說,就是「捨
筏登岸」的道理:

> 捨筏登岸,禪家以為悟境,詩家以為化境,詩禪一致,
> 等無差別。大復與空同書引此,正自言其所得耳,顧東橋
> 以為英雄欺人,誤矣。豈東橋未能到此境地故疑之耶?(《香
> 祖筆記》,卷八,頁146)

當詩人的目標是彼岸(「言外」的「神韻」),他非得要依賴某個「筏」
(「言」)才能渡河,然而渡了河,他就要捨棄這個工具,「神韻」的
精義正在於此。

2、「內涵」──縹緲朦朧的語義呈現

　　前文是就「跳脫形跡」與「依賴形跡」說明了「神韻」的第一重
身分:「指標」的基本意義,即「言外之意」所運用的語言規則。接
下來可以再問,就主要內涵而言,那些既要跳脫形跡,又要依賴形跡

的「神韻」作品，最終所呈現出來的是怎樣的狀態？也就是進入它的第二重身分：「內容」來加以探究。在這個部分的探究中，也可以看出「性情」基本上是從怎樣的「神韻」對位而來的。

如果要以一個整體的概念來說明「神韻」的內容，大體而言，可以用「縹緲朦朧的語義呈現」來加以說明。整體而論，那些「跳脫形跡」的「神韻」作品實際上是把語義推向了某一個範疇，在這個範疇之中，語義指向一個沒有具體意義的語義「黑洞」。這就是本文為什麼要以「縹緲朦朧的語義呈現」來稱呼「神韻」作品的主因，因為「神韻」作品使讀者無法確切的抓住新的語義定點，雖然他們都是「依賴」一般的「形跡」來達到「跳脫形跡」，然而，最終這些語義往往拋向一個「黑洞」之中，在這個語義網中，當一般的語言進入之後，幾乎完全無法固著於一處。這也是為什麼前人對於王士禎的「神韻說」最大的非難是認為他所倡的「神韻」作品過於「空洞」，流於「虛無縹緲」，缺乏現實意義。〔註18〕不過，本文並不以負面的特質來說明這個特性，只把它當作一個現象來加以陳述，因為它雖傾向「縹緲朦朧的語義呈現」，然而，它是否流於虛無、空洞則是一個依照不同的角度與價值而見人見智的評斷。

至於為什麼說「神韻」是一種「縹緲朦朧的語義呈現」呢？讓我們回到「神韻」的基本內涵：它是「無限」之「風韻」來解析它。也

〔註18〕許多學者都認為王士禎的「神韻說」流於空洞。如霍有明：「（神韻詩）往往流為空調，缺乏真實感受」。詳見霍有明：《清代詩歌發展史》（陝西：陝西人民出版社，1993），頁66。又如，黃海章也批評王士禎缺乏現實性：「他不究興觀群怨之原，所以對詩的偉大社會意義毫不理解」，並提到袁枚《隨園詩話》也認為：「阮亭主修飾而不主性情，觀其所到之處必有詩，詩中必用典，可以想見其喜怒哀樂之不真也」。參見黃海章：《中國文學批評簡史》（廣東：廣東人民出版社，1962），頁184。此外，郭紹虞也有類似的意見。詳參郭紹虞：《中國詩的神韻、格調及性靈說》（台北：華正書局，1975），頁57。至於宋如珊甚至認為是因為王士禎的神韻說「墮入空疾」，「涉於虛無」，所以翁方綱才倡「格調說」。見宋如珊：《翁方綱詩學之研究》（台北：文津出版社，1993），頁43。

就是從「無限」與「風韻」兩個面向來說明為什麼「神韻」作品多半傾向「縹緲朦朧的語義呈現」。

（1）「神韻」之內涵的屬性：「無限」

讓我們先就「無限」這一點來加以說明。「神韻」作品在「跳脫形跡」之後，它基本上傾向於一種「縹緲朦朧的語義呈現」，而它所以「縹緲朦朧」的原因之一，乃在於「神韻」所要表現的是無限的風韻。正因為追求無限，所以如果讓語義太過於明確，就可能減弱達到無限的可能性，而所謂的「無限」又可以說是指語義的「多面性」與「廣」（或說「遠」）。

「神韻」作品所以傾向「縹緲朦朧的語義呈現」，原因之一正在於「神韻」是一種「多面性」的「感覺」。若是先不論「感覺」這一點，單就「多面性」而論，「神韻」就是不要將語義只定位於一處，它要讀者從這面看感覺是這樣，但從另一些別的面或角度去思考，又覺得好像是那樣。而正是因為這樣一種「多面」的特性，使它因為具有「多義」的特質，而進入不斷流轉的「縹緲朦朧」的語義之中。例如以下這則論述就說明了這個現象，「見之」、「奪之」就是指讀者以不同的態度（角度）去面對作品，「神韻」作品將給人不同的感受：

> 越處女對勾踐曰：「見之如好婦，奪之似懼虎，杳之如月，偏如脫兔。」此即處女脫兔之喻而語益奇。（《香祖筆記》卷八，頁153）

「好婦」與「懼虎」可以說是兩種對反的特質，但是詩論家卻認為一件好的作品應該同時具有此兩種對反的特點。亦即所謂的「神韻」應該是讓人第一眼看到它時是某一種特質，例如「見之如好婦」；但是當我們用另一角度或是深入探究，又會覺得它有另一種甚至完全相對的特質，例如「奪之似懼虎」。至於「杳之如月，偏如脫兔」也是類似的意義，都是指一件佳作應該具有豐富的多面性。

雖然「神韻」因著「多面性」的要求，所以必須要兼具各種特質，但是詩家在創作的過程中，卻也認識到作品中往往有一些特質不容易

同時兼顧，例如：「尙雄渾則鮮風調，擅神韻則乏豪健」。當然，眞正
的大家可以突破許多屏障而達到各種特質的諧調：

> 自昔稱詩者，尙雄渾則鮮風調，擅神韻則乏豪健，二
> 者交譏；唯今太宰說嚴先生之詩，能去其二短，而兼其二
> 長。吾推先生詩三十餘年。世之談士皆以爲定論而無異辭
> 者以此。〈丁丑詩〉一卷公所自書，蓋漸老漸熟之候，而書
> 法圓美蒼勁，姿態橫生，適與其詩相稱，眞兩絕也。(《帶經
> 堂詩話》，頁 161（58））

由這一段論述可以看出，各種特質的諧調正是使一件作品的「神韻」
具有「多面性」的重要基礎。

「神韻」詩派的重心──對於「味外味」的追求，〔註 19〕正是
要使「神韻」具有「多面性」。「神韻」正是存在於由某一個「主味」
之中所延伸出來的各種多面性，是酸甜苦辣各種滋味的綜合。並且，
它雖然是從某一個「主味」之中所生發出來的東西，但是它眞正的意
涵卻不在這個主味之中。換言之，如果一個作品只有「主味」，它就
因爲「醇美」而缺乏「神韻」：

> 唐司空圖一鳴集自序。云所撰密史別編，……。與王
> 駕論詩曰：國初雅風特盛，沈宋始興之。後傑出於江寧，
> 宏肆於李、杜。右丞蘇州，趣味澄瓊。如清流之貫達。大
> 歷十數公，抑又次之。元白力勍而氣屏。乃都市豪估耳。
> 又與李生論詩曰：「江嶺之南，凡是資於適口者，若醯非不
> 酸也，止於酸而已。若醝非不鹹也，止於鹹而已。鹹酸之
> 外，醇美者有所乏耳。王右丞、韋蘇州，澄淡精緻。格在
> 其中，豈妨於道舉哉？晚唐詩以表聖爲冠，觀此二書持論，
> 可見其所詣矣。」(《漁洋、玉樵筆記合刊》，頁 6)〔註 20〕

〔註 19〕關於「味」，語出鍾嶸《詩品·序》之「滋味」說：「夫四言，文約
意廣，取效風騷，……。五言居文詞之要，是眾作之有滋味者也，
故云會於流俗」。見鍾嶸著，汪中選注：《詩品注》（台北：正中書局，
1969），頁 15。

〔註 20〕本文所引《漁洋、玉樵筆記合刊》，皆見王士禎、鈕琇著：《漁洋、

由這一段話可以看出「神韻」所具有的多面性並不是雜論無章，它還必須要有一個「主味」，只是「神韻」作品不以「醇美」（單一的純粹性）爲滿足，因爲「醇美」就是欠缺了一點什麼。它要求的是在「醇美」（主味）之外，還要有一些別的味道（意義），至於「神韻」作品多半以什麼當作「主味」，這就涉及到內容的問題，下文再予以說明。

另一個與語義的「多面性」相關的概念是「神韻」詩人對於「遠」的要求，或也可以說是對於「廣」的追求，「廣」才能不凝滯。我們由下文所引的一段話：「畫瀟、湘、洞庭，不必蹇山結水，……此詩旨也；次曰遠」（《帶經堂詩話》，卷三，頁 78，六），以及「神韻」所追求的「閒遠」的風格，都可以看到這一點。此外，這種對於「遠」的追求還可以由「神韻」詩人多半是從「遠」方觀物看出。爲了解「神韻」所追求的「無限」與「遠」是指什麼？以下先對於它的內容：「風韻」加以進一步的界定。總而論之，在「無限」這一點上我們可以看到，「神韻」所以是一種「縹緲朦朧的語義呈現」，是因爲詩人一開始就企圖在語義這個層次上製造多面性與無限深遠的意涵，並且一直在避免將語義只固著於某一個「主味」之上。

（2）內容：風韻──「趣」的兩種語義範疇（美感與人生哲思）

當我們以「縹緲朦朧的語義呈現」來形容「神韻」作品脫軌後的現象，可以說主要是與「境界」作品相較，是就某種比較具體可感的意義來說的。若是我們把定義放寬，其實「神韻」作品所拋出的「言外之意」並不是完全縹緲虛無。或者說，那樣一種「脫軌」的語義，雖然在一般的語義上進入了一個黑洞，但是它並不是全無意義，至少它造成了讀者內心某一種傾向於美感上（或是人生哲理）的「感覺」的觸動。換言之，所謂的「跳脫形跡」可以說就是讓「神」（言外之意）落在一個模糊的感覺地帶中。因而有時我們雖然說不上來「神韻」作品所傳達的具體意義是什麼？但是在觀賞了這些作品之後，卻感到

玉樵筆記合刊》（台北：德志出版社，1963）。

自身的心靈有一些變化，因為它觸動了人們內在某個「感覺」的部位。那麼，這個模糊的感覺地帶是什麼呢？可以說，「神韻」所強調的「遠」（多面性）是一種接近於趣味上、美感上的廣遠，〔註21〕是意境上的清遠與耐人尋味，〔註22〕也是一種心靈空間的擴大，是一種美感上的觸動與感發，更是一種由表層語意延深出去的想像。具體的說，王士禎所強調的「遠」是一種「詩之趣」的深遠，而他們對於「多面性」的追求，就是要使作品在意趣上深而多面。此就好像一個人走在「林中路」上，彎延的曲徑與遮掩的樹蔭不時的帶給讀者各種的驚異與無窮的想像空間。

如果進一步說明「縹緲朦朧的語義呈現」，「神韻」作品所要表現的與其說是其中詞語的個別「義」，不如說是整體的「意味」。也就是說，它所要呈顯的內容：亦即諸種「感覺」，其實是浮現於作品之上的整體的「意」。

整體感的重視：由「義」到「意」

「跳脫形跡」所以作為「神韻」的根本，是因為「神韻」追求「無限」與「多面性」的語義呈現，而這個無限與多面性的語義呈現又是從作品的「整體感」上而來的。如果我們嘗試給這個「言外之意」的整體感一個名稱，大致言之，可以用「意」來說明。那麼，什麼是「意」呢？我們由以下這一段話可以清楚的看到，所謂的「意」基本上是指由一個形象所引出的生命境界。並且，基本上它是從四個方面（用典、遠旨、音律、詞藻）延伸出來的：

> 《六經》、《廿一史》，其言有近於詩者，有遠於詩者，然皆詩之淵海也；節而取之，十之四五，俳結譠諧之習，吾知免矣；一曰典。畫瀟、湘、洞庭，不必憊山結水，李龍眠作《陽關圖》，意不在渭城車馬，而設釣者於水濱，

〔註21〕「神韻」作品雖然不乏「理趣」，但是它當中的玄思並不是很深。
〔註22〕「神韻」也是一種「意境」上的深遠與耐人尋味，亦即「神韻」與「意境」其實密不可分。

> 忘形塊坐，哀樂嗒然，此詩旨也；次曰遠。《詩》三百五
> 十篇，吾夫子皆嘗弦而歌之，故古無《樂經》，而《由庚》、
> 《華黍》皆有聲無詞，土鼓鞞鐸，非所以被管弦葉絲肉也；
> 次曰諧音律。昔人云，《楚辭》、《世說》，詩中佳料，爲其
> **風藻神韻**，去《風雅》未遙；學者由此意而通之；**搖蕩性**
> **情**，暉麗萬有，皆是物也，次曰麗以則。（《帶經堂詩話》，卷
> 三，頁 78，六）

這裡是用畫來說明「意」。先就遠旨來說，當畫家要畫一個地方的景緻，例如：瀟、湘、洞庭，他不必真的細部描繪山水之形貌，爲什麼呢？因爲所謂的「意」並不在於這些地方的具體形象的呈現，而在於主體「忘形塊坐，哀樂嗒然」之生命境界（性情）的展現，此正是前文所說的「神韻」最終所要對位的是「性情」。也可以這麼說，「神韻」作品是靠著作品所呈現出來的整體的「意」來表現主體的「性情」。此外，由這段論述我們可以歸結出所謂的「性情」的揮灑，也就是「神韻」的表出與幾個面向不可分割：一、由「《六經》、《二一史》，其言有近於詩者，有遠於詩者，然皆詩之淵海也；節而取之，十之四五，佳結謾諧之習，吾知免矣；一曰典」這一段話可以看出，「神韻」應該以「典麗」的方式呈現，而「典麗」的呈現又往往是由歷史文化的積累衍生出來的。怎麼說呢？我們由「神韻」之「淵海」其實來自於《六經》、《二一史》等典籍就可以了解，所謂的「典」，就是能夠使用文獻古籍的典故，使詩歌具有文化歷史的深度，以達到典麗優雅的效果。二、由「畫瀟、湘、洞庭，不必蠆山結水，李龍眠作《陽關圖》，意不在渭城車馬，而設釣者於水濱，忘形塊坐，哀樂嗒然，此詩旨也；次曰遠」這一段話則可以窺知，「神韻」是一種「意」，而所謂的「意」，其實是一種「遠旨」。何謂「遠旨」？就是說「神韻」表面上是寫自然物象，但是實際上，它是寫主體的生命境界，也就是藉外在景物描寫詩人自己的內在心境。三、由「《詩》三百五十篇，吾夫子皆嘗弦而歌之，故古無《樂經》，而《由庚》、《華黍》皆有聲無詞，土鼓鞞

鐸，非所以被管弦葉絲肉也：次曰諧音律」這一段話，則可以看出「神韻」與音律的營造密不可分，「神韻」必須由字詞聲調等形式營造出某一程度的藝術美感。四、至於「昔人云，《楚辭》、《世說》，詩中佳料，爲其風藻神韻，去《風雅》未遙；學者由此意而通之；搖蕩性情，暉麗萬有，皆是物也，次曰麗以則」〔註23〕這一段話則指出，「性情」表現在作品之中主要是一種「韻味」。而且很明顯地，「神韻」（「性情」）的揮灑與詞藻的「典麗」（「風藻」）又密不可分，所謂的「麗以則」〔註24〕是指像《楚辭》、《世說》那種具有美麗文藻及曼妙神韻的作品。

綜合這一段話，可以看出所謂的「神韻」，亦即「性情」的揮灑（「搖蕩」）與用典（文化歷史的積累）、意旨之遠、聲韻營造、詞藻的運用（即一曰典，次曰遠，次曰諧音律，次曰麗以則）這四個層次密不可分。換言之，「神韻」的表出，亦即主體之「性情」的揮灑與展現是一種包納萬物的活動，它要能夠包納客觀的語言（詞藻）乃至於萬物，然後表現爲一種風神，一種無限深遠的意旨與「神韻」。由於上述這段論述只有第二段是針對「神韻」的內容而說的，我們在此先針對「此詩旨也；次曰遠」這個論述（即「意」）來加以說明，然後再環繞它來加以討論另外幾項論述。

（1）「言外之意」的語義範疇之一：傾向於美感上的「趣」〔註25〕

「神韻」既是由一般的個別「義」突破爲整體的「意」，那麼，這種不拘於語言之個別「義」的整體性的「意」到底指的是什麼？「意」

〔註23〕鍾嶸《詩品·序》：「氣之動物，物之感人，故搖蕩性情，形諸舞詠，照燭三才，輝麗萬有」。參見鍾嶸著，汪中選注：《詩品注》（台北：正中書局，1969），頁 1。

〔註24〕關於「麗以則」，見於揚雄、劉勰。如《文心雕龍·辭賦篇》：「夫情以物興，故義必明雅；物以情觀，故辭必巧麗」。

〔註25〕劉若愚對於「神韻」的解說：「袁枚批評王士禎缺乏真摯感情。無寧說王士禎主要的關心不在於表現感情，這倒較爲真實。他的理想是在詩中具體表現個人特殊感性所蒸餾過生命的『神』，如此這種詩才能獲得個人的『韻』」。參考劉若愚：《中國詩學》（台北：幼獅文化，1977），頁 131。由此可以看出「神韻」與「趣」的關係。

到底包含了那一些質地？大致言之，王士禎所說的「意」，大略可以用傾向於美感及趣味上的諸種「感覺」來總括。

由於「神韻」指出了作品的內容在於「言外」，所以詩論家認為只有「跳脫形跡」才能夠在「言外」這個位置產生「神韻」所要的內容：「意」，而這個「意」又是在美感趣味的範疇落點，因而「意」的第一層內容可以說是一種「趣」。這個「趣」就是王士禎所說的「興趣」：

> 嚴滄浪論詩云：「盛唐諸公，唯在興趣，羚羊掛角，無跡可求，透徹玲瓏，不可湊泊，如空中之音，相中之色，水中之月，鏡中之象，言有盡而意無窮。」司空表聖論詩云：「味在鹹酸之外。」康熙戊辰春杪，日取開元、天寶諸公篇什讀之，於二家之言，別有會心。錄其尤雋永超詣者，自王右丞而下四十二人，為《唐賢三昧集》，釐為三卷。不錄李杜二公者，仿王介甫《百家》例也。張曲江開盛唐之始，韋蘇州殿盛唐之終，皆不錄者，已入予《五言選》詩，故不重出也。（《帶經堂詩話》卷四，頁97，三）

嚴滄浪的這一段話提供我們兩個重要的觀點：一是「神韻」作品具有「縹緲朦朧的語義呈現」的特質，二是這個「縹緲朦朧的語義呈現」其實是要表現「興趣」。先就第一點而論，「羚羊掛角，無跡可求，透徹玲瓏，不可湊泊，如空中之音，相中之色，水中之月，鏡中之象，言有盡而意無窮」所揭示的是一個「無跡可尋」的「縹緲朦朧的語義呈現」，亦即讀者雖然可以看到一個「月」的輪廓，然而當他真的要具體加以補捉時，又發現它基本上只是一個存在於「水中」的幻影。再就第二點來說，嚴滄浪的這一段話：「盛唐諸公，唯在興趣，……，水中之月，鏡中之象，言有盡而意無窮」，其實與司空表聖的「味外味」是同樣的意思，此也可以看出所謂的「神韻」（味外味）的內容基本上是「興趣」，而「興趣」又是存在於「味外」的位置上的一種感覺。

以某種「感覺」（「靜」、「幽」等）表徵生命境界

　　諸種「感覺」（「趣」）的營造既然是「神韻」作品表現「性情」的重要基點，因而「神韻」詩人往往取某一種「感覺」作為主題，以這個感覺來表現他的「性情」，亦即「神韻」詩人往往用某一種抽象的感覺（諸如「靜」、「幽」等感覺）將人的生命境界表現出來。換言之，每一位詩人都要把他個人對於「靜」、「幽」等境的感覺，用他自己所體悟到方式來呈現，而這個獨特的方式正是「性情」之所在。亦即「神韻」詩人正是在對於某一種環境氛圍的特殊體悟中，突顯他個人生命境界的獨特性：

> 張道濟手題王灣「海日生殘夜，江春入舊年」一聯於政事堂。王元長賞柳文暢「亭皋木葉下，隴首秋雲飛皋」，書之齋壁。皇甫子安、子循兄弟論五言，推馬戴「猿啼洞庭樹，人在木蘭舟」，以為極則。又若王籍「蟬噪林逾靜，鳥鳴山更幽」，當時稱微文外獨絕。孟浩然「微雲澹河漢，疏雨滴梧桐」，群公咸閣筆，不復微繼。司空表聖自標舉其詩曰：「回塘春盡雨，方響夜深船。」玩此數條，可悟五言三昧。（《帶經堂詩話》，卷三，頁70，二）

為什麼王士禎認為玩味這些詩句可以「悟五言三昧」呢？這些實例可以說是詩人以著各自不同的生命境界去體悟某一種環境氛圍的感覺。其中的「蟬噪林逾靜，鳥鳴山更幽」這句詩所以好，乃在於詩人對於「林靜」、「山幽」的境界有一種獨特的體悟。「神韻」詩人最重要的是把自然景物的狀況，特別是傾向於「靜」、「幽」等感覺表現出來。也就是對於「靜」、「幽」等感覺，「神韻」詩人通常是把它們化為一種生命境界，如此詩人所感受到的「靜」、「幽」之感，已經不是一般人都能夠感受得到的「靜」、「幽」，而是唯有當詩人的生命提昇到某一種境界才能夠有的獨特體驗。因此，可以說「神韻」詩人所呈現的感覺之中還包含了「品味」的問題，詩人對於物象與四周環境的感受主要是一種評賞，而不是一種情感式的追逐。也就是「神韻」詩

人所要表現的是自己對於某些感覺的優雅品味，所欲呈現的是一種高尚的生命境界。

（2）「言外之意」的語義範疇之二：傾向人生哲思的「趣」

　　「神韻」所言的多面性與廣遠其實並不止於美感上的「趣」而已，我們由上文所引的「畫瀟、湘、洞庭，不必蹙山結水，李龍眠作《陽關圖》，意不在渭城車馬，而設釣者於水濱，忘形塊坐，哀樂嗒然，此詩旨也；次曰遠」這一段話就可以很清楚地看到，「神韻」往往要以某種「忘形塊坐，哀樂嗒然」的人生哲理來表述生命境界。換言之，雖然在大部分的情況中，「神韻」的內涵是一種傾向於美感趣味的「詩之趣」，但是它還有另一個重要的內涵，那就是傾向人生哲理的玄思。「神韻」作品正是以這兩種「趣」所引發的「韻味」來對位主體的「性情」，「詩之趣」與傾向於人生哲理的表述都是表徵主體「性情」的方式。當然，此兩種方式常常是混淆在一起的。就人生哲理這一部分來說，我們主要是要對照「境界」作品以「情」為主題的表現。誠如前文所言，在大部分的情況裡，「神韻」詩人大多不直接處理情感（「神韻」詩往往以「興趣」為主），但是，在某些情況中，詩歌的主題若是涉及「情」，「神韻」詩人往往將情感引向人生哲理的部分，或者將內在情感外化為身外之物。就主題來說，由於「神韻」詩人的創作大多是「隨興」而發，而且他們的作品數量很多，〔註26〕因而這裡所歸納的只是部分「神韻」詩中的主題。然而，由這裡的歸納仍然可以一窺「神韻」詩人面對與處理內在情緒或感受的方式。綜合來說，與「境界」作品的主題相較，「神韻」作品的主題大多偏離「情」的範疇，特別是「倫理」傾向的情。這個特性其實與詩人處理內在情緒或感受的方式有很密切的關係，以下就針對這一點加以說明。

〔註26〕「神韻」詩不僅與禪詩相似，它與宋詩也有許多相似的地方，例如數量很多亦是與宋詩相似的一點。

將「情」引向人生哲思的面向

實際上，「神韻」詩人常常將「情」引向人生哲思的面向，在此以兩則寫「送別」之情的例子來說明這個狀況。例如以下這一段論述裡的例子雖然主題是「送別」，然而莊子卻將「送別」之情放在表現生命的某種瞬間狀態中，而這種狀態其實傾向於人生哲思的面向，而非當下情感狀況的描述：

　　　又云：莊生曰：「送君者皆自崖而返，君自此遠矣。」
　　讀至此，令人蕭寥有遺世之意。(《漁洋詩話》，頁181，85)

王士禎認為莊子的這一段話寫出了餘音裊裊的意境，使人感到「蕭寥有遺世之意」。而這段話所以令人感到「蕭寥有遺世之意」，正在於不是寫一群送行人望著遠行人離去的悲哀情緒本身，而是寫所有的送行人望著遠行人離去，正準備轉身回到他們所熟悉的環境的那一片刻。遠行人不僅要啓程走向一個遙遠的地方，而且他將要獨自去面對一個陌生的環境，獨自開始一個他自己也許並沒有把握的生活。莊子的這一段話所以微妙，似乎就在於作者把握了一個使作品具有無限韻味的生命轉折點，就在所有的送行人轉身的那一瞬間，不僅送行人與遠行人彼此在空間上將越來越遠，而且兩種截然不同的生活於焉展開，兩種不同的命運也即將開始。「神韻」詩人所要掌握的正是這樣一種可以使作品產生無限韻致的瞬間，雖然主題是送別，但是詩人並不著重於送行人或遠行人當下的依依離情，而是表現生命情境的可能轉向或是某種傾向於人生哲思的體悟。

　　又如在嵇康的〈送秀才入軍〉一詩中，其主題也是送別，然而詩人也不是著重描寫送別的感傷情緒，而是由送別的「情境」中表現自己面對「送行」狀況的一種生命態度。它除了表現出一種傾向「蜻蜓點水，旋點旋飛」式的感情之外，〔註27〕更表現為一種「玄思」，亦

〔註27〕繆鉞在〈論李義山詩〉中，將中國詩歌的表「情」方式分為兩大型態：一為「蜻蜓點水，旋點旋飛」的方式：一為「春蠶作繭，愈縛愈緊」的方式。前者以莊子為代表，後者以李商隱為代表。參見繆

即把離別的感傷情緒放入悠閒與從容的形象態度裡：

> 宋景文云：左太沖「振衣千仞岡，濯足萬里流」，不減
> 嵇叔夜「手揮五弦，目送歸鴻」。愚案：左語豪矣，然他人
> 可到；嵇語妙在象外。六朝人詩，如「池塘生春草」，「清
> 暉能娛人」，及謝朓、何遜佳句多此類，讀者當以神會，庶
> 幾遇之。顧長康云：「手揮五弦易，目送歸鴻難。」兼可悟
> 畫理。（《帶經堂詩話》，卷三，頁 69，一）

「神韻」作品所要表現的「性情」是傾向於「妙在象外」的玄思。在
王士禛看來，左思的「振衣千仞岡，濯足萬里流」雖然頗具「豪氣」，
然而嵇康的「手揮五弦，目送歸鴻」更具有「妙在象外」的境界。怎
麼說呢？因為嵇康的這首詩基本上是以悠遊的形象來表現詩人在送
別的情境中對於生命的體悟與玄想，至於左思的作品所表現的則是詩
人當下在情感上的一種釋放，它雖然具有「豪氣」，然而卻仍然在「情
感」的園地之中打轉，因為不論是「豪」或是「拘泥」，基本上都沒
有脫離以「情」為中心的生命向度。但是「手揮五弦，目送歸鴻」就
不同，在詩人一邊揮動著五弦琴，一邊望向那一個正在遠飛而去的「歸
鴻」的時候，那裡面所包涵的意義基本上已超出了「手揮五弦，目送
歸鴻」這兩個表面上的動作。可以說，在「揮弦」與「目送」這兩個
動作之中，所有的感傷，所有的離愁，乃至於其它的種種情緒全都包
涵在悠閒與從容的情態中。亦即這首詩所以可以稱得上「妙在象外」，
乃在於它在詩歌的表面形象之外引出了詩人對於生命的哲思與玄
想。不過，由於王士禛反對說理，所以「神韻」詩終究不同於魏晉玄
言詩或是宋詩所偏向的直接說理的議論方式。〔註28〕

錢：《詩詞散論》（香港：太平書局，1963）。本文認為，「神韻」與
「境界」作品可以說剛好分別承襲了這兩大表情方式的傳統。
〔註28〕雖然「神韻」詩有向人生哲理偏向的傾向，但是它並不是直接說理。
亦即就「說理」這一點而言，「神韻」詩終究不同於魏晉玄言詩或是
宋詩，因為它們的說理性顯然有程度上的區分。關於宋詩重說理，
參見吉川幸次郎著，鄭清茂譯：《宋詩概說》（台北：聯經出版社，
1977），頁 29。

以處理「物品」的方式安置強烈的「情緒」

在大部分的情況裡，「神韻」作品大多以寫景爲主，詩人很少將自我強烈的情緒引入作品中。雖然在某些狀況中詩人也可能會在作品中表露情緒，然而如果進一步體會，可發現即使詩人偶爾在作品中用一些強烈的情緒字眼，這些情緒也多半被詩人用一種日常的或是與詩人之自我幾乎沒有利害衝突的方式包裹成爲一種「非情緒」的感覺。例如在以下這首詩中，詩人以「樵子暗相失」的「失」點出負面情緒，但是若是細想，又會發現這種失落其實與作者內心的情感沒有多大的關聯：

> 樵子暗相失，草蟲寒不聞。(孟浩然詩，《帶經堂詩話》，卷三，頁83)

由「相失」與「不聞」可以推論「樵子」本來是存在的，而「草蟲」聲也是詩人所期待的，但是現在本來存在的「樵子」已漸漸走遠看不清了，而可能可以聽到的草蟲鳴叫聲也因太過寒冷而噤聲。如果說這裡面有什麼失落感，與其說是詩人在情緒與情感上的失落，不如把這種失落對應於詩人對於四周環境狀況的思考。它甚至可以對應於存在與虛無的看法與思考，而比較不傾向是情感情緒本身的抒發。也就是說，「神韻」作品往往不是在處理情感或情緒，而是一種傾向於哲理的思考，詩人在大自然生生不息的律動中感悟與思考生命的道理，因爲是一種傾向於哲思的感悟，它自然沒有將焦點放在濃烈的感情上。

情緒與情感在「神韻」作品裡與其說是主體自身內部的感受，倒不如說是被拋向外在而成爲一種物象。也就是情緒與情感在「神韻」作品中往往由主體的內在轉化爲外在之物，例如以下這首詩就可以看出詩人處理情緒好像在處理貨品：

> 亭亭畫舸繫春潭，只(一作直)待行人酒半酣。不管煙波與風雨，載將離恨過江南。(鄭仲賢文寶〈絕句〉宗楙附識，《帶經堂詩話》，卷九，頁203)

爲什麼說這首詩裡的情緒與情感被「神韻」詩人以外物的方式看待

呢？首先，由詩人以「畫舸」來乘載「離愁」就可以看出來，雖然詩人寫的是「離恨」的情緒，但是他對於「離愁」這樣的情緒並不放在自我的身上來說，而把它視為如同貨物般的物象，可以由「畫舸」乘載與運送，並將情感推向外在的「煙波與風雨」。其次，我們還可以由說話者的顯隱看出情緒被「外化」乃至「物化」的現象。在這首詩裡並沒有出現「說話者」本身，如果說有什麼人物，也只是沒有面孔，只有動作而「酒半酣」的「行人」，看不出說話人與情緒本身的關聯性。正因為詩人把情緒視為身外物象，因此，情緒與作者（或者說詩中的主角）之間就沒有呈現什麼切身的關係，這樣的情緒本身也不可能會往內在深刻之「感受」的方向前行。情緒「離愁」像是處於一條船上，它已經由詩人的內心化為心靈外面的一種物品了。當情緒以「貨物」的角色展露時，它已與「畫舸」、「煙波與風雨」變成為同一地位的外物。情緒既可以被詩人所任意安置與排放，它就不能夠像「境界」作品中的情緒那樣地主宰著詩人的全部心靈，因為它已被詩人用一種傾向於身外之物的方式處理掉了。此外，由「不管」二字也可以看出詩人的情緒多半朝向曠逸與率性的方向轉化。

又如以下這首詩：

冷于陂水淡于秋，遠陌初窮見（一作到）渡頭。賴是（一作得）丹青無畫處，（一作不能畫）畫成應遣一生愁。（司馬和中池〈行色〉，《帶經堂詩話》，卷九，頁203）

像「一生愁」這種屬於內在情緒與情感的感受，到了「神韻」詩人的筆下基本上也是用「畫成」就能夠「排遣」而去，由此都可以窺見「神韻」詩人是以「淡化」乃至「物化」的方式處裡內在的情緒與情感。

不過，雖然「神韻」作品具有傾向表現人生哲理並將情緒、情感「外化」的表情方式，不過，就大部分的情況而言，「神韻」作品還是以美感與趣味的表現來引向主體的生命境界：「性情」。而且，實際上「神韻」作品所表現的人生哲理也並不是以說理的方式呈現（這一點與宋詩不同），而且，它也並不是以玄趣為主（這一點又與玄言詩

不同）。王士禎所心醉的是有禪趣傾向的作品，也就是由凡常的風吹草動中自然而然地引出一種生命境界的作品。這種生命境界不能以說理議論的方式呈現出來，但要讓人感到是從一種澄澈明淨的心境之中所自然浮出的生命風範，就像「釋尊捻花」，一切盡在自然的微笑中。例如王士禎就曾指出「神韻」詩派的最高理想（即嚴滄浪《詩話》的「境中之花，水中之月，鏡中之象，如羚羊掛角……」）基本上是「借禪喻詩」，至於「議論敘事，自別是一體」。由此可以看出，「神韻」並不是用「議論敘事」或是「說理」的方式來呈現生命境界，「神韻」作品所表露的生命境界必須要「不即不離，不黏不脫」，讓人「無跡可求」：

> 嚴滄浪《詩話》借禪喻詩，歸於妙悟。如謂盛唐諸家詩，如鏡中之花，水中之月，鏡中之象，如羚羊掛角，無跡可求，乃不易之論。而錢穆齋駁之，馮班《鈍吟雜錄》因極排詆，皆非也。（《帶經堂詩話》，頁65，十四）

> 問：「〈唐賢三昧集序〉，『羚羊掛角』云云，即音流弦外之旨否？問有議論痛快，或以序事體爲詩者，與此相妨否？」

> 答：「嚴儀卿所謂『如鏡中花，如水中月，如水中鹽味，如羚羊掛角，無跡可求。』皆以禪喻詩，內典所云不即不離，不黏不脫；曹洞綜所云參活句是也。熟看拙選《唐賢三昧集》自知之矣。至於議論敘事，自別是一體，故僕嘗云，五七言有二體，田園邱壑，當學陶、韋，鋪敘感慨，當學杜子美〈北征〉等篇也。」（《師友詩傳續錄》，頁150，5）

若是結合「趣」與「人生哲思」這兩種內涵來說明「神韻」，可以說由於「神韻」作品的終極目標是主體的生命境界（「性情」），並不把情感當作詩歌的中心，而且詩人主要是以「詩之趣」（諸種感覺）來表現「性情」，於是在情感的處理方式上，「神韻」詩人總是把感情引向人生哲思，或是將內在情感「外化」爲身外物象。

在情感的處理方式上，似乎特別能夠讓我們看出「神韻」詩人對

於主體生命境界的暗示以及「神韻說」與「境界說」的基本不同。「境界」作品企圖從「個別」詩人的情感殊相之中，讓讀者自己去體會人類情感的共相；而「神韻」作品則企圖從一個抽象的觀念中，讓讀者由他自身的經驗中去體悟出作者獨特的生命境界。前者由個別相引向共相，後者由共相引向殊相，此爲「神韻」詩人在「情」（感受）的處理上與「境界」詩人最根本不同之處。

參、「趣」與形式、結構的關聯

爲什麼我們會認爲「神韻」作品所要求的「無限」的內容（意義的「多面性」與「廣遠」）在大部分的情況中是接近於趣味上與美感上的「趣」呢？除了由上述「神韻」詩人處理內在情緒與情感的方式多半傾向人生哲思或將它們化爲身外物象可以略窺其美感取向之外，我們還可以由「神韻」作品在大部分的情況中是把詩歌的「形式」當「內容」來經營這一點看出。基本上，「神韻」是以「形式」營造「內容」，關於這一點又可以分爲四方面來了解。一是「神韻」詩人不僅把文化歷史的積累當作典故或表現手法的媒介，他們根本上是直接從文化歷史的神遊中引發趣味或感想。二是聲韻在「神韻」作品中不只是形式上的美感，它可能還是詩人表現「神韻」的重心之一，亦即「神韻」的內涵其實有一部分是由聲韻的美感營造出來的。三是「風格」的問題。對於許多傳統的理論而言，「風格」雖然體顯了主體的人格，但是多半以「風格」作爲詩人表現內在情思所自然而然表現出來的一種文氣格調。然而，對於「神韻」作家而言，「風格」根本上卻是作爲一種目標來營造，「神韻」詩人多半刻意地營造某種類型的「風格」。四是「神韻」作品往往以自然景物的經營爲主，而不以人的內在情感的表達爲主。關於這四點，在第二章意象的營造上再予以詳述，在此先就前三點加以說明。

當然，「神韻」所要求的這些「趣」，乃至於諸種「感覺」的營造，以及由它們所生發出來的「意」都是一種生命境界的展現，最終都是

要指向主體的「性情」。倒過來說，詩人所要表現的生命境界（「性情」）其實是靠著從「形式」上營造諸種「感覺」來傳達的。「神韻」作品詮釋的基點：「神韻」與「性情」的對位更為具體的說明，是從形式上所生發出來的諸種「感覺」（「趣」）與「性情」的對位。而我們所以用抽象的字眼來解釋抽象的概念，亦即用諸種「感覺」來說明「神韻」作品所要表出的「趣」，可以說是基於本文所一再強調的觀點：「神韻」作品所傳達出來的訊息無法定歸於一個明確的語義之中，它是一個「縹緲朦朧的語義呈現」，它所觸動的是人的感覺層面，它的語義指向人的諸種感覺中。

一、結構：部分與部分的連結（包括文化積累與聲韻）

就「神韻」是從文化積累與聲韻之中所生發出來的諸種「感覺」而言，其實又與王士禎對於「勢」的強調有關。整體而論，「神韻」與「勢」的營造密不可分，而所謂的「勢」主要是指作品中部分與部分的連結必須一氣呵成。

關於王士禎的「神韻說」特重「勢」，前人已經提出。〔註29〕此外，我們可以由王士禎所提出的詩論中有一類多半以水為喻看出「神韻」與「勢」的密不可分。至於什麼叫作「勢」呢？我們由與「勢」相對的「句句用意」（就是把作品拆開變成為以一句、一句為單位來

〔註29〕郭紹虞在〈從王夫之到王士禎〉就提到「神韻」特重「勢」：「王夫之論勢：所謂『天矯連蜷，煙雲繚繞』已有神韻的意思。漁洋論詩最推重白石言盡而意不盡之語，實則也即是咫尺有萬里之勢的意思」。收入《中國文學批評新論》（台北：蒲公英出版社，1985），頁452。此外，涂光社也引王士禎《師友詩傳續錄》中的一段話（「以音節為頓挫……」），認為王士禎肯定了「神韻」的產生與語言形式的直接關係。是其后劉大櫆「以字句、音節求神氣」論文的端倪。並提出王夫之、王士禎、沈德潛、方東樹、施補華都是清代以「勢」論詩的重要人物。詳參涂光社：《勢與中國藝術》（北京：中國人民出版社，1990），頁210。很明顯地，「勢」雖然有許多的的意涵，諸如「形、姿態、權力、地位、時機、法度、情狀、威力、規律和運動趨向」等等（同上，頁1），但是涂光社是把詩歌之中由客觀形式所引出的出人意表的振憾力視為一種「勢」。

創造）就可以了解，所謂的「勢」主要是指句子與句子間（即部分與部分之間）的連接，也就是要造成句子與句子之間一氣呵成的感覺，部分與部分之間不要露出組合與連接的痕跡。如此，爲了造就作品的「勢」，作家就要特別重視作品的「整體性」，而王士禎以水爲喻所把捉的正是水的特質中那種襲捲一切而源源不絕的「勢」：

> 曹頌嘉祭酒常語余曰：「杜、李、韓、蘇四家歌行，千古絕調，然語句時有利鈍。先生長句，乃句句用意，無瑕可攻。擬之前人，殆無不及。」余曰：「惟句句用意，此其所以不及前人也。四公之詩，如萬斛泉源，不擇地而出，行乎其所不得不習行，止乎其所不得不止。余詩如鑑湖一曲，若放翁、遺山以下，或庶幾耳。」（《分甘餘話》卷三，頁63）

基本上，「句句用意」與「如萬斛泉源，不擇地而出，行乎其所不得不習行，止乎其所不得不止」是兩種不同層次的成就。前者雖然可能在「形」的層次上「無瑕可攻」，然而卻可能在整體的「神」的層次上不夠渾然天成。

關於句子與句子之間乃至於部分與部分之間的承接之「勢」，除了用水勢來比喻之外，王士禎還以「轉石」來比擬：

> 律詩貴工於發端，承接二句尤貴得勢，如懶殘屢衡岳之石，旋轉而下，此非有伯昏無人之氣者不能也。如「萬壑樹參天，千山響杜鵑」，下即云：「山中一夜雨，樹杪百重泉。」「昔聞洞庭水，今上岳陽樓」；下云：「吳楚東南坼，乾坤日夜浮。」「古戍落黃葉，浩然離故關」；下云：「高風漢陽渡，初日郢門山。」「錦瑟怨遙夜，遶絃風雨哀」，下云：「孤燈聞楚角，殘月下章臺。」此皆轉石萬仞手也。（《帶經堂詩話》卷一，頁42，18）

在這一段論述中，王士禎特別舉出了許多詩句來說明作品中句子與句子之間承接的重要性。他認爲詩歌最爲重要的就是在句子與句子的「承接」上得「勢」，並以「轉石」來比喻作家在承接詩句時所必須具備的功夫。由此可以看出，所謂的「神韻」其實和句子與句子之間

的承接之「勢」密不可分。

對於「勢」的強調，其實又與前文所提到的「整體感」密不可分。本來「神韻」作品所重的就是超越可見的「形」，因而關於一個作品是否具有瑕疵的判斷自然不在於細部或部分之可見形體上的瑕疵。換言之，可見的「形」的完美與不可見的「神」的完美是不一樣的，大家的作品是達到「神」的完美，而非「形」的完美。循此而論，「勢」可以說是判斷作品「自然」與否的一個重心，因為有的作者雖然能夠在每一字句（部分單位）上推敲用力，但是卻不能夠讓它們組合得很自然，這正是「神韻」的一個重要意義。「神韻」作品創造的最終目的並不是為了展現一種完美的「形」，不在於細部與局部的「無暇可攻」，而在於整體是否能夠表現出一種超越可見形體之上的天然「神韻」。正如王士禎所論（參閱《分甘餘話》，卷三，頁 63），杜甫、李白、蘇軾所以被認為是大家，就在於他們的作品即使「語句時有利鈍」，在詩作個別的部分與單位上有瑕疵，然而在整體上卻能夠具有一氣呵成、渾然天成的「勢」。正因為「勢」主要是指向作品中部分與部分的連結以及整體感的營造，是整個作品中關節與關節之間的連接表現，它主要包含兩個面向：一是作品承載過往之文化積累的力量，二是聲韻方面的營造與呈現。以下分別論之。

1、文化積累

由以下這幾則論述中，就可以讓我們清楚地看到「神韻」論家所要求的那種如「萬斛泉源，不擇地而出」的「勢」，主要是指一種自然而然襲捲豐富過往文化積累與材料的氣勢：

> 許顗彥周云：東坡詩如長江大河，飄沙卷沫，枯槎束薪，蘭舟繡鷁，皆隨流矣。珍泉幽澗，澄澤靈沼，可愛可喜，無一點塵滓，只是體不似江河耳。由上所云，惟杜子美與子瞻足以當之。由後所云，則宣城水部右丞襄陽蘇州諸公皆是也。大家名家之別在此。（《漁洋、玉樵筆記合刊》，頁46，卷二）

唐人詩之多者，除李白、杜甫外，唯退之、樂天爲最。
退之詩可選者多，不可選者少，去其不可者甚難。樂天詩
可選者少，不可選者多，存其可者亦難。宋人詩多者莫如
子瞻、務觀。子瞻貫析百家，即山海、海志、釋家、道流，
冥搜、急異諸書，縱筆驅遣，無不如意，如風雨雷霆之驟
合，砰炎戛擊，角而成聲，融然有度。其用實處多，而用
虛處少，取其少者爲佳。務觀閒適，寫村林、茅舍農田、
耕漁、花石、琴酒事，每逐月日記寒暑，讀其詩如讀年譜
也，然中間勃勃有生氣，中原未定，夢寐思建功業，其眞
僕處多，雕鎪處少，取其多者爲佳。(《帶經堂詩話》卷一，頁
42，18)

蘇軾的詩被認爲「如長江大河，飄沙卷沫，枯槎束薪，蘭舟繡
鷁，……」，不只是因爲他能夠「貫析百家」，把從古自今的歷史文化
積累，諸如「山海、海志、釋家、道流，冥搜、急異」諸書全都融注
於作品之中。更爲重要的是，他能夠「縱筆驅遣，無不如意」，自由
而自然地驅使許多文獻與知識，以「如風雨雷霆之驟合，砰炎嘎擊，
角而成聲，融然有度」之壯盛而強大的氣勢，自然地將這些文化歷史
的積累呈現出來。也可以說，能夠將由古至今的各種知識，以著自由
奔放的氣勢自然呈現，應該可以說是蘇軾的詩作爲人所欣賞的主因。
當然，所謂的「勢」並不一定都要像蘇軾詩那樣波瀾壯闊（這又牽涉
到風格的問題），最爲重要的是順暢而自然。

回到「趣」的內容上，我們由上文所引的那一則詩話（《帶經堂
詩話》，卷三，頁78，六）以及以下的一些論述還可以進一步說明，
所謂的「趣」有很大的成分是詩人從文化歷史的積累之中所引發的感
慨或趣味。事實上，「神韻」作家內在「性情」的展現本來就是由「別
材」與「別趣」兩個面向所展現出來的：

夫詩有別材，非關書也；詩有別趣，非關理也。然非
多讀書，多窮理，則不能極其至。所謂不涉理路不落言筌，
上也。詩者，吟詠情性也。盛唐諸人，惟在興趣，羚羊掛

角，無跡可求，故其妙處，透澈玲瓏，不可……。近代諸
公乃作奇特解會遂以文字爲詩，以才學爲詩，以議論爲詩，
夫豈不工，終非古人之詩也。蓋於一唱三嘆之音，有所歉
焉。且其作多務使事，不問興致，用字必有來歷，押韻必
有出處，讀之反覆終篇，不知著到何處。其末流甚者，叫
噪怒張，殊乖忠厚之風，殆以罵詈爲詩。詩而至此，可謂
一厄也。然則近代之詩無取乎？曰：有之，吾取其合於古
人者而已。……（《帶經堂詩話》）

這一段話指出，不論是「別材」或是「別趣」，其實都必須靠著「多
讀書」、「多窮理」才能達到所謂的「不涉理路不落言荃」的極致。當
然，所謂的「趣」，並不是要詩人在作品中堆砌古書：「多務使事，不
問興致，用字必有來歷，押韻必有出處，讀之反覆終篇，不知著到何
處」，而是要詩人以著「情性」（「性情」）來吟詠那些龐大的文化歷史
資產。

在王士禎的論述中，「興趣」雖然基本上以動詞的語態呈現，它
主要是指向主體必須以著隨興不羈的性情來驅使他的所見所聞。但我
們在這些論述之中同時還可以歸結出「趣」的內容（名詞）有很大的
成分似乎是指由文化歷史之積累中所引出的「趣」。更爲具體地說，「神
韻」作品所要表現的「趣」，其實有很大的成分是詩人以著他隨興不
羈的性情穿梭於文化歷史的積累中所引發的奇想與感觸。又如以下這
則論述也指出：

問：「作詩，學力與性情，必兼具而後愉快。愚意以爲
學力深，始能見性情。若不多讀書，多貫穿，而遽言性情，
則開後學油腔滑調，信口成章之惡習矣。近時風氣頹波，
惟夫子一言以爲砥柱。」

阮亭答：「司空表聖云：「不著一字，盡得風流。」此
性情之說也：」……（《師友詩傳續錄》，頁125，一）

雖然詩人必須「本性求情」，而且每個詩人都有他自身獨特的「性情」，
然而正因爲「性情」是一種人人兼具的特質，它不可避免地也可能是

一種虛浮空洞的東西。因此，王士禎認爲詩人需要文化的涵融與滋養，然後他的「性情」才會變得堅實而豐富。換句話說，王士禎等人所說的「性情」其實是一種「文雅化」的「性情」，不是一種原始的，或是所謂的粗鄙的「性情」。爲了避免「本性求情」流於一種「信口開河，油腔滑調」，必須讓詩人在本源於「性情」的時候，能夠沉浸於文化的神遊之中，也就是要使其「性情」的表出能夠具有一種層次感，或是一種文化的深度。

　　究竟而論，所謂的「神韻」在王士禎一派的論述中主要是指作品整體的「意」，而「意」的主要內涵又是「趣」；若是更爲具體的說明這種「趣」，則又是某一些傾向於趣味與美感的諸種感覺。而這一些感覺在很大的成分上，又可以說是詩人來往於古往今來的各種歷史情境與文化積累所生發的「意趣」。由此也可以說明，「神韻」所以需要有一種如水襲捲一切的自然氣勢，是因爲「神韻」作品所要表現的「趣」其實是從文化、傳統的許多面向生發出來的。如果詩人能以流水一般的氣勢自然而然地帶出一切的文化積累，就不會使那些文化歷史的呈現變成爲文獻的羅列與排比，也能夠將傳統文化再創新。

2、聲　韻

　　「勢」所以重要，除了因爲「神韻」往往是從豐富的文化歷史的積累之中生發出來的，還在於因爲「神韻」特重「聲韻」的營造。關於「神韻」與聲韻的關係已有許多人指出，有的學者是從王士禎所完成的聲韻集子來說明，有的則是從字源上來說明「神韻」之「韻」與聲韻的關係。〔註30〕我們由王士禎的筆記中就可以看到，其弟子常針

〔註30〕例如：劉若愚就提到：「王士禎常在「神」字後加上『韻』：一如在第一章已指出，這個「韻」字具有一系列的意思，包括「聲調」(tone)、「押韻」(rhythm)、「和諧」(consonance) 和「共鳴」(resonance)。已有人指示出這個字在應用於詩和繪畫之前，用以指個人的神情或風采，而王士禎使用這個字不論是單獨一字或用於雙音節的複詞「神韻」，一般是指一個人詩中難以言喻的個人風韻或風味。參見劉若愚著，杜國清譯《中國文學理論》(台北：聯經出版社，1981)，頁

對這類問題而發問，他們並找出了一些有關聲律的法則。可以說，與
「境界」相較，「神韻」更爲重視聲音與語言的細節，因爲「神韻」
基本上是從這些層次所營造出來的美感韻致。至於「聲韻」與「勢」
最爲密切的關係就是由音韻的相配所引出的「力量感」：

　　問：「嘗見批袁宣四先生詩，謂古詩一韻到底者，第五
字須平，此定例耶？亦不盡然耶？」

　　答：「一韻到底，第五字須平聲者，恐句弱似律句耳。
大抵七古句法字法，皆須撐得住，拓得開，熟看杜、韓、
蘇三家自得之。」（《師友詩傳續錄》，頁 149）

可以說，王士禎一派的詩論家很重視聲律上勻稱均衡的美感，詩論家
把整首詩視爲一個身體，有首尾腰腹的區段，詩人必須避免頭重腳輕：

　　問：「七古換韻之法？」

　　阮亭答：「此法起於陳、隋、初唐四傑輩延之，盛唐王
右丞、高常侍、李東川尚然。李度始大變其格。大約首尾
腰腹，須銖兩勻稱，勿頭重腳輕，或腳重頭輕，乃善。」（《師
友詩傳錄》，頁 137，13）

　　問：「古詩忌頭重腳輕之病，其詳何如？」

　　答：「此似爲換韻者立說。或四句一換，或六句一換，須首
尾腰腹勻稱，無它秘也。」（《師友詩傳續錄》，頁 156，39）

當然，有時候勻稱均衡的聲韻美感並不適用，聲律上的豐富起伏也是
很重要的，因爲過於完美無瑕的聲音搭配也可能會是使詩歌具有無限
豐富性的致命傷。因此，「神韻」詩論家除了追求某一程度的勻稱均
衡的聲律美感之外，更追求一種抑揚頓挫、高低起伏的聲韻律動，以
使作品更具備令人驚異的豐富與吸引力。他們利用平上去入的相間使
用，造成抑揚抗墜的起伏感，或是以「首尾的大開大闔」以造成「波

83。又如黃景進也提到：「清初討論古詩聲調之風頗盛，而實發自漁
洋。翁方綱說『漁洋先生最善講音節，據說漁洋於此道特有心得』」。
參考黃景進：《王漁洋詩論之研究》（台北：文史哲出版社，1980），
頁 144。

瀾頓挫」的感覺。如果全篇使用的是平韻，就要想辦法讓它變得「飛揚」，如果全篇都是仄韻，則力求「矯健」：

　　問：「蕭亭先生嘗以平中清濁、仄中抑揚見示，究未能領會。」

　　答：「清濁如通、同、清、情四字。通、清爲清，同、情爲濁。仄中如入聲，有近平，近上，近去等字，須相間使用，乃有抑揚抗墜之妙，古人所謂一片宮商也。」(《師友詩傳續錄》，頁149)

　　問：「七言五句古，六句古，其法若何？」

　　阮亭答：「七言五句，起於杜子美之「曲江蕭條秋氣高」也。昔人謂貴詞明意盡。愚謂貴矯健，有短兵相接之勢乃佳。」(《師友詩傳錄》，頁139，17)

　　問：「排律之法何如？」

　　答：「首尾開闔，波瀾頓挫，八字盡之」(《師友詩傳續錄》，頁157)

由王士禎一派的詩論家對於詩歌聲律的討論，可以看出他們所追求的作品諸種「意」、「趣」的表現除了由語言方面入手之外，主要也必須從聲律上著眼。所謂的「神韻」之諸種「感覺」的營造，除了靠語義層次的豐富性，也靠字與字之間，句與句之間的聲律轉折。綜合地說，王士禎一派的「神韻」詩論可以說是一個追求美感的詩派，他們所謂的「神韻」是一種由字義到聲律上的整體美感，是藝術感覺性的無限韻致。「神韻」作品有些像水墨山水畫，它們給人的感覺是一種「意境」上的深遠，甚至有些空靈，而非具體意義上的深刻。〔註31〕

　　至於「境界」作品對於整體之「勢」的重視就沒有像「神韻」作品這般重視。王國維常常抽出作品的其中兩句話，謂之爲「有境界」：

　　　少游詞境最爲淒婉，至「可堪孤館閉春寒，杜鵑聲裡
　　斜陽暮」，則變而淒厲矣，東坡獨賞其后二語，猶爲皮相。

　　(《人間詞話》頁70（78（29）))

〔註31〕基本上，「神韻説」比「境界説」更重視「意境」的營造。

甚至在同一件作品中，王國維還將它們拆開，認爲前兩句有境界而後兩句沒有境界。由此可以看出「境界」的判斷單位可以是作品中的部分片段，不必像「神韻」必須重視整體的「勢」。

二、特定風格對於「形容詞」組的回應

前文在對「神韻」的內涵作初步定義的時候就特別提到，「性情」除了是一種「名詞」概念（風範），它還必須受一些「形容詞」的限定：即曠達超逸乃至於超凡入聖。如果將超凡入聖這個特質放到作品中，大略可以用「清新脫俗」的特質來說明。換言之，將這個特性放到作品的諸種「感覺」中，會發現它多半是與某種特定的風格（如清新脫俗）連繫在一起，而這個特定的風格可以說正是展現「神韻」作品具有某種「超凡入聖」之「性情」的一個主要條件。

就因爲如此，爲了展現一種清新脫俗的「性情」，「神韻」作品就必須要把風格限定在某一類型的範疇之中。以「神韻」的內容「趣」來說，其風格多半是傾向「澄瓊」的特質：

> 予又嘗謂鈍翁：李長吉詩云：「骨重神寒天廟器」，「骨重神寒」四字可喻詩品。司空表聖《與王駕評詩》云：「王右丞、韋蘇州趣味澄瓊，如清狁之貫遠，元、白力勍而氣索，乃都市豪估耳。」元、白正坐少此四字，故其品不貴。

（《香祖筆記》，卷八，頁 148）

王士禎所以推崇王右丞、韋蘇州正是因爲他們的作品「趣味澄瓊」，彷彿一股詩歌的清流，具有清新脫俗的特質。

此外，王士禎還提出一些與「澄瓊」相似的風格術語，〔註 32〕這些術語可以說都是屬於同一範圍的語詞。綜合來說，「神韻」作品所要表現的「性情」往往必須接近「沖淡」、「自然」、「清奇」的風格範疇，如此才能夠使讀者確認詩人所表現的「性情」具有「清新脫俗」

〔註32〕前人對於司空圖的《二十四詩品》這一類的批評術語多半以「風格」論述之。準此，本文特以與「風格」相關的問題作爲基礎，以進一步探究王士禎所追求的「藝術理想」。

（乃至於超凡入聖）的風雅氣息。例如王士禎在論及司空圖《二十四詩品》的時候就特別強調「沖淡」、「自然」、「清奇」三品：

> 司空表聖作〈詩品〉，凡二十四，有謂「沖澹」者，曰：「遇之匪深，即之愈稀。」有謂「自然」者，曰：「俯拾即是，不取諸鄰。」有謂「清奇」者，曰：「神出古異，澹不可收。」是品之最上者。（《帶經堂詩話》，頁 72，二）

> 表聖論詩，有二十四品，予最喜「不著一字，盡得風流」八字。又云：「采采流水，蓬蓬遠春。」二語形容詩境亦絕妙，正與戴容州「藍田日暖，良玉生煙」八字同旨。（《帶經堂詩話》，頁 72，二）

此外，與「沖淡」、「自然」、「清奇」相似的還有對於「清遠」的強調，前人論到「神韻說」，都注意到王士禎所論的「神韻」與「清遠」密不可分。〔註 33〕至於何謂「清遠」呢？對於王士禎而言，「清遠」正如其字面是「清」與「遠」兩種意義的組合：

> 汾陽孔文谷云：詩以達性，然須清遠爲上。薛西元論詩，獨取謝康樂，王摩詰，孟浩然，韋應物，言「白雲抱幽石，綠筱媚清漣」，清也。「表靈物莫賞，蘊眞誰爲傳」，遠也。「何必絲與竹，山水有清音，景昃鳴禽集，水木湛清華」，清遠兼之也。總其妙在神韻矣。神韻二字，向者論詩，

〔註33〕關於「神韻」作品的風格的探究，前人多半會提到「清遠」。例如青木正兒就說：王士禎所提出的「神韻」恐怕歸根到底乃是「古淡」的化身。僅僅「平淡」仍不能至於極致，更加上「古」，「古淡」的風致才是風神，是神韻。詳見青木正兒：《清代文學批評史》（北京：中國社會科學出版社，1988），頁 50。又如霍有明說：「由『詩以達性，然需清遠爲尚這一段話』，可見所謂『神韻』，即以描寫山水田園等自然景物爲主從而表現出物境清幽、心境淡遠的藝術風格」。參考霍有明：《清代詩歌發展史》（陝西：陝西人民出版社，1993），頁 61。此外，黃維樑也歸納前人對於王士禎的「神韻說」的意見，「各人的評述雖有多端，卻也不約而同地都提到以下兩點：第一，重『不著一字、盡得風流』。第二，漁洋崇王、孟詩風，喜其清遠之趣。」參見黃維樑：《中國詩學縱橫論》（台北：洪範書店，1977），頁 148。

首爲學人拈出，不知已見於此。(《漁洋，玉樵筆記合刊》，頁28)

王士禎在這裡指出「神韻」所要傳達的「性情」並不是以任何一種風格來表現都可以，就表達「性情」(「達性」)的風格而言，它是以「清遠」作爲最佳的表現狀態。而由「總其妙在神韻矣」又可以看出，「性」或是「性情」最終都要以「清遠」的「神韻」表現出來。

關於「清遠」的意義，我們可以由王士禎所舉的詩例看出「清遠」基本上包涵了兩個層次：一是「清」，它是指從自然景物的描寫中所散逸出來的清空氣息，例如「白雲抱幽石，綠篠媚清漣」即是，它雖然沒有什麼深意，但是卻散逸出一股清空淡雅的氣質與自然之趣。二是「遠」，它是指內容上的深遠，是詩人由景物的欣賞之中所生發出來的傾向人生哲思的玄思，例如「靈物莫賞，蘊眞誰爲傳」即是。這正是前文所提到的，「神韻」的內涵基本上包涵了兩個面向，一是美感之「趣」或諸種感覺的營造，指作品必須把景物描寫得具有清幽的意境；二是傾向於人生哲思的領悟。當然，有的作品只具有「清」的特質，或是只展現「遠」的層面，但是最佳的作品自然是兼有兩個面向，亦即能夠同時兼具「清」與「遠」的特性，例如「何必絲與竹，山水有清音，景昃鳴禽集，水木湛清華」就同時兼具兩者。同樣，由上一段論述也可以順帶看出，所謂的「遠」，大多有隱藏的問句或警句的形式夾在其中。作者似乎是在景物的觀賞與描寫之中發起了對於自然之景乃至於人生的某些玄思，也許這些問題不是一些直接而切身的問題，但是卻是詩人在描寫景物的當下所聯想到的某種體悟與哲思。例如「何必絲與竹，山水有清音」二句，即表現出詩人悠遊於自然山水景物的「清音」裡，其中有推賞自然之意，有愛惜當下之情，雖不是一種人倫深情，但卻也表現出深賞自然並且自得其樂的體悟。

緣是，可以說「清遠」乃至於「閒遠」等風格是使作品具有「神韻」的必要條件，即使詩人要表現的不是曠達超逸的風範，他也必須用「閒遠」等風格將他內心的情思包裝起來：

庚戌進士禮科給事茂京，同譜端七長子也。……極論

> 畫理與詩文相通，始貴深入，既貴透出，又須沈著痛快。
> 謂畫家有董巨，猶禪家之有南綜。董巨後嫡派，元惟董子
> 久倪元鎮，明惟董思白耳。因問倪董以閒遠爲工，與沈著
> 痛快之說何居。曰閒遠中沈著痛快，惟解人知之。又曰：
> 仇英非士大夫畫，何以聲價在唐、沈之間。徵明之右、曰
> 劉松年仇英之畫，正如溫李之詩，彼亦自有沈著痛快處。
> 昔人謂義山詩善學杜子美，亦此意也。(《漁洋、玉樵筆記合
> 刊》，頁 192)

王士禎常用畫理來解釋詩文，是因爲「畫理與詩文相通」。「閒遠中沈
著痛快」就是說，高妙的作品雖然骨子裡有「沈著痛快」的感情，但
是卻用「閒遠」的風格包裝了起來，例如杜甫與李商隱的作品正可以
代表這種理想。不過，事實上就王士禎所舉的詩例而言，大多數的作
品都只具有「閒遠」的風格，至於「閒遠中沈著痛快」的作品卻很少
見。亦即「神韻」詩論家雖然認爲「閒遠」與「沈著痛快」都是很重
要的，但是他們多半都傾向於表現「閒遠」而已。

　　這也是前人不能理解王士禎從司空圖的《二十四詩品》中，爲什
麼只標舉「沖淡」、「自然」、「清奇」三種風格的主因。﹝註34﹞因爲「神
韻」所要表達的「性情」根本上離不開超凡入聖的特質，而超凡入聖
的特質又與清空脫俗之風格的營造密不可分。職此，王士禎才要特別
標舉《二十四詩品》中可以營造清新脫俗之氣息的風格。當然，所謂
的「清遠」的風格並不單只是清空騷雅之氣息的營造，它同時也包涵
了「神韻」的表達必須具有「廣遠」的意旨。換言之，司空圖的風格
論所以要舉出二十四種風格，是因爲司空圖把風格視爲詩人的表現

﹝註34﹞前人多半認爲司空圖所標舉的「風格」具有多樣化的優點，而王士
　　　禎只特別地提出其中的三品：即「沖淡」、「自然」、「清奇」，似乎流
　　　於狹隘。如祖保泉就認爲：「王士禎作爲一代詩宗的聲望，在詩的風
　　　格上只倡導含蓄與纖穠之美，這給人的影響是不好的。我們贊成司
　　　空圖在詩的風格上的不主一格，不贊成王漁洋把詩的風格定於一
　　　尊」。參見祖保泉：《司空圖詩品注釋及譯文》(台北：商務印書館，
　　　1966)，頁 16。

「方式」之一，然而王士禎卻把風格視爲一種重要的表現「目標」。這使得王士禎把某幾種特定的風格作爲表現「神韻」的「必要條件」，而不只是「充分條件」而已。緣是之故，「清奇」、「沖澹」、「自然」的風格對於「神韻」詩論而言，並不是一種美感上或是可有可無的風格而已，它們同時也是構成作品的主要內涵，是構成「性情」的一些必要條件。亦即「神韻」作品必須要具有這些清澹類型的風格，它才能夠因著這些「風格」所給予讀者的感覺而讓他們確認這個作品所展現的「性情」是一種悠然曠放的風範與情懷。

　　至於「神韻」詩被認爲流於空洞虛無甚至雕著字句，是不是與這些風格的營造有關呢？先不論王士禎特別標舉三種風格是否有失偏頗，究竟而論，「沖澹」、「自然」這二種風格可以說是中國詩論中的主流，「神韻」傳統中的「逸品」也是以這二種風格爲重，〔註35〕至於「清奇」則可以算是王士禎之「神韻說」特出的地方。本文認爲，在王士禎所說的這三種風格中，可能是對於「清奇」的風格的追求導致「神韻」作品的雕飾與空洞。怎麼說呢？中國歷代的詩人許多都是以「沖澹」、「自然」的風格而爲詩論家所重，但是他們的作品往往不會被認爲流於字句的雕琢。以陶淵明而論，他的作品可以說是古今「沖澹」、「自然」之風格的冠冕，然而卻沒有人會說他的作品流於虛無縹緲，其詩中的情意所給人的感覺是眞摯而深刻的。由這一點看來，「神韻」詩派所強調的「沖澹」或「自然」的風格似乎並不會導致作品流於雕琢字句或空洞虛無，可能是「清奇」之風格的追求導致「神韻」作品給人縹緲虛無，甚至雕琢矯飾的感覺。何以說呢？因爲所謂的「清

　　〔註35〕「沖澹」、「自然」這二種「風格」可以說是中國詩論中的「主流」，
　　　　　　「神韻」傳統之中的「逸品」，也是以這二種風格爲重。徐復觀〈逸
　　　　　　格地位的奠定──益州名畫錄的研究〉就提到：超逸是精神從塵俗
　　　　　　中得到解放，所以由超逸到放逸，乃逸格中應有之義。所以眞正的
　　　　　　大匠，便很少以豪放爲逸，而逸多見於從容雅淡之中。沒有清逸
　　　　　　基柢的放逸，便會走上狂漫的一路。詳參徐復觀：《中國藝術精神》
　　　　　　（台北：學生書局，1976），頁 321。

奇」主要是使作品具有一種美感或情趣上的奇特性，也許正是這種對於「奇」的強調，使得「神韻」詩人盡其可能地玄想一些奇特的形式營造。姑且不論這些「神韻」詩人在動機上是不是出於以一種「蜻蜓點水」的方式面對情感，「神韻」作品給人的感覺與其說是以「情」為中心，倒不如說是以「意」作為中心。美感是「神韻」詩人其思緒與心靈所徜徉的園地，他們所標舉的「清遠」乃至於「清奇」的風格，就是要使讀者能夠進入一種思緒的飛揚之中，而「清奇」風格的營造，最能製造一種奇趣。更深地說，因為「神韻」是把風格視為一種內在核心，而不只是一種隨作家個性之不同而可以任意變化的格調而已，因此當風格由作品整體感轉變成作品內在重心的時候，〔註36〕就造成了詩人以經營某種風格為主要目的。如此，又進而使得「神韻」詩因為追求一種奇特的意境，轉而把字詞及聲律上的鑽研當作詩歌創作的重心，因此而被認為不著眼於情意，也使得「神韻」詩派可能因為往美感與趣味的方向走去，使詩歌的創作類似於一種遊戲，再由遊戲之面向轉入了虛無的雕琢字句與形式的營造而已。

此外，值得注意的是，「神韻」作品的特定風格其實與詩人創作的情境與詩歌的內容（題目）有極為密切的關係：

> 古詩之傳於後世者，大約有二：登臨之作，易為幽奇，懷古之作，易為悲壯，故高人達士往往於此抒其懷抱，而寄其無聊不平之思，此其所以工而傳也。太原兄弟以詩名江左，順治中子與端士同舉禮部，……。康熙丙辰夏，相遇京師，推手極歡，出其《據青集》一卷，所謂幽奇悲壯，

〔註36〕就中國傳統詩論而言，學者多半認為「風格」與人是不可分割的。風格指的不只是客觀的語言風格而已，他同時是作者這個主體的生命境界及修養、個性等等的綜合。更具體的說，風格指的是作品的整體性。例如蔡英俊的〈「風格」的界義及其與中國文學批評理念的關係〉一文就指出：「『風格』指稱作家與作品相互融鑄所構成的整體意義」，「我的用意是把風格看成一個總提的名稱，指涉一種整體的藝術特質」。收入《文心雕龍綜論》（台北：學生書局，1988），頁347。

二者兼之。予昔在江南，嘗數至金陵，一至吾郡，獨虞山
未至。虹友〈盧山詩〉云：「吾聞蜀道友劍門，江山形勝極
險壯。」又云：「方今蜀道多兵戈，萬壑千巖氣悽愴。」其
感深矣。（《帶經堂詩話》，頁 128，33）

由「登臨之作，易爲幽奇，懷古之作，易爲悲壯」這段論述可以看出，
「幽奇」、「悲壯」等風格顯然都受到創作情境的影響。在下文第三章
關於詩人主體本身的討論中，可更爲清楚地看到「神韻」作品的創作
與詩人所處的情境（特別是空間場景）有極爲密切的關係。

若是將「神韻」是從文化、聲律、風格這三方面所著眼的「形式」
之美整合說明，可以說「神韻」特別著眼於作品完成之後的那個整體
形式上的藝術完整性，也就是特重作品所生發出來的渾然天成的美
感。這也是爲什麼論到「神韻」一定會提及嚴滄浪的那一段話：「如
鏡中之花，水中之月，象中之色，如羚羊掛角，無跡可尋……」，由
此我們也可以理解，王士禎爲什麼認爲「天衣無縫」比「純任眞率，
自寫胸臆」要高：

問：「五古句法宜宗何人？從何人入手簡易？」

阮亭答：「〈古詩十九首〉如天衣無縫，不可學已。陶
淵明純任眞率，自寫胸臆，亦不易學」。六朝則二謝、鮑照、
何遜，唐人則張曲江，韋蘇州數家，庶可宗法。（《師友詩傳
錄》，頁 133，九）

論及「五古句法」，王士禎認爲〈古詩十九首〉的「天衣無縫」是屬
於「不可學」的最高境界，而陶淵明的「純任眞率，自寫胸臆」雖然
也爲王士禎所重，然而它必竟還不到「不可學」的境地，而是「不易
學」。由此可以看出，王士禎所追求的「神韻」是著重於作品完成之
後的那個藝術與美感的境界，而不在於作品的內容是否眞的是從主體
的生命與情感所流溢出來的內在感動力量。

走筆至此，可以看出正因爲「神韻」詩人是從文化、聲韻、風格
這三種傾向於形式方面的基點來營造「神韻」，因此詩人就必須要將

這些從各個不同面向匯集而來的文化資源,自然而不突冗地呈現到作品之中,在營造聲韻美感時也必須要使得作品整體讀起來不像是人為造作出來的。亦即「神韻」所以特重「渾然天成」,主因乃是起於它是從形式與人工的營造中生發出來的,因而「渾然天成」雖然是所有詩歌理論的基本理想,但是它在「神韻」詩論中卻成為判斷作品優劣的主要關鍵。由對於形式層面的關注這一點,也可以了解為什麼王士禎所說的「神韻」常被認為與「格調」派密不可分,而他之後的翁方綱又為什麼說「神韻即格調」。〔註37〕

當然,「神韻」詩人本身並不完全認為他是從「形式」上營造「神韻」,而認為是源本於其內在某種生命境界與性情所生發出來的「神韻」:

> 劉賓客論僧詩有曰:「因定而得境,故脩然以清;由慧而遣詞,故粹然以麗。」晁伯以嘗述其言,以題黃龍諸老之詞。(《帶經堂詩話》,卷三,頁88,三)

最後,我們以王士禎本人在當時極受歡迎的名作〈秋柳四首〉來總結「神韻」理論表現內在情感與其所採用的形式之間的關聯性,這四首

〔註37〕關於「神韻」與「格調」的密切關係,青木正兒就指出「神韻」與「格調」有著某些內在的連繫。由王士禎門人問:「格」與「韻」之別,以及王士禎回答:「格謂品格,韻謂風神」。見青木正兒:《清代文學批評史》(北京:中國社會科學出版社,1988),頁54。而宋如珊也說:「歸納之,翁氏所謂之『格調』,狹義為字句及聲律之安排,廣義為詩之語言形式,甚至涵蓋由不同語言形式所呈現出之文字風格」,《石洲詩話》(翁方綱著)卷四云:『漁洋先生所講神韻,則合羊致、格調為一而渾化之,此道至於先生謂之集大成也』。故翁氏之為王氏之神韻,非僅嚴羽所指之「意興」(羊致),亦包涵「詞理」(格調),其範圍之廣,無所不賅,非僅指「風致情韻」;有於格調、音節、字句見神韻者,亦有於實際、虛處、高古渾樸、情致見神韻者,非可執一端以名之」。參見宋如珊:《翁方綱詩學之研究》(台北:文津出版社,1994),頁41-43。又「翁方綱謂「神韻即格調」,頗令後世爭議,因大體上,格調派較重視「體格聲調」,神韻派較重「興象風神」」(同上,頁45)。由這些論述可以看出,王士禎所說的「神韻」其實是從「格調」(體格聲調)之中所生發出來的「興象風神」。

詩可以算是「神韻」理論的具體展現，在此只徵引前兩首供讀者參照：

> 秋來何處最銷魂，殘照西風白下門，他日差池春燕影，祇今憔
> 悴晚煙痕，愁生陌上黃驄曲，夢遠江南烏夜春，莫聽臨風三弄
> 笛，玉關哀怨總難論。

> 娟娟涼露欲爲霜，萬縷千拂玉塘，浦裏青荷中婦鏡，江干黃竹
> 女兒箱，空憐板渚隋堤水，不見瑯瑯大道王，若過洛陽風景地，
> 含情重問永豐坊。

吉川幸次郎對於這首詩的分析正好可以印證「神韻」詩基本上是由形
式（語詞與音調、用典）上展開內容：〔註38〕

> 　　每一個單句都經過巧妙的選擇，產生一種連續的波
> 動，音調亦復如此，這種波動給人一種新鮮的魅力。作者
> 原本無意表現豐富的內容，更談不上什麼深藏寓意了，縱
> 然有一鱗片爪的寓意，那也不是重點所在，作者的重點就
> 是放在語詞。換句話說，作者的情感並非藉詩歌的內容來
> 表達，而是寄寓在詩歌中的語詞。……。

小　結

　　本文所要追究的主要問題是，「神韻」在作品中到底指的是什麼？
綜合上述的引證可以確定它主要是指「性情」。就詮釋上來說，「神韻」
作品是要從「自然物象」的描寫上讓讀者體會出詩人的「性情」。因
此我們說，「神韻」作品基本上是「神韻」與「性情」的對位。而「神
韻」作品所以能夠由自然物象的「神韻」這個「顯在」的意涵，被讀
者所理會或轉化爲一種「潛在」的內涵（主體的「性情」），基本上可
以說是基於三個層面的因素：一是作品的圖像結構（意象的營造方
式）；二是讀者的「悟性」；三是「神韻」本身所具有的雙重身分，在
這一章，我們主要是針對第二、三點來說明，至於第一點留至第二章
再詳述。

〔註38〕可參考吉川幸次郎的〈漁洋山人的〈秋柳詩〉〉一文。詳參吉川幸次
郎著，劉向仁譯：《中國詩史》（台北：明文書局，1983），頁 465-466。

　　先就第二點來論，由於王士禎所預設的讀者必須以著「悟性」來體會存在於作品中的「言外之意」，因此「神韻」作品自然不能將它所要展現的「性情」明顯地呈現出來，而必須將它所要表達的真正內容放到表層語義之外的「言外之意」中。再就「神韻」本身所具有的雙重身分（指標與內涵）來說，本文所要特別強調的是，其實很多詩派雖然都認為「神韻」很重要，然而它們所說的「神韻」幾乎都是針對它作為一種「指標」的身分來說的，亦即強調作品的意義是存在於「言外」的位置。至於在「內容」上，每一個派別所指涉的「神韻」其實都有著不同的內涵。也就是說，所謂的「神韻」雖然可以說是大部分中國傳統詩論家所追求的詩歌理想，然而無限風流的「神韻」其實可以說只是一種抽象觀念，每一派詩論家所強調的「神韻」理論，其實是受到他們所追求的基本精神之內涵的影響。

　　以王士禎的「神韻說」與王國維的「境界說」而論，它們雖然同樣都追求詩歌必須具有無限風流的「神韻」，然而由於二者所追求的內在精神與生命不同，所謂的「神韻」就有內涵上的基本差異。王士禎是把無限深遠的「神韻」放到詩歌的「理趣」與「意趣」上，認為詩歌應該具有一種接近於「意趣」上的深遠與「風格」上清遠的特質。至於王國維雖然同樣強調詩歌應該具有無限的「神韻」，可是他主要是把深遠的「神韻」放到詩歌的「情感」上。因此，雖然二者都同樣強調詩歌必須具有深遠的「神韻」，但是他們所認定的「神韻」其實有著不同的內涵。

　　正因為「神韻」這個詞主要是一種「指標」，指出真正的語義是存在於言外的位置，它的「內容」則依它所被放置的理論而定，因此在王士禎的詩論中，我們就必須要找出一種具體的內容將它灌注於作為「指標」的「神韻」中。用比喻來說，「神韻」的第一重身分（指標）就如同一個空的器皿，它只有形狀沒有內容，於是我們必須在王士禎的詩論中找一個具體的內容來灌注於這個容器中，而「性情」正是我們所找到的一種內容。因此，在本文的對位詮釋方法中，如果更

為具體的說明，不只是「性情」與「神韻」的對位，而是「性情」與自然物象之「神韻」的對位。因為「神韻」既是一種語言的原則，它本身就只能是一種原則而不是一種內容，只有當這個原則具體的坐落於一個內容上（即自然物象），其作為語言的原則才能夠開展。

此外，為什麼我們會認為「神韻」作品所要求的「無限」（意義的多面性與廣遠）的「內容」在大部分的情況中是接近於「趣味」上或「美感」上的「趣」呢（這裡所謂的趣味與美感，自然是相對於詩歌內在深刻情意來說的）？我們可以由「神韻」作品在大部分的情況裡是把詩歌的「形式」當「內容」來經營這一點看出。關於這一觀點，又可以分為四方面來了解：一是「神韻」詩人不僅把文化歷史的積累當作典故或表現手法的媒介，他們根本上是直接從文化歷史的神遊之中引發趣味或感想。二是聲韻在「神韻」作品中不只是形式上的美感，它可能還是詩人表現「神韻」的重心之一，也可以說「神韻」的內涵其實有一部分是由聲韻的美感營造出來的。三是「風格」的問題。對於許多傳統的詩論而言，「風格」多半作為詩人在表現他個人內心情意時所自然而然表現出來的一種整體的風範。然而，對於「神韻」作家而言，「風格」根本上是作為一個目標來營造，亦即「神韻」詩人是刻意地營造某種類型的「風格」。四是在意象的營造上，「神韻」主要是以自然景物的經營為主，而不以人情深度為主。關於第一、二點（文化、聲律）又可以合併說明，當詩人要以文化的積累及聲韻美感的營造來表現無限流轉的意趣，他就必須要注意到作品「渾然天成」的整體性。

總而論之，就主題上來說明，我們要指出「神韻」作品其實不是沒有具體內容，它也不是沒有表達感慨，然而詩人的感慨或情緒往往不具有與自身切身的關係，並且人的內在情緒或情感也常被作者淡化或外化為身外物象，或是引向人生哲思。不論如何，就算「神韻」作品引出了感慨，或是引出了某些傾向人生哲思的想法，它根本上還是著重這些感慨與人生哲思所引出的「興趣」，所以說「神韻」的基本

內涵是一種傾向於美感或趣味上的「趣」，要讀者感受的是由作者悠然放逸的「性情」所欣賞的自然之「趣」。

第二節 「境界」——「感受」的永恆回歸
壹、起點：由劃分割裂的世界觀引向內外層的結構

對於「神韻」作品的基本內涵與詮釋有了基本的認識之後，接下來讓我們探討「境界」作品的內涵。

在探討「境界」作品的主要內涵之前，讓我們先了解王國維針對作品的基本結構所提出的特殊觀點：兩種「形式」的劃分。關於文學作品的基本結構，王國維提出的主要論點是關於「形式」的問題，他認爲「形式」是文學作品的重要特質，簡單的說，他認爲文學作品本身的結構可以分爲兩個層次：即「第一形式」與「第二形式」。〔註39〕而王國維對於作品的這兩種層次的區分，又可以說與他的「劃分割裂」的世界觀密不可分。

爲什麼王國維要將文學作品的結構分爲兩個層面呢？這是因爲他特別地感受到文學的世界（這裡指作品所表現的內容）與現實的世界是兩個不同的世界。那麼，這兩個世界最大的分別是什麼呢？簡單地說，文學世界與現實世界的不同，乃在於文學世界具有達到完美的可能性，但是現實世界卻不可能達到完美：

> 自然中之物，互相關係，互相限制，故不能有完全之美。然其寫之於文學中也，必遺其關係、限制之處，故雖寫實家亦理想家也。又雖如何虛構之境，其材料必求之于

〔註39〕佛雛就指出：王國維的「第二形式之美」的論點跟康德、叔本華的美學有相當密切的關係。參見佛雛：《王國維詩學研究》（北京：北京大學出版社，1987），頁90。同時，學者多半認爲王國維關於「形式」的論述，開啓了中國詩論的另一面向。如李瑞騰：「王國維處在舊新時代的交界，他強調文學的形式之美，正可補格命派的章劉，維新派的梁譚之不足」。見李瑞騰：《晚清文學思想論》（台北：漢光文化事業，1992），頁71。

自然，而其構造亦必從自然之法則，故雖理想家亦寫實家
也。（《人間詞話》，頁37，37（5））

「自然」在這裡應當是指「現實世界」，以與「文學世界」相對。兩
者所以不同的根本原因，乃在於自然（現實）中之物，往往有很緊密
的「互相關係」與「互相限制」，而文學世界則可以排除這些緊密的
「關係」與「限制」之處。正因為現實世界到處都存在著不能化解的
「關係」與「限制」，使得它往往不能達到「完全之美」；至於文學的
世界則因為可以排除這些緊密的關係與限制，就有可能達到面面俱到
的完美性。

緣此，由於文學世界（作品）具有達到「完美」的可能性，它就
可能同時具有兩面性：既是「寫實」又鄰近「理想」；既是「虛構」
又符合「自然之法則」。每一件作品的差別只是「寫實」與「理想」
之成分比重的多寡問題而已：

> 有造境，有寫境。此理想與寫實二派之所由分。然二
> 者頗難區別。因大詩人所造之境，必合乎自然，所寫之境，
> 必鄰於理想故也。（《人間詞話》，頁34，32（2））

什麼是「造境」與「寫境」呢？「造境」是指作品呈現出「作者」的
某種「理想」；而「寫境」是指作品能夠符合「現實」。「造境」與「寫
境」在大詩人的作品中所以難以區分，是因為大詩人所造的「境」多
半合於「自然」（現實），而其所描述的「寫境」也幾乎近於「理想」。
〔註40〕可見文學與現實世界的不同，乃在於每一位大詩人所創造的作
品都可能同時包納在現實世界中互相限制，甚至互相背離的特質。

正因為王國維特別地意識到現實與文學這兩種世界有不同的地
方，因此他在看待文學作品的時候，就特別的將文學作品分為兩個層

〔註40〕也許是受到西方的影響，王國維嘗試將文學作品的原質分離出來，
但是他又常常發現在文學作品之中其實很多成分不是單一的存在。
因為文學作品是一種很複雜的東西，雖然可以在其中找到很多的原
質，並將之分離出來單獨解釋，然而這一些原質之間的緊密關係，
恐怕也是難以劃分清楚的。

次：「第一形式」與「第二形式」。「第一形式」是現實世界與文學世界都具有的層面；而「第二形式」則是只屬於文學世界才具有的面向。緣此，王國維雖然認為「藝術」與「自然」中同樣都具有「形式」，然而作品中的「形式」與現實中的「形式」是不一樣的。「自然」（現實）中所存有的「形式」只有「第一形式」，但「藝術」之中則有「自然」中所沒有的「第二形式」：

> 夫然，故古雅之致，存於藝術，而不存於自然。以自然但經過第一形式，而藝術則必就自然中固有之某形式，或所自創造之新形式，而以第二形式表出之。（〈古雅之在美學上之位置〉，《王靜庵文集》頁71）〔註41〕

由「古雅之價值，大抵存於第二形式」這個觀點（參閱《古雅之在美學上之位置》，頁72）可知「古雅」是「第二形式」的一種，它只存在於「藝術」之中，而不存在於「自然」（現實）裡。〔註42〕因為「自然」（現實）只有「第一形式」，而文學藝術則會依照著「自然」之中已經存在的「固有之某形式」，再創造出所謂的「第二形式」。以繪畫為例，雖然某一幅畫是按照「現實」中的某一座山的「第一形式」而畫的，但是不論模仿得多像，它的形式還是人所自創的「新形式」，因此還是屬於「第二形式」。而就詩歌而言，其媒介既是文字，所以任何一件作品所描寫出來的自然形象也必定是所謂的「第二形式」。〔註43〕

　　大致上了解文學作品所以被王國維分成兩種「形式」的原因之

〔註41〕本文所引《王靜庵文集》，皆見王國維著：《王靜庵文集》（臺南：罷免出版社，1978）。

〔註42〕雖然「古雅」只存在於「藝術」、「文學」之中。然而，它其實也是對於現實的模仿，我們由「古雅」是低度的「宏狀」與「優美」這一點就可以看出。

〔註43〕關於「第二形式」，王國維說：「一切之美，皆形式之美也。……。故除吾人之感情外，凡屬於美之對象者，皆形式而非材質也。而一切形式之美，又不可無他形式以表之，惟經過此第二之形式，斯美者愈增其美。故吾人之所謂古雅，即此第二種之形式」。詳參〈古雅之在美學上的位置〉一文，見本文所引《王靜庵文集》，頁70。

後，就讓我們進一步具體地說明「第一形式」與「第二形式」這兩個層面，以及它們與「境界」有什麼關係。由於「第一形式」與「第二形式」不僅是詩歌所具有的兩個層次，它同時也是一切文學乃至於藝術門類所具有的要素，因此我們先以繪畫來說明「第一形式」與「第二形式」的差別：

> 繪畫中之佈置，屬於第一形式，而使筆使墨，則屬於第二形式。凡以筆墨見賞於吾人者實賞其第二形式也。此以低度之美術（如書法等）為尤甚。三代之鐘鼎，秦漢之摹印，漢魏六朝唐宋之碑帖，宋元之書籍等，其美之大部，實存於第二形式。吾人愛石刻，不如愛真跡：又其於石刻中，愛翻刻不如愛原刻，亦以此也。（〈古雅之在美學上之位置〉，《王靜庵文集》頁71，72）

在繪畫之中，「佈置」（佈局，輪廓）是屬於「第一形式」，而線條與色彩（「使筆使墨」）則是屬於「第二形式」。由此可以判定，「第一形式」是傾向於作品的精神內容的部分，因為一幅畫是靠佈局與輪廓將內容乃至於意義表現出來；而「第二形式」則可以說是傾向於作品的「形式」部分。具體地說，「第一形式」指的是作品的「內容」，而「第二形式」指的是作品的「形式」。當然，我們由以下這一段話，必須了解「內容」與「形式」（兩種「形式」）並不是可以全然劃分的：[註44]

> 優美及宏壯，必與古雅合，然後得顯其固有之價值。
>
> 不過優美即宏壯之原質愈顯，則古雅之原質愈蔽。（〈古雅之在美學上之位置〉，《王靜庵文集》頁71）

怎麼說呢？因為王國維明白地指出，存在於「第一形式」中的「優美及宏壯」往往必須要與存在於「第二形式」中的「古雅」相合，然後

〔註44〕「第一形式」與「第二形式」的劃分基本上接近於「內容」與「形式」的劃分。當然，「內容」與「形式」並不能夠全然劃分。Rene Wellek & Warren 的《文學理論》對於這一點就特別強調，他們認為把作品的「內容」與「形式」分割此一作法是荒謬的。詳參 Rene Wellek & Warren：《文學理論》（臺北：水牛圖書，1991）。

才越發能夠「彰顯」它的價值。由此可以說,「第一形式」(「內容」)
的表出基本上離不開「第二形式」(「形式」)。不過,這兩種「形式」
雖然不能全然劃分開來,但是它們還是不同的,王國維大體上是用「優
美及宏壯」來說明「第一形式」,以「古雅」來說明「第二形式」。

此外,關於「第一形式」與「第二形式」的差異,還可以用普遍
性與特殊性來說明。正因為「第一形式」是屬於作品之內在感情的部
分,而人的感情又是普遍而共通的,因此作品的「第一形式」的優劣
判斷,是憑著人的「天生」與「先驗」的判斷力。至於「第二形式」
由於是作品的「形式」部分,而且因為對於「形式」美感的要求往往
因著時代與地域的不同而有差異,因此它多半依賴「經驗的」與「後
天的」判斷力。也可以說,「第一形式」的判斷法則通常比較穩定而
持久;而「第二形式」的判斷則會隨著時代與環境以及個人的因素而
改變:

> 若古雅之判斷則不然,由時之不同,而人之判斷之也
> 各異。吾人所斷為古雅者,實由吾人今日之位置斷之。古
> 代之遺物,無不雅於近世之創作。古代之文學,雖至拙劣,
> 自吾人讀之,無不古雅者。若自古人之眼觀之,殆不然矣。
> 故古雅之判斷,後天的也,經驗的也,故亦特別的也,偶
> 然的也,此由古代表出第一形式之道,與近世大異,故吾
> 人賭其遺跡,不覺有遺世之感隨之。然在當日,則不能。
> 若優美及宏壯,則固無此時間上之限制也。(〈古雅之在美學
> 上之位置〉,《王靜庵文集》頁 72,73)

這裡也是用「古雅」來說明「第二形式」。由於「古雅」是屬於「形
式」的部分,是傾向於包裝的東西,它就是屬於詩人個人獨特性的部
分,而非人類永恆不變的情感共相。因此,關於一個作品是否「古雅」
的判斷也就成為一個見人見智的問題,它會隨著時代、環境以及個人
因素而改變。例如某些「古代之遺物」,現代人認為是「古雅」的,
但古人也許並不覺得。循此而論,關於「古雅」的「判斷」乃至於創
作,可以說是屬於「後天的」、「經驗的」判斷;至於「優美及宏壯」

〔註45〕的判斷則可以超越具體的時空地域。根據上述的認識，可以說王國維認為文學作品基本上包含了兩個層面：一個是經驗的部分，一個是先驗的部分。「先驗」的部分（「第一形式」）所承載的內涵比較穩定，是屬於比較不會隨時空改變的文學內涵或定律，而「經驗」的部分（「第二形式」）則是屬於美感判斷的面向，它會與時遷移，因地域與時間的差異而有不同的判斷。

此外，關於「第一形式」與「第二形式」的差別，王國維主要是以「價值」的角度將它們區別出來，並且一直強調「第二形式」（古雅）也有它獨立的價值：

> 古雅之價值，大抵存於第二形式，西漢之匡、劉，東京之崔、蔡，其文之優美宏壯，遠在賈、馬、班章之下，而吾人之嗜之也，亦無遜於彼者，以雅故也。……。由是觀之，則古雅之原質為優美及宏壯中，不可缺之原質，且得離優美宏壯，而有獨立之價值，則固一不可誣之事實也。

（〈古雅之在美學上之位置〉，《王靜庵文集》，頁72）

由這一段論述可以看出，雖然「古雅」是「優美」及「宏壯」中不可或缺的原質，但是「古雅」可以由這兩者分離出來而具有獨立的價值。此外，由此還可以順帶看出，「優美」及「宏壯」、「古雅」並不等於「第一形式」或是「第二形式」，因為它們只是分別存在此兩種形式中的特質。又如以下這段論述也說明這個現象：

> 即形式之無優美及宏壯之屬性者，亦因此第二形式故，而得一種獨立之價值。故古雅者，可謂之「形式之美之形式之美」也。（〈古雅之在美學上之位置〉，《王靜庵文集》，頁70）

整體而論，「第一形式」與「第二形式」的基本差異大體上是內容與形式的區分，它們的優劣判斷乃至於創造是以先天與後天的差異，以及感情的不同深淺層次而區分的。

〔註45〕「優美」及「宏壯」大致屬於王國維所說的「第一形式」。詳參〈古雅之在美學上的位置〉一文，見本文所引《王靜庵文集》，頁69。

　　不過，王國維雖然一直強調「第二形式」的「價值」，然而我們必須了解，關於「境界」的判斷絕不是出於「第二形式」。而王國維所以要特別強調「第二形式」的價值，一方面是受到西方學說重客觀形式的影響，另一方面應該是爲文學的美感形式尋找出路。至此，可以看出王國維所以將文學作品分爲兩個層次，基本上是起於一種「劃分割裂」的世界觀。而文學的世界所以不同於現實的世界，是因爲有些要素只存在於「文學藝術」裡，而不存在於「自然」之中。而那些只存在於文學藝術裡的要素，簡單的說，就叫作「第二形式」。或者說，正因爲王國維特別著眼於文學與現實兩個世界的差異，所以在這個角度的透視之下，就將文學作品的結構剖析爲兩個層面，這是詩論家的世界觀對於其看待作品結構的影響。從這個觀點來比較「境界說」與「神韻說」，可以看出二說的不同論點主要是建基於兩位詩論家對於文學世界與現實世界的關係的認知有所不同。王國維強調的是文學與現實兩個世界的「劃分割裂」，王士禎所強調的則是兩個世界的「打通流轉」。

　　在《人間詞話》裡，王國維看待作品有一個基本的傾向是，他總是將作品分爲內外層。對於許多作品的評賞，他多半先視察它們內層的部分，如果內層情意不佳，再看看外層形式有什麼可取之處。而此所謂作品的內外層次的區分其實正與所謂的「第一形式」與「第二形式」的區分是相通的觀點。「第一形式」基本上可以說是屬於作品內層的東西，而「第二形式」則可以說是屬於作品外層的東西。例如在以下這則論述裡，王國維就將作品分爲三個層次，這些層次的區分很明顯的具有內外層的意義：

　　　　溫飛卿之詞，句秀也。韋端己之詞，骨秀也。李後主之詞，神秀也。詞至李後主而境界始大，感慨遂深，遂變伶工之詞而爲士大夫之詞。宋初晏、歐諸公，皆自此出，而花間一派微矣。（《人間詞話》，頁125，11）

由這一段話可以看到王國維將文學作品區分爲幾個不同的層次：

「句」、「骨」、「神」等，而這三種層次的區分似乎又與「第一形式」
與「第二形式」的劃分是相通的。由溫飛卿的「精豔絕人」，〔註46〕
我們可以判斷「句」這個層次是屬於作品表層的語詞營造。而由「白
石尚有骨」〔註47〕我們也可以推斷「骨」是屬於作品「格調」的層次，
它雖然比「句」略高一等，但還是屬於作品表層的層面（即「第二形
式」）。而由李後主的「境界始大，感慨遂深」，〔註48〕則可以推知「神」
才是作品真正的內涵精神之所在（即「第一形式」），而溫飛卿、韋端
己乃至於李後主詞作的優劣高下正在於它們所達到的層次不同。

　　對於「境界說」而言，作品的內層（即「第一形式」）才是「境
界」之所在，所以王國維對於作品「雅正」與否的判斷，是以內層的
「神」為依據，而不在於表層之「形」的狀態：

> 　　詞之雅正，在神不在貌。永叔、少游雖作艷語，終有
> 品格。方之美成，便有貴婦人與倡妓之別。（（《人間詞話》，
> 頁57，63（32））

由這一段話可以看出，關於作品某些特點的判斷，例如「雅正」與否，
並不是依照表層的「形」（也就是表面語言文字的特質）來判斷。例
如永叔、少游的詞作雖然傾向「艷語」，但是還是被王國維認為有「品
格」。由此可以看出一個作品有沒有「境界」與作者在表層字句上的
經營沒有絕對的關係，並非艷詞麗語一定沒有境界，也不是淡雅的文
字特色就是佳作。

「境界」與「形神」觀念的關係

　　由作品兩種「形式」的劃分（內外層），我們也可以看到所謂的
「境界」與「形貌」、「神韻」的關係。可以說，王國維所說的「境界」
其實也強調作品的意義在於「神韻」之中，而不在「形貌」上：

> 白仁甫《秋夜梧桐雨》劇，奇思壯采，為元曲冠冕。

〔註46〕詳參王國維：《人間詞話》，頁5，4（11）。
〔註47〕參考王國維：（《人間詞話》附錄，頁118，20。
〔註48〕參見王國維：（《人間詞話》，頁91，105（15）。

然其詞乾枯質實，但有稼軒之貌而神理索然，讀永叔、少
游詩可悟。(《人間詞話》，頁 73，82 (64))

當然，在此「境界說」之中所使用的「神韻」概念，以及上一章所提
到的「神韻說」中的「境界」概念，是以一般人對於這兩個概念所直
覺認識與使用的泛泛之意而說的。此可以看到「神韻」與「境界」所
以常被混淆，其實是因為「境界」在某一層次上往往包涵「神韻」概
念，而「神韻」在某一層次上也包涵了「境界」概念。

緣上所述，可以看出作品之內外層的區分以及「第一形式」與「第
二形式」的劃分，均是王國維探究作品的重要基點。而所謂的「境界」，
基本上就是一種屬於作品內層的文學要素。如果說「境界」作品的內
層並非「形貌」而且也是指向一種「神韻」，那麼，王國維「境界說」
裡所說的「神韻」和王士禎所說的「神韻」到底有什麼差別呢？以下
進一步說明這個問題。

貳、關於「境界」之基本內涵的幾層推究

關於「境界」作品主要內涵的推斷與確認

對於作品的基本結構——兩種「形式」(內外層) 的區分，乃至
於王國維推導這兩個層次的「劃分割裂」的世界觀有了初步的了解之
後，就讓我們進入正題：關於「境界」作品主要內涵的探究。

如果說，「神韻」作品所要表現的主要內涵是由「神韻」所引出
的「性情」，那麼，「境界」作品所要表現的是什麼呢？基本上，「境
界」作品所要表現的正是「境界」本身。何以說呢？王國維在理論上
就曾開宗明義地說，詞以「境界」為上：

嚴滄浪《詩話》曰：「盛唐諸公，唯在興趣，羚羊掛角，
無跡可尋……」，余謂北宋之詞亦復如是。但滄浪所謂 "興
趣"，阮亭所謂 "神韻"，猶不過道其面目，不若鄙人拈
出「境界」二字為探其本也。(《人間詞話》，頁 71，79 (9))

詞以境界為最上，有境界則自成高格，自有名句。五

代北宋之詞所以獨絕在此。(《人間詞話》,頁 31,31(1))

　言氣質,言格律,言神韻,不如言境界。又境界,本
也。氣質、格律、神韻,末也。有境界而三者隨之矣。(《人
間詞話》,頁 44,45(刪 13))

由這三則論述都可以看出,王國維認為「境界」才是詩歌最為重要的
部分,只要掌握了「境界」,作品的其它層面,諸如「高格」、「名句」、
「興趣」、「神韻」、「氣質」等等,自然都能水到渠成地包含於作品內。

　而在實際作品的欣賞上,嚴格地說,王國維所崇尚的典範大略可
以歸納為兩種類型:一種是以「深情」為主的作品,這類作品佔了《人
間詞話》大約九成左右;〔註49〕另一種是傾向於描寫景物的作品(這
一類的作品乍看之下與「神韻」作品很相似)。這兩種作品可以說是
完全不同的類型,事實上第一類型的作品以詞作為主,而第二類型的
作品以詩作居多,不過王國維都以「有境界」來推崇它們。相對於「神
韻」作品最終所要表現的是「性情」,由這兩類的「境界」典範中也
可以判斷:「境界」作品所要表現的正是「境界」本身。然而,雖然
「境界」一直是王國維所強調的「理想」目標,但是他並沒有直接地
說出到底何謂「境界」,也因此而引發學者不斷地論辯這個問題。為
了進一步了解王國維所說的「境界」到底是什麼意涵,我們該採取哪
些方法呢?

　既然王國維舉出了兩類作品來說明「境界」,就常理來推斷,先
分別討論王國維對於第一類作品與第二類作品的要求有哪些,亦即先
探究這兩類作品的最主要特質有哪些,然後從這兩類作品的特色中再
歸納其相同的特質,似乎就可以歸結出「境界」是什麼?然而,由於
王國維對於傳統抱持著某種特殊的態度,於是除了歸結兩類作品的交
集部分之外,交集以外的那個部分其實也提供我們探究王國維對於
「境界」的可能思考。乍看之下,《人間詞話》乃至於王國維所提出
的論述有許多地方似乎是矛盾的,例如上述所提到的兩類作品的特色

〔註49〕這裡所謂的「深情」大體上是指一種傾向於「倫理式」的「情」。

近乎完全對反，這些都是因為他對於傳統詩歌乃至於整個傳統觀念抱持著開創或修正的態度。正因為王國維的一生都致力於對於傳統文化各個層面的思索與開創的努力，〔註50〕因而我們對於「境界」的了解，除了可以從「境界」作品的歸納中求得其內涵，還必須從「開創」的角度來理解王國維的「自相矛盾」。

正因為王國維看待傳統以及傳統詩論具有其特殊的態度，因此關於「境界」是什麼的判斷就包含兩個層面：它一方面既是兩種不同類型作品的交集（本文稱之為「典範」中的「境界」）；但是另一方面也與那個交集之外的部分有關（本文稱之為「理想」中的「境界」）。也就是王國維心目中的「境界」其實並不全然地存在於已完成的作品或典範中，他對於「境界」有一些要求是存在於「理想」中的。這就是為什麼王國維沒有辦法只用一種類型的作品就把他所認定的最高「境界」說明清楚，而必須要以多種不同類型的典範包納他所追尋的「理想」中的「境界」。也因此，探究「境界」是什麼就好像在探尋王國維心中的一種夢，像是隨著他追尋理想的足跡向前移動。準此，在歸納王國維所舉出的「典範」中的「境界」之前，讓我們先來探究王國維心目中「理想」的「境界」是什麼。

一、「理想」中的「境界」所表徵的意義：「情」與「規模」的開創

就「境界」這個概念來說，王國維一方面希望以詞的某些特質（特別是「要眇宜修」的情意）來開創「境界」，另一方面又希望詞這種文類所表現的「境界」能夠跳脫詞本身的一些缺失進而具有詩的某些優點。可以說，王國維所要開創的「境界」是取「詞」和「詩」其各自

〔註50〕這也許是為什麼「境界說」乃至於王國維的許多觀點看起來有許多矛盾而不一致的主因所在。其實從很多方面可以看出，「擴展」是王國維看待傳統問題的主要傾向。亦即王國維一直想要開創傳統的某些面向，他似乎一直觀察傳統中缺乏什麼，然後要人多發展傳統中所缺乏的部分。

的某些特點集合而成，是「詞」和「詩」各種優點的匯集，也就是它是一種「理想」。所以表面上王國維所強調的似乎是期盼不同文體之特質的互相轉移與學習，〔註51〕然而，其實王國維是期盼把存在於不同文體（詩、詞）的典範中的某些特質集合成爲「境界」的可能特質。

（一）第一類型的作品（詞）對於「境界」的意義：「情」的開創

　　如果要說明兩種類型的作品對於傳統「境界」的開創，可以說，第一類型的作品（詞）對於「境界」的意義主要是「情」的開創。基本上，王國維對於「境界」的擴展首推由「景之境」擴展爲「情之境」。〔註52〕怎麼說呢？讓我們先就「境界」一詞其一般而廣泛的定義來說：它起於佛語，本與「疆界」等地域、空間性的字眼有很密切的關係，而且它大多以「景物」的描寫爲主。〔註53〕正因爲傳統之「境界」大多是指「景之境」，因此王國維想要擴大「境界」的範圍，把它由「景之境」擴大爲「情之境」：

〔註51〕由很多的論述都可以看出王國維希望詞能夠往詩的某些特質去發展。

〔註52〕傳統所說的「境」，主要是以接近第二類型的作品爲主，而且傾向於「神韻」作品。

〔註53〕關於這一點，緒論中已約略述及。柯慶明〈論王國維人間詞話中的境界，有我之境、無我之境及其他〉一文對於「境」與地域和疆界的關聯有很詳細的說明：「境，一般來說，有疆界、處所、遭際、品地、狀況等意。疆界，如出境、入境；處所，如塵境、幽境；遭際，如逆境；品第，如文境，詩境；狀況，如情境，環境，心境等等。界，則除了同於境的疆界，並毗連之義外，更有限制、範圍，與對於別一地位自成境域等意涵。前者譬如：『奢儉之中，以禮爲界。』；後者譬如：仙界、色界、政界、學界等等。而境界兩字合用，則除卻謂土地之疆界，常亦猶言境地，如耶律楚材詩：『我愛北天眞境界，乾坤一色雪花霏』；並指修學等所造之境，如「無量義經」：『斯義宏深，非我境界。」因此大致而言，境與界，通常用來標示一種範圍，先是用於土地，空間，漸漸汎指而終於引申具有一種指陳自成單位的每種情況或狀態的意思。而假如要以兩字來表示，那人生之某一階段，具有某種制序而自成宇宙那麼一個可以孤離獨立的生活世界，則難道還有比「境界」更適合的？」見柯慶明：《境界的再生》（台北：幼獅文化事業，1976），頁58。

　　「境」非獨謂景物也，感情亦人心中之一境界。故能
寫眞景物，眞感情者謂之有境界，否則謂之無境界。(《人間
詞話》，頁 36，35 (6))

換言之，本文認爲「情」（我們以「感受」來稱呼它）是「境界」作
品的重要成分，在《人間詞話》大部分的論述中，「情」是構成「境
界」的最主要的內涵，也是「境界」在主體身上的一個最爲重要的部
分。關於這一點還可以由很多方面看出，例如王國維雖然舉出了以上
兩種截然不同的「典範」作品，然而整體而論，在《人間詞話》中九
成以上的例證都是以「情」爲主的詞作（即第一類作品）。再就《人
間詞話》大部分的評論與王國維所舉的實例來分析，也可以看出王國
維對於作品的批評大多是朝向「情」的面向來解析。此外，就主體的
觀照對象而言，王國維也是強調詩人應該把「情」當作直觀的對象。

　　對於詩人本身而言，王國維所以以「情」開創「境界」，就是要
詩人除了觀測周邊的景物環境，還必須觀察體悟人的內在感情。所以
王國維說，「激烈之感情」也可以成爲詩人所「直觀」的「對象」：

　　　自他方面言之，則激烈之感情，亦得爲直觀之對象，
文學之材料。(〈文學小言〉，《王靜庵文集》頁 52 (四))

前人多半將具體看得到的外在物象視爲一種可以「直觀」的對象，而
王國維卻特別強調肉眼所看不到的「情」，特別是「激烈之感情」也
可以成爲一種觀照的對象。亦即詩人所要觀照的不只是外在景物，也
包括內在感情，準此，可以說「情」是構成「境界」的主要內涵。

　　本文雖然認爲王國維對於「情」的強調是對於「境界」概念的「擴
大」，不過王國維並非認爲所有的「境界」作品都應該只是以「情」
（特別是「倫理」傾向的情）爲中心，他只是想要以「情」來加強與
擴展「境界」的內涵而已。也可以說，王國維所以大量引用詞作，主
要的目地似乎是爲了取詞作表現「情」的特殊方式，﹝註54﹞但是他並

────────────

﹝註54﹞「詞之爲體，要渺宜修。能言詩之所不能言，而不能盡言詩之所能
　　　言。詩之境闊，詞之言長」。參考王國維：《人間詞話》，頁 41，43

不以詞作所具有的特質或狀態爲滿足。所以他又舉出第二類型的作品（詩）當作例證，因爲這類作品雖然不以倫理傾向的「情」爲主，但是具有詞所沒有的重要優點。

（二）第二類型的作品（詩）對於「境界」的意義：「規模」、「氣象」的開創

至於第二類型的作品（詩）對於「境界」的意義，主要則是在於「規模」、「氣象」方面的開創。關於王國維所提出的第二類型的作品，除了反應王國維所認定的「曠達」與王士禎不同之外，它還具有另一個意義，就是王國維對於「境界」的開創問題。

縱觀《人間詞話》，王國維對於詩詞的問題大體上抱持著二種不同的態度。他一方面強調詩詞具有不同的特質，詩家、詞家不能跨行，同時又期盼詞能夠往詩的特質上去發展：

> 白仁甫《秋夜梧桐雨》劇，奇思壯采，爲元曲冠冕。然其詞乾枯質實但有稼軒之貌而神理索然。曲家不能爲詞，猶詞家之不能爲詩，讀永叔、少游詞可悟。（《人間詞話》，頁73，82（64））

> 昭明太子稱陶淵明詩「跌宕昭彰，獨超眾類，抑揚爽朗，莫之與京」。王無功稱薛收賦「韻趣高奇，詞義晦遠，嵯峨蕭瑟，眞不可言」。詞中惜少此二種氣象。前者唯東坡，後者唯白石略得一二耳。（《人間詞話》，頁57，63（32））

事實上，王國維認爲詞格所以不卑於詩格，主要是在於它的「情」的深度，因爲詩詞同樣都是用來「寄興言情」的體式，[註55] 都是詩人表現「歡愉愁苦」的文體：

> 陸放翁跋《花間詞》謂：「……」。其言甚辯，然謂詞格必卑餘詩，余未敢信。善乎陳臥子之言曰：「然其歡愉愁苦之致動於中而不能抑者，類發於詩餘，故其索造猶工」

（冊12）。

〔註55〕參見王國維：《人間詞話》，頁50，54（59）。

唐五代之詞獨盛，亦猶此也。(《人間詞話》，頁84，94（53）)
不過，他也認爲詞若是能夠朝向詩的某些特質去發展，這對於詞的「境界亦是一種開創。由此也可以看出王國維的目標其實是對於「境界」概念的擴展，不只是對於「詞」這個文體的開創而已。王國維所以將詩詞並舉，是因爲它們各有所長：

　　詞之爲體，要眇宜修。能言詩之所不能言，而不能盡
言詩之所能言。詩之境闊，詞之言長。(《人間詞話》，頁41，
43（刪12）)

由這一段話我們可以看出，王國維所以引用大量詞作來說明「境界」，主要似乎是捉住詞在「情」的表現上具有「要眇宜修」與「言長」的特質，也就是一種「纏綿繚繞」的特性。但是因爲詞缺乏詩作「境闊」的特質，因此王國維又舉出很多「境闊」的詩例，希望詞能夠朝向詩的某些特質上去發展。

　　基本上，王國維只要一提到與「境闊」相似的字眼，諸如「規模」、「氣象」（這些又與所謂的普遍性及真理相關）等批評術語，往往都是以詩作爲例：

　　「明月照積雪」，「大江流日夜」，「澄江靜如練」，「山
氣日夕佳」，「落日照大旗」，「中天懸明月」，「大漠孤煙直，
黃河落日圓」，此等境界可謂千古壯語。求之於詞，唯納蘭
容若塞上之作，如《長相思》之「夜深七千帳燈」，《如夢
令》之「萬帳穹盧人醉，星影搖搖欲墜」，差近之。(《人間
詞話》，頁42，44（51）)

由這一段論述可以看出，諸如「明月照積雪」，「大江流日夜」等詩作，雖然不具有「要眇宜修」與「言長」的特質，但是它們都具有「境闊」的優點，因此也可以作爲開創「境界」的典範。

　　此外，論到詞的發展，王國維所認爲具有開創性的詞家往往也都是能夠將詞作由「要眇宜修」往「境闊」的方向上開展的作家。例如馮正中的詞作雖然在風格上仍然有五代花間詞的遺風，但是王國維卻認爲馮正中詞在規模（「堂廡」）的大小上可謂開啓了「北宋一代風

氣」，對於北宋詞的開展有很大的引領作用：

> 馮正中詞雖不失五代風格而堂廡特大，開北宋一代風
> 氣。中、後二主皆未逮其精詣。《花間》于南唐人詞中雖錄
> 張泌作，而獨不登正中只字，豈當時文采為功名所掩耶？
> （《人間詞話》，頁7，6（19））

由上述論點，可以說「境界」包含了某一程度的「理想」性，是詞的
某些特質與詩的某些優點的結合，同時這層意涵正體現了王國維對於
文學傳統的開創眼光。

二、「典範」中的「境界」的主要內涵──狹義與廣義之情的特質

對於王國維心目中「理想」的「境界」有了初步的認識，以下就
讓我們進一步探究他所舉出的具體的「典範」中的「境界」是什麼？

觀察王國維所舉出的兩大類型的作品，我們可以說「境界」最基
本的核心是「感受」的問題。若是配合上文所提到的「理想」中的「境
界」概念，也可以視此「感受」為一種「廣義」的「情」。關於「感
受」是「境界」的中心內涵，其實葉嘉瑩早已提出，她援引佛經中的
「六根、六識、六境之說」加以申述，認為境界是「具體而生動的形
象」，它的產生「全賴吾人感受之作用」，這些感受有色、聲、香、味、
觸、法等六種。〔註56〕簡言之，葉嘉瑩所強調的「境界」是作者乃至
於讀者的「感受」，如果作者能夠將自己所感知的境界「鮮明真切的
表現，使讀者也可得到同樣鮮明真切的感受」，此就是有「境界」。不
過，本文雖然承襲葉嘉瑩的意見，也認為「感受」是「境界」的核心，
但是我們還是要將推導這個結論的過程提示出來，如此才能在王國維
的思考體系中了解「境界」是什麼。以下就分別探討第一類型的作品
與第二類型的作品的特色，然後再歸結兩者的交集，以此找出「典範」
中的「境界」特質是什麼。

〔註56〕參見葉嘉瑩：《王國維及其文學批評》（台北：源流文化事業，1982），
頁362。但葉嘉瑩是集中在「心」與「物」之感發的作用來看「境界」。

（一）狹義的「情」的兩種特質

就王國維所舉的第一類作品而論，如果要將它所表述的「情」定規於一個範圍之中，可以說幾乎都是傾向「倫理式」的「情」。職是，要探究第一類型的作品，首先要探究其中所呈現的「情」的特質爲何。如果說，「情」是第一類「有境界」的作品的核心，那麼，這一類作品中的「情」應該具備怎樣的特質才能夠成爲「有境界」的條件呢？本文認爲，關於「情」的特質，王國維大體上有兩個基本的要求，即是「情」的廣度（也可以說是「普遍性」）與深度。

1、「情」的第一個特質：普遍性

關於第一類型作品的「情」所必須具備的特質之一：「普遍性」，基本上可以用前文所提過的兩種「形式」來加以說明。換言之，關於「情」的「普遍性」可以分爲兩個層次來說明，在這兩個層次的探究中，也可以讓我們更爲具體地了解「第一形式」與「第二形式」的區分爲何？以下這段話提供我們一個明確的解答：

> 即同一形式也，其表之也各不同。同一曲也，而奏之者各異圖同一雕刻繪畫也，而眞本與摹本大殊。詩歌亦然，「夜蘭更秉秉燭，相對如夢寐。」（杜甫〈羌村詩〉）之於「今宵剩把銀釭照，猶恐相逢是夢中。」（晏幾道〈鷓鴣天詞〉），「願言思伯，甘心首疾。」（《詩》〈衛風‧伯兮〉）之於「衣帶漸寬終不悔，爲伊消得人憔悴。」（歐陽修〈蝶戀花詞〉），其第一形式同，而前者溫厚，後者刻露者，其第二形式異也。一切藝術，無不皆然，於是有所謂雅俗之區別起。（〈古雅之在美學上之位置〉，《王靜庵文集》頁71）

由這段話可以很明白地看出，王國維對於「情」的要求之一是「普遍性」，就是不管詩人所寫的是哪一類的「情」，都應該要是人類感情的共相。而作品中表現「情」的「普遍性」的部分，就是所謂的「第一形式」；至於那個屬於作者個人殊性的部分，則表現在作品的「第二形式」中。很顯然地，王國維在這裡所舉的例子幾乎都集中於「相思」

之情的範疇中，然而，同樣都是描寫「相思」，為什麼有的作品所表現的「相思」傾向於「溫厚」；而有的作品則傾向於「刻露」呢？王國維認為正是因為「第二形式」的不同。更具體地說，王國維認為古往今來的詩人，其內心的喜悅、掙扎或是失落等情緒與情感的基調往往具有極大的相似性，而每個作品的「第一形式」的部分正是這個屬於人類情感共相的地方。然而，同樣是描寫悲傷，每一位詩人所表現出來的情態卻有差異則是因為這些作品的「第二形式」的不同。也就是說，就「情」與兩種「形式」的關係而論，「境界」作品基本上在「第一形式」裡呈現人類情感的共相，而在「第二形式」中表現詩人個人獨特性的部分。也就是說，「第一形式」是共相之所在，而「第二形式」為殊性之所在。此外，上述這一段話除了指出王國維認為詩人所描寫的「情」應該碰觸到人類情感的共相之外，同時也提供我們一個審視與評斷王國維之批評語彙的基本分界點。基本上，關於王國維所提出的「溫厚」、「刻露」等類型的評語主要是指作品「第二形式」的部分，當王國維以這類評語來評論某一位詩人的作品的時候，他是指這位詩人描寫某一類感情的那個獨特的部分，亦即指某一種感情在這位詩人筆下的一種獨特的展現方式。倒過來說，由這一類的評語中，我們一方面可以了解「境界」多半是針對「情」的範疇來評斷的，同時也可以由這類的評語進一步歸納王國維所要求的「情」的特質必須是什麼。

讓我們再回到「情」的普遍性這個特質上，其實在王國維的論述中還有其它一些和「情」的普遍性相關的用語，諸如「氣象」、「眼界」乃至於「真理」等等，這些都可以說是與「普遍性」相關的術語。看這一則論述：

> 端己詞情深語秀，雖規模不及後主、正中，要在飛卿
> 之上，觀昔人顏，謝優劣論可知矣。(《人間詞話》頁 113，10)

另一個與「規模」相似的詞是「堂廡」：

> 馮正中詞雖不失五代風格而堂廡特大，開北宋一代風

氣。中、後二主皆未逮其精詣。《花間》于南唐人詞中雖錄
張泌作，而獨不登正中只字，豈當時文采爲功名所掩耶？

（《人間詞話》，頁7，6（19））

不過，值得注意的是，關於「普遍性」這個特質並不只是第一類型的
作品的特色而已，這點在第二類型的作品中也可以看到。因此本文將
在後面針對「普遍性」本身加以探究。

2、「情」的第二個特質：深度

至於第一類「境界」作品的「情」所要具備的另一特質主要是
「深」，這個特點同時也是第一類作品所獨具的特色。「情」的「深度」
可以說是「境界說」之中衡量作品之好壞的一個極爲重要的尺度，因
爲在傳統所常使用的術語之中，王國維傾向於使用「深婉」、「隱秀」、
「情味深」、「深美閎約」等術語來評論作品。相較之下，王士禎則傾
向於以「高華」、「疏越」、「清遠」、「清奇」等評語衡量作品。根據上
文所提出的關於批評術語的判斷方式來推斷，「深婉」、「隱秀」等這
類評語所指的基本對象是「情」，而如果歸納這些「形容詞」的共通
特質，可以說儘管這些作品的「第二形式」不相同，亦即它們所表述
的「情」有各自屬於它們的獨特個性，然而，這些不同的特質還可以
被我們用一個更大範圍的特性來包納它們：那就是「深」，亦即王國
維所認定的「情」必須具有「深」的特質。

與「普遍性」一樣，「情」的「深度」自然也是存在於「第一形
式」（作品的內層）中，我們可以由「創調」與「創意」的差別來說
明這一點：

美成詞深遠之致不及歐、秦，唯言情體物，窮極工巧，
故不失爲第一流之作者。但恨創調之才多，創意之才少耳。

（《人間詞話》頁2，2（26））

「意」與「調」的差別，既可以說是「第一形式」與「第二形式」的
差別，也可以說是作品內外層的區分。亦即王國維所強調的「情」的
「深遠」，根本上是一個屬於作品內層（內在生命）的要素。爲什麼

呢？我們從「深遠」是屬於「意」的層次，而「言情體物，窮極工巧」
則是屬於「調」的層次就可以看出。換言之，「言情體物」是一種較
爲外部層次的修飾與創作，它雖然是「言情」，然而這種「情」並不
是出於詩人自身眞切的「感受」，它可能是一種「爲賦新辭強說愁」
的文藝性創作，也可能是時下或傳統之中看到落葉即悲秋的一種固定
性的反應。詩人也許能夠把「情」說得很動人，也就是以他所深入體
會到的「物」性來刻畫「情」。但是，這終究是從作品表層的「調」
的經營上來刻畫情感，並不是眞的因爲情深而自然的展現「深遠」的
情。可以說，所謂的「創調」與「創意」的差別，主要是語言層次上
的驚世駭俗與內在情意上的感人肺腑的差異。

　　由以下這幾則論述都可以看到王國維所強調的「情」是一種詩歌
內在生命的情感深度：

　　　　（《雲謠集雜曲五》)《天仙子》詞，特深峭隱秀，堪與
　　　飛卿、端己抗行。(《人間詞話》頁112，8)

　　　　張皋文謂：飛卿之詞「深美閎約」。余謂：此四字唯馮
　　　正中足以當之。劉融齋謂:「飛卿精艷絕人」，差近之耳。(《人
　　　間詞話》，頁5，4（11))

我們可以由王國維以「精艷絕人」對比「深美閎約」看出，他所說的
「深」是指作品內在層次的「深」。所謂的「深美閎約」，應該是指詩
歌要具有「情」的「深」與「格局」的大。爲什麼說「深美閎約」只
有馮正中足以當之呢？而溫飛卿只能算是「精艷絕人」？因爲溫飛卿
的作品只停留在表層語言文字的修飾上，只美在文句的優美與精鍊。
而馮正中卻在詞作的發展上開展了一大步，他使詞由歌舞宴席之作向
士大夫之作的方向前進。也可以說，溫飛卿的作品只在「第一形式」
上用力，而馮正中的作品則是由內層的「情」的深度向外延展爲更開
闊的「堂廡」，因此王國維認爲像「深美閎約」這樣的評語只有馮正
中「足以當之」。

　　那麼，什麼叫作有「深」度的「情」呢？更爲具體地說，就是要

使作品中的「情」具有立度，將人性的各種掙扎與人情的各種特質組
合在一起：

> 永叔「人間自是有情痴，此恨不關風與月」，「直須看
> 盡洛城花，始與東風容易別」。於豪放之中有沈著之致，所
> 以尤高。（《人間詞話》，頁98，116（27））

歐陽修的這兩句詞所以為王國維所讚賞，就在於它表現出情感乃至於
生命的立度。它不單具有一種「豪放」的精神，同時，它在「豪放」
之中能夠透露出「沈著之致」，這也正是它所以有「境界」的基本原
因。王國維所欣賞的，並不在於作家是否具有「豪放」的胸襟，也不
在於作家必須表現生命的圓融超逸，他更要求一種多層次的人性與深
刻情致的展現。如果說，「豪放」與「沈著」可以算是一種傾向於對
比的情感特質，那麼，可以說這種傾向以「對比性」情感的並置所表
現的深情也是「境界」作品表情的方式之一。

對於王國維而言，一個作品是不是具有「達觀之見」並不是最重
要的，重要的是它的「情味」是否「深長」：

> （皇甫松詞），黃叔暘稱其〈摘得新〉二首為有達觀之
> 見。余謂不若《憶江南》二闋，情味深長，在樂天，夢得
> 上也。（《人間詞話》附錄，頁112，9）

由這一段話也可以看出，王國維所在乎的不是詩人是否具有「達觀之
見」，亦即生命是否圓融超曠不是王國維所關注的焦點，詩歌的「情
味」是否「深長」才是他所重視的。甚至一個作品的「詞境」傾向於
「淒婉」也是王國維所欣賞的典範：

> 少游詞境最為淒婉，至「可堪孤館閉春寒，杜鵑聲裏
> 斜陽暮」，則變而淒厲矣。東坡賞其後二語，猶為皮相。（《人
> 間詞話》，頁70，78（29））

所謂的「淒婉」即是就情意上的「深度」而言。

總的來說，「情」的普遍性基本上是第一類型與第二類型之「境
界」作品的交集，而「情」的深淺則是第一類型「境界」作品有別於

第二類型「境界」作品的獨特性。如果我們具體地說明「深」的特質，可以說它傾向於「纏綿繚繞」的情感狀態，是一種「春蠶作繭，愈縛愈緊」的抒情模式，正呼應詞體所特別具有的「要渺宜修」的特性。不過，雖然說「情深」的特質是第一類型作品所獨具的，而「普遍性」則是兩類作品所兼具的，但是「情」的「深度」與「普遍性」還是密不可分的：

> 詞自李后主而眼界始大，感慨遂深，遂變伶工之詞而
> 爲士大夫之詞。周介存置諸溫、韋之下，可謂顛倒黑白矣。
> 「自是人生長恨水長東。」「流水落花春去也，天上人間。」
> 《金荃》《浣花》能有此種氣象耶？（《人間詞話》，頁91，(15)）

王國維所以認爲李後主對於詞體的發展有很大的貢獻，亦即將詞由「伶工之詞」推向「士大夫之詞」，正是因爲他的詞作在「情」的表現上同時兼具「深度」（感慨遂深）與「普遍性」（眼界始大）。也就是說，如果我們把「情」的「深度」配合「情」的「普遍性」來看，可以說它們都是從作品的「第一形式」，亦即作家內在的生命所發展出來的。雖然「第二形式」對於「情」的特質（特別是普遍性）的表現會有影響，然而它終究不是「情」所生發與著力的環境。

（二）廣義的「情」的特質

以上探究了第一類「境界」作品的「情」的兩種特質，在此讓我們進入第二類「境界」作品（典範）的探究。

如前文所言，王國維所舉出的第二類「境界」作品有兩大特色：第一，它們大多是詩作而非詞作。第二，它們大多是詩作裡不同於前一類以深情爲主的詞作，而傾向於曠達或豪邁的特質。第二類作品有的恬適閑淡如陶淵明詩，有的豪放瀟灑如蘇軾、辛棄疾的作品，有的則如岑參、高適屬邊塞之作，幾乎都不以深情爲主：

> 「明月照積雪」，「大江流日夜」，「澄江靜如練」，「山
> 氣日夕佳」，「落日照大旗」，「中天懸明月」，「大漠孤煙直，
> 黃河落日圓」，此等境界可謂千古狀語。求之於詞，唯納蘭

容若塞上之作，如《長相思》之「夜深七千帳燈」，《如夢令》之「萬帳穹廬人醉，星影搖搖欲墜」，差近之。(《人間詞話》，頁42，44（51））

在傳統詩作裡並不乏以表現「深情」為主的作品，但是王國維只選取其中與深情詞作截然不同的類型，這意味著什麼？它提供我們兩個面向的思考：第一，它暗示王國維「理想」中的「境界」是融合了詩作與詞體的某些特質。第二，王國維所說的「境界」其實不一定非得要表現深情纏綿的情感，它也可以是曠達超逸的風範。由於第一面向的問題在上面已經討論過了，因此，在此我們只針對第二面向的訊息加以探討。

關於「曠達」的定義

既然第二類「境界」作品有別於第一類作品的主要內在特質是閑適曠達，為了解王國維所說的「境界」是什麼，我們似乎必須要探究王國維所說的「曠達」是什麼？要探究王國維所認定的「曠達」是什麼，基本上可以姜夔的作品當作探究的中心。為什麼呢？因為王國維在探討第二類型的作品時，往往把它們與白石的作品相對照，[註57]並且在大部分的情況中都把白石的作品當作反典。由於王國維所認為的反典（例如白石的作品），對於王士禎而言剛好是他所最為推崇的典範之一，因而在這個比對之中，我們還可以歸納出王國維所認定的「曠達」與王士禎所認定的有何不同，藉此比較二說的差異。

基本上，對於白石與東坡所給予的不同定位正可以突顯「神韻說」與「境界說」的不同。白石雖然為王國維所鄙，然而卻是王士禎所推崇的對象：

余於南渡後詩，自陸放翁之外，最喜姜夔堯章。堯章

[註57] 在《人間詞話》中，關於白石的論述共有十五則左右，其中的評價有正有反。王宗樂〈論人間詞話對白石夢窗詞的評價〉已集結整理《人間詞話》中有關白石的評語。參見王宗樂：《苕華詞與人間詞話述評》（台北：東大書局，1976），頁15。

又號白石道人，學詩於蕭千巖，而與范石湖、楊誠齋善。

時黃岩老亦號白石，亦學詩于千巖，時稱「雙白石」云。(《帶經堂詩話》，頁210，九)

在南宋多位詩人中，王士禎最為推崇白石。至於蘇軾，王士禎則把他列在王維、孟浩然之下，只以「英雄語」來評價他，卻以「佛語」來推崇王維，他認為蘇軾可惜之處是不能為「佛語」(見第一節所引的《帶經堂詩話》)。

基本上，王國維雖然不認為作品一定非得要描寫深情纏綿的感情，然而如果要描寫另一類型的心情(諸如閒適曠達)也必須符合某一種標準，而這個標準正是「境界」為何的關鍵所在。關於王國維對於白石與其他詩人的比較，如果要以一個簡單的法則作為區分的標準，正是「第一形式」與「第二形式」的區分，也就是作品的內層與外層的分別。雖然王國維把蘇軾與姜夔的作品都歸屬於表現「曠達」之意的作品，但是這些內在情意相類似的作品還是有優劣之分。根本上，王國維正是以內層與外層來區分作品的高下，他認為白石的「曠達」只是作品表層的「曠達」；而蘇軾的「曠達」則是由內裡發出的：

東坡之曠在神，白石之曠在貌，白石如王衍口不言阿堵物，但暗中為營三窟計之計，此其所以可鄙也。(《人間詞話》，頁98，115(刪47))

由此也可以看出，王國維對於第二類型的作品所要求的是真正從內在所散發出來的「雅量高致」，而不是游離在作品字句上「蟬蛻塵埃」的表面「格調」。王國維所以認為東坡與稼軒詞遠遠超過白石，正是因為他們的作品具有從內層(即「第一形式」)所散發出來的「雅量高致」，儼然具有「伯夷、柳下惠之風」及「義不食周粟」的風範，至於白石只是在表面的「形式」上具有「蟬蛻塵埃」的高致，因此他的詞作比不上東坡與稼軒。

為什麼說白石的「曠達」只是一種「表層」的曠達呢？到底王國維認為作品的什麼叫作表層，什麼又叫作內層？關於這一點，我們在

探討兩種「形式」的劃分時已經論及，王國維認爲一件作品的「格調」
部分只是屬於表層的東西，而「意境」才是屬於內層的部分：

　　　　古今詞人格調之高無如白石，惜不於意境上用力，故
　　覺無言外之味，弦外之響，終落第二手。（按：此五字原已
　　刪去）其志清峻則有之，其旨遙深則未也。（（《人間詞話》，
　　頁 24，22）

這段話指出，雖然就「格調」之高而論，王國維認爲古今之詞人沒有
人能夠超過白石。但是他不能算是第一等詞人的原因，是因爲他沒有
從作品的「意境」（作品的內層精神）上著眼，以至於整個作品缺乏
「言外之味」與「絃外之響」的「神韻」。〔註 58〕

「境界」、「神韻」和「格調」的關係

　　由上述論述也可以順帶看出「境界」、「神韻」和「格調」的關係。
如果我們把兩說所要求的曠達放到具體的作品中來看，可以發現王士
禎所認定的曠達超逸主要是以作品之「格」的部分來表現，也就是著
眼於以作品的「清空騷雅」〔註 59〕的格調來表現「性情」。〔註 60〕至
於王國維則反對以「格調」爲主的曠達，他認爲單是從作品表層的高
妙「格調」去著眼不能算是眞正的曠達。不過，王國維雖然認爲「格
調」的高雅與否並不是最重要的，但是他還是很重視詩歌的文雅氣習
與格調，他並不欣賞有粗鄙之氣的作品：

〔註 58〕關於「意境」與「境界」這兩個語彙的分別，見緒論中的註。
〔註 59〕張炎《詞源》中以「清空騷雅」來歸結姜夔作品的特殊美感。參考
　　　　王萬儀：〈經驗與形式之間——姜夔的遊士生涯與其詞作的關係之研
　　　　究〉（清大中文所碩士論文：1994，7），頁 57。
〔註 60〕至於白石的詞，到底是一種「無情」，還是一種以「無情」作爲表達
　　　　情感的方式，則是一個與「神韻」詩論到底是不是沒有深情相似的
　　　　問題。王萬儀認爲：姜夔獨特的藝術表現，其實是他個人創作理念
　　　　與生命情境的體現，並與他的遊士生涯有著密切的連繫。也就是把
　　　　姜夔那種「清空騷雅」的風格，視爲一種「轉變抒情模式的嘗試」。
　　　　詳參王萬儀：〈經驗與形式之間——姜夔的遊士生涯與其詞作的關係
　　　　之研究〉（清大中文所碩士論文：1994，7），頁 66。

　　　　唐五代北宋之詞家，倡優也。南宋后之詞家，俗子也。
　　二者其失相等。然詞人之詞，寧失之倡優而不失之俗子。以
　　俗子之可厭，較倡優爲甚故也。(《人間詞話》，頁88，98（刪41））

　　　　長調自以周、柳、蘇辛爲最工。美成〈浪淘沙慢〉二
　　詞，精壯頓挫，已開北曲之先聲。若屯田之〈八聲甘州〉，
　　玉局之〈水調歌頭〉（中秋寄子由），則伫興而作，格高千
　　古，不能以常詞論。(《人間詞話》，頁51，55（刪15））

我們由「寧失之倡優而不失之俗子」這句評論就可以看到作品的格調
在「境界」之中仍有其重要性，只是詩人不能單靠營造「格調」這個
表層的門面來表現「境界」。循此而論，王國維所認定的「曠達」似
乎也是以「遙深之旨」爲意，「曠達」與「情」（或「感受」的深度）
基本上是緊密不可分的。換言之，雖然第二類型的作品表面上不寫纏
綿之情，但是王國維對它還是具有「情」的要求。

「境界」中的「神韻」

　　由以上的論述也可看出「境界」之中也講「神韻」，只是王國維
所認定的「神韻」（「言外之味，弦外之響」）與王士禎不同。他所謂
的「神韻」主要是著眼於是否具有「遙深之旨」（深情），而不在於是
否有「清峻之志」（高格）。正因爲王國維所說的「曠達」其實也必須
以「深情」作爲初衷，所以他以「有格而無情」來批評白石，認爲白
石的詞作雖然「格調」很高，但是卻沒有什麼深刻的感情：

　　　　南宋詞人，白石有格而無情，劍南有氣而乏韻。其堪
　　與北宋人頡頏者，唯一幼安耳。近人祖南宋而祧北宋，以
　　南宋之詞可學，北宋不可學也。學南宋者，不祖白石，則
　　祖夢窗，以白石，夢窗可學，幼安不可學也。學幼安者，
　　率祖其粗曠、滑稽，以其粗曠、滑稽處可學，佳處不可學
　　也。同時白石，龍洲學幼安之作且如此，況他人乎其實幼
　　安詞之佳者，如〈摸魚兒〉〈賀新郎〉〈青玉案元夕〉〈祝英
　　台近〉等，俊偉幽咽，固獨有千古，其他豪放之處亦有「橫
　　素波、干青雲」之概，寧夢窗輩齷齪小生所可語耶？(《人

間詞話》，頁 12，11（43））

此外，王國維所以認爲白石「無情」，主要的原因還在於他認爲這種「無情」伴隨著虛僞的感覺，這就是前文所提到的：「白石如王衍口不言阿堵物，但暗中爲營三窟計之計」的意思。王國維認爲只有由主體內在的「胸襟」所表現而出的「曠達」，才能成就眞正的「曠」、「豪」風範，至於表層形式上諸如「格調」與「風格」等層面的營造只是表面的曠達與虛僞的造作：

> 　　東坡之詞曠，稼軒之詞豪。無二人之胸襟而學其詞，
> 猶東坡之效捧心也。（《人間詞話》，頁 97，114（44））

由這一段話也可看出，王國維所以推崇東坡、稼軒的詞是因爲他們的作品具有「曠」、「豪」之風，而且其所表現的「曠」、「豪」風範是出自他們內在的「胸襟」。如果沒有眞正寬闊的「胸襟」，卻想要因襲東坡、稼軒的「曠」、「豪」，終究只是東施效顰之舉。由此可看出，「境界」比「神韻」更爲重視詩歌的情意是否出自主體內在的眞誠。

　　正因爲王國維所認定的「曠達」必須與「遙深」的感受相連，所以對於白石只在作品表層的「格調」部分「用力」的「曠達」，或者說對於只是要使作品具有一種「清峻之志」的「曠達」，王國維就給予它一個「名稱」：「蟬蛻塵埃」式的曠達。諸如白石詞作所表現出來的曠達超逸，雖然會讓人感覺有一種高妙的「格調」與「清峻」的風格，但是同時卻也讓人感到有一些飄忽迷離，使人感受不到其背後是否具有令人震憾的深情或寬闊的胸次。更爲具體地說，白石的作品在語義上不可具體捕捉的特徵，其實傾向於「神韻」作品所推崇的「縹渺朦朧的語義呈現」：

> 　　讀東坡稼軒詞，須觀其雅量高致，有伯夷、柳下惠之
> 風，白石雖似蟬蛻塵埃，然如韋，柳之視陶公，非徒有上
> 下床之別。（《人間詞話》，頁 88，99（45））

王國維認爲白石因爲太過於著眼於營造作品「清空騷雅」的表面格調，以至於不但不能讓人感受到深情，而且還流於虛僞造作。爲什麼白石

致力於營造作品的「格調」但是卻被認為虛偽呢？很顯然的，王國維認為「格調」的層次最終只屬於表面的文字遊戲以及裝飾性質。說到底，「曠達」可以說是「神韻」作品所要表現的終極精神，然而卻不是「境界」作品所要表現的最終目標，即使同樣以表現「曠達」為目標，顯然兩說所著眼與認定的方式也不同。那麼，「境界」作品所要表現的主要內容到底是什麼？以下進入「境界」概念的中心意涵的探究。

參、由主觀到客觀：感受的兩大基本特質在作品中的具體呈現

對於第一類型與第二類型的「境界」作品有了初步的了解之後，就讓我們對於「典範」中的「境界」之基本內涵作初步的推究。

如果我們要選用一個可以同時概括第一類型與第二類型之「境界」作品的詞語，「感受」二字正可以用來說明它們。因為第一類型作品的中心內涵是「情」，或者說是一種比較「狹義」的「情」，是接近「倫理式」的情。而第二類型的作品雖然是以寫景的「曠達」心境為主，亦即表面上它雖然與第一類型作品所表述的「倫理式」的「情」不同，但是王國維對於「曠達」的定義也以「情」作為基礎。而且若是將第二類型的作品與相類似的「神韻」作品相較，就會發現第二類型的作品雖然不是以「情」為主，但是它也不同於「神韻」作品以「格調」為主的趨向。如果我們要將第二類作品的中心意旨用一個比較確切的字眼來說明，這些作品基本上強調的還是作者當下的內在真實「感受」。歸結而論，本文所以使用「感受」一詞來當作「境界」的中心內涵，是因為它可以說是一種「廣義」的「情」，可以同時概括第一類型作品的「情」（狹義的感受）與第二類型作品以「情」為初衷的「曠達」。

「感受」既是「境界」的中心內涵，那麼它是什麼樣的「感受」呢？以下就讓我們以「感受」為核心，進一步探究王國維所認定的「感受」應該要具備哪一些特質？它的質地又是什麼？如果歸納兩種類型

作品中「感受」（不論是狹義或廣義的「情」）的基本特性，簡單地說，「眞誠度」與「普遍性」可以說是構成作品是否具有「境界」的一個最爲重要的基本特質，以下就針對這兩點進行說明。

一、「感受」的兩大特質：「眞誠」與「普遍性」

「感受」的第一個性質：「眞誠」

「誠」可以說是中國詩歌評論裡對於作品的一個主要要求，在王國維所標舉的「境界」之中，「誠」是判定作品優劣的一個非常重要的標準，至於王士禎所標舉的「神韻」則不以「誠」爲重。〔註61〕

作爲「境界」之中心內涵的「感受」，其重要的「性質」之一即是「眞誠」。究竟而論，我們由王國維對於「境界」的分類之中可以看出，王國維並不是強調「情」一定非得要是怎樣的一種狀態。並不是「無我之境」就會比「有我之境」的「境界」高，也不是說一個作品的景象或意象比較宏大，它的「境界」就比較高：

> 境界有大小，然不以是分高下。「細雨魚兒出，微風燕子斜」，何遽不若「落日照大旗，馬鳴風蕭蕭」。「寶簾閑掛小銀鉤」，何遽不若「霧失樓台，月迷津渡」也。（《人間詞話》頁47，48（8））

由這一段話可以看出，雖然所謂的「境界」的大小之分，主要是以詩中景物或意象（自然景物）的大小來區分的，但是並不是說詩中的景物或意象比較大，「境界」就必定比較高。就像「細雨魚兒出，微風燕子斜」的意象雖然比較微細，但是並不會比「落日照大旗，馬鳴風蕭蕭」的壯闊意象來得遜色。〔註62〕具體地說，「境界」雖然有大小

〔註61〕黃維樑的〈王國維「境界」說有沒有開創新境界——「人間詞話」新論〉一文則認爲：「以情之眞假論詩，不但標準難以訂定，而且容易使人把作品和作者混爲一談，以致因人害詩，作品的獨力地位乃因而喪失」。收入《中國古典文學評論集》（台北：幼獅文化，1985），頁367。

〔註62〕雖然就「氣象」的大小而言，王國維認爲詞中可惜少了類似於「落日照大旗，馬鳴風蕭蕭」的氣象，但這也是因爲詞的特質本來就傾

之分，但是卻沒有高低的區別。

相較而論，「神韻」作品較爲堅持某種「格調」的塑造，也堅持作品中的「情」必須以曠達超逸的風範呈現。然而王國維所說的「境界」實際上並不拘於一定非得要是某一種狀態的情，它可以是一種「淚眼問花花不語」的「有我之境」，也可以是一種「物我無所分別」的「無我之境」：

> 有有我之境，有無我之境。「淚眼問花花不語，亂紅飛
> 過秋韆去」，「可堪孤館閉春寒，杜鵑聲裡斜陽暮」，有我之
> 境也。「採菊東籬下，悠然見南山」，「寒波澹澹起，白鳥悠
> 悠下」，無我之境也。有我之境，物皆著我之色彩。無我之
> 境，不知何者爲我，何者爲物。此即主觀詩與客觀詩知所
> 由分也。（按：此句原以刪去）古人爲詞，寫有我知境者爲
> 多，然飛不能寫無我知境，此在豪杰之士能自樹立耳。（《人
> 間詞話》，頁 34，33（3））〔註63〕

王國維基本上以「眞誠」作爲「感受」的重要性質，只要詩人把他當下的「感受」眞誠地描寫出來才是有「境界」。

緣此，每一個有「境界」的作品，可以說都是詩人在他追尋「理想」的過程中，以著深情執著的精神在每一個階段與過程中的記錄。由這個觀點也可以看出所謂的「境界」，並不是以生命境界到達那一個程度而分高下。以王國維所標舉的人生三境界爲例，並不是說當一個詩人已經達到了「眾裡尋他千百度，回頭驀見，那人正在燈火闌珊處」的境地，他的境界就比「衣帶漸寬終不悔，爲伊消得人憔悴」爲高。重要的是，詩人能夠在追尋「理想」的過程中，把他當下每一刻、每一階段的「感受」與「深情」眞誠地表現出來，那就是一個有「境

向「要渺宜修」。

〔註63〕歷來學者對於「有我」與「無我」之境的討論很多，近來大多認定
　　　　即使「無我之境」之中仍然「有我」。如周振甫就說：「在無我之中
　　　　還是有我在，只是感情不像有我之境的強烈而已」。參見本文所引《人
　　　　間詞話新注》，周振甫序，頁 2。

界」的作品。至於「神韻」則比「境界」更為重視詩人生命境界的高低，「神韻」詩人所努力的是如何表現出自己的生命已經邁向了一個更高、更為超然的境界，而「境界」詩人則是把他當下的任何一種「感受」誠實地說出來。是執迷不悔也好，是悵惘絕望也好，或是瞬間暫時地擺脫了一切的愛恨情愁而進入「無我」之境中也好，重要的是他能忠於每一時刻中，每一階段的自我「感受」。亦即王國維所重的不是詩人的生命境界到了那一個階段，而是詩人在每一個生命階段其內在情感狀況的誠懇呈現。

「感受」的第二個特質：由「普遍性」到「真理」

由第一類型「境界」作品的一個重要特質「普遍性」，配合王國維在《人間詞話》與他的文論裡所強調的「真理」來看，王國維所強調的「感受」除了必須具備「真誠度」之外，還必須要具有「普遍性」。什麼叫作「普遍性」呢？我們由王國維所提出的一個與「普遍性」相關的概念：「真理」，可以具體地了解王國維所說的「普遍性」是指文學作品應該具有放諸四海皆準與萬世不變的永恆性。也可以說，「真理」的「普遍性」與「空間」的跨越和「時間」的恆久是分不開的。

二、「感受」的二大基本特質在作品中的客觀呈現

「境界」的基本內涵主要是真實而普遍的「感受」，然而所謂的真實而普遍的「感受」既是屬於作品內層的東西，那麼，判斷一個作品是否具有「境界」是不是只是一個主觀的判斷呢？讓我們再回到葉嘉瑩對於「境界」的解釋上來思考這一點：

> 可見縱然有真切之感受仍嫌未足，還更須能將之表達
> 於作品之中，使讀者也能從作品中獲得同樣真切之感受，
> 如此才完成詩歌中此種興發感動之生命的生生不已的延
> 續。〔註64〕

〔註64〕參見葉嘉瑩：《王國維及其文學批評》（台北：源流文化事業，1982），頁364。

葉嘉瑩這一段話提供我們一個重要的訊息，那就是「境界」除了是一種主觀的內在感情（「感受」），它還是一種「鮮明的藝術形象」。也可以說，所謂主觀上的「真實的感受」，其實還是具有傾向於客觀形式上的基礎，它並不止於唯心的判斷。亦即所謂的真實乃至於普遍性的「感受」，都是從一種「鮮明的藝術形象」中生發出來的。因此，在了解「境界」的基本核心：「感受」所具有的基本特質是「真誠度」與「普遍性」之後，本文有必要進一步討論這兩大特質在作品中的客觀具體呈現是什麼，亦即「境界說」所謂的「鮮明的藝術形象」是什麼？。

在討論「感受」的兩大基本特性：「真誠度」與「普遍性」在作品中應該要以何種「鮮明的藝術形象」呈現之前，讓我們先說明所謂的「鮮明的藝術形象」應該要表現在哪些範疇之中？基本上我們可以由王國維對詩歌的定義之中了解到，所謂的「鮮明的藝術形象」不只要展現在詩人對於「人生」的「感受」上，同時也要展現在詩人對於「自然」的感受上：

> 「詩歌者，描寫人生者也」（用德國大詩人希爾列爾之
> 定義）。此定義未免太狹，今更廣之曰：「描寫自然及人生。」
> 可乎？（〈屈子文學之精神〉，《王靜庵文集》頁59）

王國維認為若是只將詩歌的定義範限於「人生」似乎太過於狹隘，應該要將詩歌的定義擴充到「自然」。也就是說，詩歌不只要表現「人生」，而且也要表現「自然」。若是把這個詩歌的定義對照「境界」的核心：「感受」，可以說詩人所要表現的「感受」不只是對於「人生」的「感受」，同時也是對於「自然」的「感受」。既然詩歌所要描寫的對象的兩大範疇是「自然」與「人生」，那麼「感受」的兩大基本特質：「真誠度」與「普遍性」也就要在「人生」與「自然」這兩大範疇中展現。

由於「鮮明的藝術形象」所要表現的範疇既在於「人生」也在於「自然」，而對於「自然」的描述又離不開景。因此可以說，「感受」的表現與詩人對於「自然」的描述乃至於「意象」的經營有密不可分

的關係。

（一）「真誠度」的客觀因：「語義」的可感度

先就「感受」的第一個基本特質「真誠度」來說，「真誠度」在作品中有什麼較爲客觀而具體可感的特質呢？整體而論，「感受」的「真誠度」表現在作品中主要與「語義」的可感度有密切的關係。換言之，雖然對於一個作品是否具有「真誠度」的判定可以說是一種唯心主義的判斷，然而我們在《人間詞話》的論述中還是可以歸結出判定作品「真誠度」的一些原則。

在此我們還是以白石爲例來作爲說明。前文提到，王國維所以不欣賞白石的作品，其中的原因之一就在於認爲他的作品有些「虛僞」，亦即不夠「真誠」。爲什麼王國維覺得白石的作品不夠「真誠」呢？他說：

　　白石如王衍口不言阿堵物，但暗中爲營三窟計之計，
　此其所以可鄙也（《人間詞話》，頁 98、115（刪 47））

由這段論述來判斷，王國維認爲白石的作品似乎對於心中所想有所「迴避」。基本上白石的作品讓人感到他似乎一直堅持著營造某種清空騷雅的氣氛，而爲了營造這種氣氛，他似乎顧忌說出了什麼就有可能破壞作品蟬蛻塵埃式的氣氛與風骨，因此他的作品充滿了遮掩與迴避，而有所迴避在王國維看來就是一種不「真誠」的表現。

正因爲白石對於其所思所想有所迴避，因而他的作品就「有隔」。什麼叫作「有隔」呢？所謂的「蟬蛻塵埃」式的「曠達」，如果把它放在語義的定位上來看，我們可以說它就如同「神韻」作品「縹渺朦朧的語義呈現」，而這種「朦朧的語義」用王國維的話說正是「有隔」。王國維在提到「有隔」、「無隔」的問題時，就特別以白石的作品爲例，認爲他的作品如「霧裡看花，終隔一層」：

　　白石寫景之作，如「二十四橋仍在，坡心蕩冷月無聲」，
　「數峰清苦，商略黃昏語」，「高樹晚蟬，說西風消息」，雖
　格韻高絕，然如霧裡看花，終隔一層。梅溪、夢窗諸家寫

景之病，皆在一「隔」字。北宋風流，過江遂絕，抑眞有
風會存乎其間耶？（《人間詞話》，頁22，20（26））

美成〈青玉案〉詞：「葉上初陽乾宿雨。水面清圓，一
一風荷舉，」此眞能得荷之神理者。覺白石〈念奴嬌〉〈惜
紅衣〉二詞猶有隔霧看花之恨。（《人間詞話》，頁22，20（26））

詠物之詞，自以東坡〈水龍吟〉詠楊花爲最工，邦卿
〈雙雙燕〉次之。白石〈暗香〉〈疏影〉格調雖高，然無片
語道著。視古人「江邊一樹垂垂發」，「竹外一枝斜更好」，
「疏影橫斜水清淺」等作何如耶！（按：「格調雖高」后，
有已刪之）而境界極淺，情味索然。乃古今均視爲名作，
自玉田推爲絕唱，后世遂無敢議之者，不可解也。試讀林
君復、梅聖俞春草諸詞，工拙何如耶？（《人間詞話》，頁65，
75（38））

昭明太子稱陶淵明詩「跌宕昭彰，獨超眾類，抑揚爽
朗莫之與京」。王無功稱薛收賦詩「韻趣高奇，詞義晦遠，
嵯峨蕭瑟，眞不可言。」詞中惜少此二種氣象。前者唯東
坡，後者唯白石略得一二耳。（《人間詞話》，頁57，62（31））

歸結以上的資料，我們可以說，有一種曠達就是「神韻」式的曠達，
我們很難抓住它的具體意義（即「詞義晦遠」），它主要是著眼於作品
之格調的高雅以及風格的清空與否（即「韻趣高奇」），像是一隻正在
蛻變而不爲塵俗所沾染的天蟬。但王國維所認定的曠達並不需要這樣
一種脫俗清麗的氣氛的營造，他所說的「曠達」與內在眞實的「感受」
密不可分，必須以確切的語義來表述。

簡言之，「眞誠度」的判定與作品的語義是否可以讓讀者確切捕
捉有密切的關係。當一件作品缺乏明確的語義呈現，或者說它只定位
於一些朦朧模糊的感覺時，王國維就認爲它們缺乏眞誠的「感受」。
王國維所要求的語義呈現顯然不同於「神韻」作品那種不斷流轉如「林
中路」式的語義表述，[註65] 相反地他所要的語義呈現方式是比較清

〔註65〕關於「林中路」這個概念，在第二章有詳細說明。

晰明確的。〔註66〕當然，並不是說一件作品只要「語義切當」就是「有境界」的作品，作家也應避免因為「語義切當」而導致作品的「風調」或「格調」的卑劣：

> 宋《李希聲詩話》曰：「唐人作詩正以風調高古為主，
> 雖意遠語疏皆為佳作。后人有切近得當，氣格凡下者，終
> 使人可憎。」余謂北宋詞亦不妨疏遠，若梅溪以降，正所
> 謂「切近得當，氣格凡下」者也。(《人間詞話》頁76，88（刪
> 33））

王國維所以鄙視南宋詞主要是因為他覺得大部分的南宋詞作雖然在語義的表達上很確切，然而在「氣格」上卻很卑劣，也就是「切近得當，氣格凡下」。由此可以看出作品的「風調」層面亦是王國維所重視的。

王國維對於作品的「氣格」、「格調」的重視，還可以從他對白石的評價中看出。其實王國維並不是完全的鄙視白石，正如前面所提到的，雖然他認為著眼於作品的「格調」只是對於表層字句的營造，但是他還是很重視「格調」：

> 東坡、稼軒，詞中之狂。白石，詞中之狷。若梅溪、
> 夢窗、草窗、玉田、西麓、竹山之詞，則鄉愿而已。(《人間
> 詞話》，頁89，100（46））

正因為作品的「格調」（亦即「第二形式」）也很重要，因此王國維認為白石雖然比不上東坡、稼軒的「狂」，但至少還算「狷者」。至於梅溪、夢窗等人則是「鄉愿」。為什麼說白石可以算是「狷者」？因為他的作品至少在格調上清空騷雅：

> 白石尚有骨，玉田則一乞人耳。(《人間詞話》附錄，頁118，20)

〔註66〕謝桃坊提到：「王國維不喜歡姜夔及其之後的婉約詞人（如吳文英、
章炎），似乎以為它像夢幻一樣朦朧華麗，正失之於「隔」。總之，
王國維不喜歡那種富於浪漫幻想，詞義晦澀的作品」。見謝桃坊：《中
國詞學史》(成都：巴蜀書社，1993)，頁323-325。關於「隔」與「不
隔」之別，參見王國維：《人間詞話》，頁68，77（40）。

換言之，由於「古今詞人格調之高無如白石」，使白石的作品看起來還有一點風骨，至於玉田等人只能算是「乞人」而已。

基本上，對於「感受」的「真誠」與否的判定，除了作品本身的語義是否切當之外，還與「作家」本身的經歷有極為密切的關係。也就是說，作家本身的生命與其內在人格往往是用來判準作品是否「真誠」的重要依據。事實上，如果要具體的說明展現「境界」的範圍，它其實包含了兩個面向：由作家本身到作品，這一點在第三章詳論。

（二）「普遍性」的客觀因：「第二形式」與意象構成

至於「感受」的第二個特性：「普遍性」在作品中是如何呈現的呢？關於這一點除了與主體本身的「眼界」大小以及其觀物的真假有關之外，主要可以說與王國維對於作品的詮釋以及作品的意象構成密不可分。所謂的「境界」可以簡單地用葉嘉瑩的論點說：「境界」就是要把「感受」用「具體可感」的「形象」表現出來。職是，下一章我們就進入意象的特殊構成上來說明「境界」的中心意涵：「感受」的第二個特質：「普遍性」在作品中的具體呈現。

小　結

我們可以由關於「理想」中的「境界」的探討中，看出王國維企圖擴展傳統「境界」以「景」為中心的內涵，將「境界」擴充為以「人」的內在主觀精神（情感）為中心。同時，由於他企圖拓展「人」的主觀精神，所以他就選取許多「要眇宜修」的詞作當作範例來加強說明「情」的重要性，但是又因為詞作的格局比較小，因此他又舉出另一類格局、氣象比較大的詩作來作為典型範例。由此又可以看出，王國維在把人的主觀精神當作「境界」的核心的時候，又強調詩人同時也要注意到作品的格局氣度。亦即在「理想」的「境界」的探討中可以窺見「境界」必須同時兼具人的主觀精神與格局氣度的規模。而由「典範」中的「境界」的探討中，我們又可以看出所謂的「境界」，它在王國維的論述中主要是指作品應該要「真實」地表現全人類「普遍」

的「感受」。而我們所以用「感受」來說明「境界」的主要內涵，是因為它可以說是一種「廣義」的「情」，正可以同時包涵第一類以深情為主的作品以及第二類以曠達超逸為主的作品。

此外，「感受」所必須具備的兩大特質：「真誠度」與「普遍性」雖然是人的主觀精神，但是在作品的表現上仍然有客觀的程序可以判定。我們可以由語義的可感度上去判定一個詩人所表現的「感受」是不是「真誠」，如果一個作家所表現的情感過於不清晰（例如姜白石），讓人覺得它有所迴避（或者說「有隔」），那就是不誠的表現。就這一點而言，正可以看出「神韻」與「境界」的差別，前者傾向以「縹緲朦朧」的語義來表現，而後者則較重視清晰可感的語義表現。至於「普遍性」的客觀判定，我們可以特別從「詮釋」到「意象」的構成上來說明，此即是葉嘉瑩所說的「境界」必須以「鮮明的形象」表現「真誠的感受」。綜合來說，相對於「神韻」特重「形式」的經營，「境界」所特別重視的是人內在「主觀」的精神。這就是為什麼本文要從「劃分割裂」的世界觀引向作品「內外層」的結構來說明「境界」的主因，因為王國維雖然也重視「形式」，但是他認為「境界」主要是由內而外的「感受」，它存在於作品內層的精神與情感中。對於王國維而言，所謂的「神」、「韻」、「氣」、「味」等評語大部分是就「第二形式」（外層）的層次來說的：

> 凡吾人加於雕刻書畫之品評曰「神」曰「韻」曰「氣」
> 曰「味」，皆就第二形式言之者多，而就第一形式言之者少。
> 文學亦然。（《古雅之在美學上之位置》，頁72）

只有「境界」才是屬於「第一形式」（內層）的部分。

第二章 由「詮釋」到「神韻」與「境界」的「意象」構成

前 言

　　第一部分我們是從作品本身的基本「內涵」與「詮釋」的觀點來了解「神韻」與「境界」，在此我們則要從意象的營造上來探索「神韻」與「境界」。因為不論是要將「神韻」對位為「性情」，還是要以真誠而普遍的「感受」來表現「境界」，基本上都離不開意象的經營。也可以說，這兩種作品的詮釋與解讀的基點都與「意象」的經營有很密切的關係。基本上，中國古典詩與意象的營造本來就密不可分，〔註1〕所以要建構兩位詩論家心目中「理想」的作品為何自然離不開「意象」的解析。而對於「意象」的探討，首先涉及的問題是我們要使用哪一範圍內的語言（亦即哪一種類型的語言）來說明它，〔註2〕而我們使用哪一種範圍的語言來討論，同時又牽涉到我們將討論的對象視為什麼。

〔註1〕呂正惠在〈中國文學形式與抒情傳統〉一文中提到：「中國詩的生命幾乎全在意象，意象把經驗和感受表達出來。即使是議論與諷刺，也常常化身為意象而出現。中國詩常常把「說明」溶入意象之中，西洋恰好相反，它的意象反而常被「說明」的需要所束縛。」參考呂正惠：《抒情傳統與政治現實》（臺北：大安出版社，1989），頁163。

〔註2〕即緒論所提及的呈現概念的「環境」（語言類型）。

　　Rene Wellek1 & Warren 在《文學理論》中提出，〔註3〕詩的「意象」可以是「視覺」的，也可以是「味覺」或是「聽覺」的。在這裡，本文擬從視覺的角度來解析「神韻」與「境界」兩類作品的意象。也就是把兩類作品的意象視為一種「圖像」，從「圖像」構成的角度來解析意象的構成。也就是將我們討論的對象（意象）視為一種圖像，然後以解析圖像的基本語彙來描述它們。當然，「視覺」的角度自然只是觀照意象的多種角度之一，而且詩歌既然是由「語言」所構築而成的序列，它所構成的圖像自然不同於由線條色彩所構成的圖像，因此也可以說它是一種「心像」。〔註4〕雖然如此，用解析「圖像」的語彙來解析「心像」應該有助於我們對於意象的了解。而本文所以特別選用「視覺」的角度來解析「神韻」與「境界」兩類作品的意象，亦即使用解析「圖像」的語言類型來解析這些作品，一方面是研究角度的選擇，另一方面是基於這兩說所提出的論述。〔註5〕

〔註3〕　《文學理論》中提到：「意象並不僅是視覺上的。心理學家和美學家對意象的分類就數不勝數，不但有『味覺上的』，『嗅覺上的』意象，而且尚有『熱的』和『壓力的』意象（即肌肉感覺的，觸覺的，移情作用性的意象）等」。參見 Rene Wellek & Warren 著，梁伯傑譯：《文學理論》（台北：水牛圖書，1991），頁 278。

〔註4〕　《文學理論》提出：「意象（image）是一個兼屬心理學上和文學研究上的課題，在心理學方面，『意象』一詞意指過去的感受上或知覺上的一種重演或記憶，所以並不一定指視覺的經驗而言。……」故本文將意象視為一種心象（同上，頁 278）。

〔註5〕　（1）關於「神韻」與「畫」的關係。黃景進就提到：「神韻的觀念本自畫論而來」。參見黃景進：《王漁洋詩論之研究》（台北：文史哲出版社，1980），頁 142。又如霍有明也提到：「『神韻』本用以指人的風度、氣韻、如〈宋書、王敬弘傳〉：『敬弘神韻沖簡』，繼則被用於畫，如南齊謝赫《古畫品敘》中評顧駿之：『神韻氣力不逮前賢』」。詳見霍有明：《清代詩歌發展史》（陝西：陝西人民出版社，1993），頁 58。此外，我們由王士禎一再地強調「畫理與詩文相通」也可以看出它們之間的內在關係。
　　（2）關於「境界」與「畫」的關係。祖保泉與張曉云提到：「詩詞中的境界卻常常表現為一幅或幾幅（一組）意蘊豐富的圖畫，這是一種特殊的形象，即抒情的形象。判斷一首詩有沒有「境界」，首先就要看它有沒有這個形」。參見祖保泉與張曉云：《王國維與人間詞話》

　　此外，本文所以特別選擇從「圖像」的角度審視二說的意象，還有一個重要因素就是「神韻」與「境界」作品的內涵與詮釋其實都是建基於意象的營造，特別是「視覺」意象的營造。如果更爲具體地說明，可以說不論是「神韻」或是「境界」的表出都是靠「境」的營造而顯示出來的，而「境」本身就是一種傾向於空間、圖像的東西。

由自然物象到「境」

　　基本上，不只「境界」與「境」密不可分，「神韻」與「境」也是密切相關的。〔註6〕先就「境界」與「境」的關係而論，「境界」起先是一種空間性的詞彙，它本來就是由自然物象所構築而成爲的一種空間性的表現。至於「神韻」與「境」的關係也很明顯，因爲「神韻」作品的意象往往是由兩個或多個自然物象所組合以呈現出一個個的「境」：〔註7〕

　　　　表聖論詩有二十四品，予最喜「不著一字，盡得風流」
　　　八字。又云：「采采流水，蓬蓬遠春」，二語形容詩境亦絕
　　　妙，正與戴容州「藍田日暖，良玉生煙」八字同旨。(《香祖
　　　筆記》卷八，頁148)

　　　（上海：古籍出版社，1990），頁45。
〔註6〕關於這一點，我們在導論中已略爲述及。如李淼説：有唐以後，閃
　　　爍光芒的意境言論則不勝枚舉。司空圖、嚴羽、葉燮、王士禎、湯
　　　顯祖等人多是最有代表性的人物。詳見李淼：《禪宗與中國古代詩歌
　　　藝術》(高雄：麗文公司印行，1993)，頁197。此外，他還說：而「境
　　　在象外」，如所周知才是意境的存在的標誌。這即是所謂意境主要指
　　　由實象所引發虛象，意境即是所謂實象和虛象的結合，意境不在象
　　　內，而在象外。有意境的詩在呈示於讀者的具體的有形意象之外，
　　　還有一個無形廣闊而深邃的境界。這即是司空圖所謂「象外之象，
　　　景外之景」。第一個象即是實象，第二個象即是虛象」(同上，頁206)。
　　　此外，這與本文所說的「林中路」概念剛好很接近。
〔註7〕黃維樑就特別引王士禎的「采采流水，……，二語形容詩境亦絕
　　　妙……」這一段話，提出王士禎也講「境界」。但筆者認爲「境界」
　　　與「境」是不同的，這一段論述應該是指出「神韻」與「境」的緊
　　　密關係。詳參黃維樑：《中國詩學縱橫論》(台北：洪範書局，1977)，
　　　頁36。

王士禎在這一段話中指出，所謂的「不著一字，盡得風流」等比喻其實質都是指向一種「詩境」。可見「神韻」也不是不講「境」，只是這種「境」的內容與「境界」的「境」不太相同。這裡的「詩境」主要是指詩人能夠以「不著一字」的方式表現出詩歌「盡得風流」的風神。在此王士禎明白地指出「不著一字，盡得風流」這一句話，乃至於其它一些相似的論述：諸如「采采流水，蓬蓬遠春」或是「藍田日暖，良玉生煙」等比喻，其實都是用來形容詩之「境」。此外，它同時也暗示我們所謂的詩之「境」往往是用「自然景物」所營造出來的，「境」的產生需要許多景物與場景的錯置與搭配。只有以「境」來呈現「神韻」，才能使作品的「形跡」變得朦朧而呈現出一種「色相俱空」的狀態。亦即只有靠著「境」的營造，讀者才不會只專注於作品中形跡（語言）的組合方式與痕跡，也不會停留在表層的字義上打轉，進而能渾然忘卻形跡而徜徉於無限流轉的韻致之中。由此也可以說，「神韻」作品其實是以一種傾向於圖像式的「詩境」來呈現其言外之音的。

　　當然，那些建基於自然物象的「境」最終是要呈現主體的生命之「境」，由生命境界與「禪境」的密切關係裡，〔註8〕也可以看到「神韻」作品所營造的「境」最後是要引向「生命之境」：

> 劉賓客論僧詩有曰：「因定而得境，故翛然以清；由慧而遣詞，故粹然以麗。」晁伯以嘗述其言，以題黃龍諸老之詞。（《帶經堂詩話》，卷三，頁88，三）

倒過來說，也唯有詩人主體的生命之境能有所「定」，才能夠使作品呈現某一種「境」。

> 謝在杭肇淛《小草齋詩話》，殊多憒憒，啟發人意處絕少。如云：「詩境貴虛，故仙語勝釋，釋語勝儒。」夫仙語如〈步虛辭〉等最易厭，釋語入詩最近雅，今乃反之，豈非強作解事者。惟所云，今乃反之，豈非強作解事者。惟所云：「王右丞律選歌行絕句種種臻妙，圖繪音樂獨步一

〔註8〕關於「神韻」與「禪境」的關係，可參照第一章第一節的註。

時，尤精禪理。晚居輞川，窮極山水園林之樂，唐三百年
詩人僅此耳。」如云：……。(《香祖筆記》，卷二，頁 30)

循此而論，不論是「境界說」或是「神韻說」大體上都要藉自然物象
組合特殊的詩之「境」。兩者的不同是：「境界說」用自然物象所組合
成為的「境」來表現詩人其內在的真實「感受」；而「神韻說」則是
以自然物象所組合成為的「境」來表現詩人的「生命境界」。職是，
本文為了具體說明「神韻」與「境界」二說如何以「境」來表現其中
心內涵，因此特別選用「視覺」的角度來解析兩類意象。

兩種形式的提出

　　為了具體說明「神韻」與「境界」這兩個概念在意象構築上的
差異性，也就是兩種不同的「境」的構成，本文引用兩種不同的繪
畫構圖形式來說明二說意象的差異性，即「開放形式」與「閉瑣形
式」的區分：

> 閉瑣的形式是以或多或少建築性手法，使畫面成為獨
> 立自主的實體，隨處反身指向自我的一種構圖風格。反之，
> 開放形式的風格隨處越過自我，指向外界，刻意製造無窮
> 無盡的視覺效果；當然啦，隱密圍限際續存在，使畫面可
> 能在美學層次上獨立自主。(《藝術史的原則》)〔註 9〕

本文認為「開放形式」與「閉瑣形式」這兩種構圖視覺效果，剛好可
以用來說明「神韻」與「境界」所表現的「境」的差異。藉著兩類構
圖形式可以具體說明「神韻」與「境界」作品其意象在整個作品中的
位置與意義，並可深入了解作品之「內涵」與「詮釋」及「構成」之
間的關係。大致而論，「神韻」作品所著力的基點大部分是依賴圖像
的配置所引起的那個模糊的光影的部分，不在於圖像的主題部分。而
「境界」作品的「詮釋」所著力的基點則大多是圖像的結構與主題的
部分。以下就針對兩種意象的建構模式進行說明。

〔註 9〕見沃夫林（Wolfflin Heinrich）著，曾雅雲譯：《藝術史的原則》（台
　　　北：雄獅圖書，1987），頁 140。

第一節　開放形式

第一章已提出，「神韻」作品的「詮釋」大體上是由顯在的「神韻」到潛在的「性情」，而所謂的「神韻」主要又是由「自然物象」所建構而成的「神韻」。由於「神韻」作品是以自然物象作為其表現「性情」的基點，因此本章對於意象的探究還是以此詮釋基點作為核心，把探討重心放在自然意象的營造與「性情」的關聯性上，此所遵循的規則即是從意象的「構成」到作品之「內涵」與「詮釋」的連結。簡單地說，「神韻」作品藉由自然物象所展現的「境」基本上可以用「開放形式」來加以說明，而「林中路」〔註10〕的概念又可以用來說明這種「開放形式」所包納的基本思維模式。〔註11〕

壹、「暗示」的基點：「林中路」的空間思考

在第一章曾提到，「神韻」作品的基本「內涵」可以說是「諸種感覺」的營造，但這些感覺是用什麼形式營造出來的呢？基本上它主要是由作品的「圖像」部分（意象）所營造出來的。如果要說明此「圖像」部分所要帶給讀者的感覺模式，「林中路」的思維與感覺空間正可以說明它。整個「神韻」作品其實都是以「開放形式」的圖像構成一條「林中路」，讓讀者的感覺乃至於思緒可以自由而飽滿地在這條路徑上盤旋與徜徉。

「神韻」作品主要是利用「圖像」式的意象造成一個可以使讀者

〔註10〕本文所以用「林中路」來說明「神韻」作品的表述方式，主要是基於王士禎常使用「林中」意象來比喻「神韻」。

〔註11〕與「境界」作品相似，「神韻」作品主要也可以分為兩大類：第一類是傾向於我們在第一章第一節所提到的王漁洋的〈秋柳詩〉，這一類的作品表面上涉及較多的情感（甚至與第一類的「境界」作品在表面上很相似）。第二類則是傾向於以寫景為主，較少涉入感情。由於第二類作品可以說才是嚴滄浪與王士禎所高舉的「羚羊掛角，無跡可尋。……。不著一字，盡得風流」的最高典範，是「神韻」詩的「本色」。職是之故，我們在這裡所說的「神韻」詩的意象結構，主要是針對第二類作品來說明的。

的感覺與思緒徜徉的「空間」，而這種空間的形式又類似一條「林中路」，在這個立體的空間之中讀者可以自由的冥想。這說起來好像很抽象，但是「神韻」詩派正是一個傾向創造某種抽象感覺的詩派，它的語意是一種向外發散飄流的感覺，我們無法把它安置於一個固定義上。總之，「神韻」作品多半能夠呈現一種可以讓讀者神遊的路徑與空間感：

> 陳晉州士業（宏緒）云：極喜〈古琴銘〉四句云：「山虛水深，萬籟蕭蕭。古無人蹤，惟石嶕嶢。」能理會此段，便是羲皇以上人。王山史（宏撰）嘗取俞益期牋云：「步其林則寥朗，庇其廕則蕭條，可以長吟，可以遠想。」（《帶經堂詩話》，卷三，頁90，七）

在這則論述中我們可以看到，「神韻」詩派的理想是使作品的意象空間如同一座「林」，當讀者閱讀作品時就好像漫步在一條林道之中，既可以自由地在樹蔭之下「庇廕」，也可以自由地在當中「長吟」與「遠想」。「神韻」詩人努力地要創造出一個豐富的、立體的自然世界，使讀者進入這個想像空間中可以自由地徜徉，在其中也許感覺到「寥朗」，也許感覺到「蕭條」，總之因為想像空間的營造而使讀者能夠生發種種悠然的意趣。作者用文字語言再創造一個自然之「境」，實質上當然有別於現實的自然世界，它是一個由主體的生命境界所營造的想像空間，它引領讀者的精神飛升，給人無限的想像，提供讀者「長吟」、「遠想」的機會。「神韻」作品並不是要製造一個有情有淚的場景，而是以一種「寥朗」、「蕭條」的自然之境表現詩人主體「如羲皇以上人」的生命境界。又如以下這則論述也是用「林中路徑」為喻來說明「神韻」作品：

> 問：昔人論詩之格曰：所以條達神氣，吹噓興趣，非音非響，能誦而得之，猶清氣徘徊於幽林，遇之可愛；微徑紆迴於遙翠，求之逾深。是何物也？
>
> 答：數語是論詩之趣耳，無關於格。格以高下論，如坡公〈詠梅〉「竹外一枝斜更好」，高於和靖之「暗香疏影」，

> 林又高於季迪之「雪滿山中、月明林下」，至晚唐之「似桃
> 無綠葉，辨杏有青枝」，則下裂極矣。(《帶經堂詩話》，卷二十
> 九，頁851)

「神韻」作品所要表現的是一種「詩之趣」，而爲了表現「詩之趣」，
詩人往往又必須要製造一種如同滿佈翠葉的林區空間（「幽林」與「遙
翠」），然後才能夠藉著這個蜿蜒而紆迴的想像空間將清朗的「神韻」
釋放出來。

　　如果我們要將「林中路」式的思維空間作一個更爲具體的說明，
可以說它所抓住的主要是語言的「暗示」性。「神韻」作品的詮釋基
點：由顯在物象的「神韻」到潛在「性情」的對位，正是靠著「林中
路」式的意象營造與其所提供的「暗示」作用來完成。

一、讓影響不再焦慮——由具象、現實的基點到文化對應

　　「神韻」圖像〔註12〕的「暗示」方式既是製造一條想像的「林
中路」。那麼，何謂「林中路」的暗示呢？所謂的林中路就是一種由
具象引至抽象的導引方式。亦即「林中路」所提供的暗示作用是以具
象爲其基點，是用具體的自然景物的配置所形成的「境」來暗示意義，
而不是用抽象的語言來表述。

　　雖然說「林中路」主要是指向一種思考模式而非具體形象，然而
在「神韻」作品中總是出現具體物象的描述，甚至常出現具體的「林
中」意象，這些正提示了我們「神韻」作品的暗示基點是從「具象」
開始。例如以下這些「神韻」佳作都出現了具體的「林中」圖像：

> 明月松間照，清泉石上流。(王維〈輞川絕句〉《帶經堂詩
> 話》，卷三，頁83)

> 春陰垂野草青青，時有幽花一樹明。(蘇子美舜欽滄浪〈淮
> 中晚泊犢頭〉，《帶經堂詩話》，卷九，頁203)

〔註12〕爲了以圖像構圖的法則詮釋二說的意象構成，也爲了行文的方便，
　　　　本文分別稱「神韻」與「境界」作品的意象構成爲「神韻」圖像與
　　　　「境界」圖像。

> 竹外桃花三兩枝，春江水暖鴨先知。蔞蒿滿地蘆芽短，
> 正是河豚欲上時。（蘇子瞻軾東坡〈惠崇春江晚景〉，《帶經堂詩
> 話》，卷九，頁 203）
>
> 日高山禪抱葉響，人靜翠羽穿林飛。（東坡〈題西湖壽星
> 院詩〉）

此外，「林中路」的暗示作用不只具有以「具象」表現「抽象」的特性，它還必須緣起於「現實」的基點。可以說「神韻」圖像雖然最終接近於描摹物象的風神與主體的境界，然而它還是必須建基於現實與具象的基點上。

（一）建基於真實「地點」的抽象

何以說「神韻」作品所呈現的「林中路」意象是建立於現實性上呢？王士禛常以作品是否符合「眞實」來作爲評斷其優劣高下的重要標準，他常強調詩中的景物應該符合「眞實」。

至於何謂作品的「眞實」性呢？基本上，王士禛所說的「眞實」往往與「地點」分不開，作品與某一個「地點」的相似性與關聯性可以說是它符合「眞實」與否的一個重要的判斷因素。關於這一點，我們首先可以由「神韻」作品中常出現「地點」名詞看出。例如：

> 春光白下無多日，夜月黃河第幾灣。（曹能始詩，《帶經
> 堂詩話》，卷三，頁 71，五）
>
> 皂莢村南三四里，春江不隔一程遙。雙陂鬥起如牛角；
> 知是隋家萬里橋。（閻無咎揚州詩，《帶經堂詩話》，卷十三，頁 341，
> 四七）
>
> 西澗蕭蕭數騎過，韋公詩句柰愁何。黃鸝喚客且須住，
> 野渡菴前風雨多。（王士禛詩，《帶經堂詩話》，卷十三，頁 337，
> 三五）

如果作品能夠表現某一地點的「眞實」風土形勝，它就是一件好的「神韻」作品。往往在親身遊歷過一個地方之後，王士禛會突然感受到某一作品的微妙，「至其地方知其詩爲工也」與「詩與地肖」都是他評

詩常用的術語：

> 唯善寫眼前實景，音節瑯然可聽。(《帶經堂詩話》，卷十
> 八，頁 501，十二)

> 常愛杜詩「兩邊山木合，終日子規啼」，又明初人詩：
> 「數家茅屋臨江水，一路松風響杜鵑」，寫蜀江風景，宛然
> 在目，予曾擬作一聯，送同年張仲誠知資縣，云：「子規聲
> 斷處，山木雨來時」；又「嘉陵驛路千餘里，處處春山叫畫
> 眉」，皆眼前實景也。(《香祖筆記》，頁 79，卷四)

> 余兩使秦蜀，其間名山大川多矣；經其地始知古人措
> 語之妙，如右丞：「秋山斂餘照，飛鳥逐前侶。采翠時分明，
> 夕嵐無處多。」二十字真為終南寫照也。余丙子再使蜀歸
> 次嘉陵江，有絕句云：「冒雨下牛頭；眼落蒼茫裏一半白雲
> 流，半是嘉陵水。」蓋牛頭山最高，一徑贏旋而下，人行
> 雲起中，雲與江水相連，沆瀁一氣不可辨，詩語雖不工，
> 亦寫照也。(《帶經堂詩話》，卷十四，頁 381，七八)

此外，我們也可以由王士禎常把詩作當作考據的證據，亦即以作品來
考證與判斷某一地點的風土人情，看出「神韻」作品裡「真實」與「地
點」之間的密切關聯性。由此也可以順帶看出，相對於王國維「劃分
割裂」的世界觀，對於王士禎而言，真實世界與文學世界之間其實是
互相應證的。

(二)交疊的影像：由「現實」到「文化印記」

至於什麼是一個「地點」的「真實」呢？「神韻」作品除了要環
繞一個真實的地點與形勝來加以描述，它還要表現出當地所給予一般
人的感覺與印象。循此，所謂表現出一個「地點」的「真實性」，除
了具象與真實的現實基礎之外，大體言之它還必須具有某一程度的文
化與傳統的印記。也就是對於某一個文化圈範中的人而言，他們對於
一個地點的理解已經不只是它原始的地理形貌，而往往伴隨著文化與
傳統的印記，「神韻」詩人在意象的營造上所要表現的正是這樣一種
特質。不論是物象的自然風貌還是具有文化積累之意義的風土樣貌，

都是「神韻」作品的意象營造所要表現的特點：

> 鄧漢儀秦州人，常同合肥龔端毅使粵，過梅嶺有句云：
> 「人馬盤空細，煙嵐返照濃。」寫景逼眞，尤似秦蜀間棧
> 道景物，梅嶺差卑，未足當此。(《帶經堂詩話》，卷十二，頁302，
> 31）

由「寫景逼眞」這一類的評語可以看出王士禎認爲詩人所描述的景物
應該要符合「眞實」。但是，我們若是探究他所舉的詩例，又會發現
「人馬盤空細，煙嵐返照濃」這樣的詩句似乎不只是描述景物的眞實
「形貌」而已，更多的是在描述景物的「神韻」。因而可以說王士禎
所說的「眞實」，似乎主要指的是「物之神」，而非「物之形」而已。
若是配合「地點」的現實性來看，可以說所謂的「物之神」除了是指
自然物象本身的「神韻」之外，尚且必須包含某一地點的傳統與文化
的印記，此正說明「神韻」是從文化歷史的積累中生發出來的意韻。

　　緣此而論，由現實性的基礎上所引發的「眞實性」其實有很大的
成分是傳統與文化的印記，所謂的「物之神」並不全是詩人對於「物
之形」所任意引發的聯想或感發：

> 陳伯璣嘗語余：「姑蘇城外寒山寺，夜半鐘聲到客船」，
> 妙矣。然亦詩與地肖故爾。若云：「南城門外報恩寺」，豈
> 不可笑耶？余曰：固然。即如：「滿天梅雨是蘇州」，「流將
> 春夢過杭州」，「白日澹幽州」，「風聲壯岳州」，「黃雲畫角
> 見并州」，「淡煙喬木隔綿州」，皆詩地相效。使云：「白日
> 澹蘇州」，「流將春夢過幽州」，不堪絕倒耶？(《漁洋詩話》，
> 頁198，75）

由這一段話也可以看出，王士禎認爲每一個地點大體上都有屬於它自
己獨有的特質。例如「蘇州」所具有的特質基本上是「滿天梅雨」，
如果把「白日澹」放到它的身上就會變得很不搭調。而這些諸如：「滿
天梅雨」、「流將春夢」、「黃雲畫角」或是「淡煙喬木」的描述，雖然
是從每一個地方的氣候與風土的特性以及基本「形貌」所生發出來的
特質，然而它們幾乎已成爲一種根生地固的文化印記與印象。由此可

以看出，「神韻」作品所塑造的圖像感其強調的「真實性」主要是指某一地點在形貌風土的特性上所衍生出來的「風韻」，而此「風韻」又因為根生地固而成為一種文化印記。所以可以說，「神韻」作品形成的圖像感其所要求的「真實」與「風韻」必須是某一地點文化風土人情的印記。

這種對於物象之真實「神韻」的描寫，除了大量的表現在某一處地點的描寫中，在關於「詠物」的論述中也可以看出：

> 余謂陸魯望「無情有恨何人見，月白風輕欲墮時」二語，恰是詠白蓮詩，移用不得；而俗人識之，以為詠白牡丹、白芍藥亦可，此真盲人道黑白。在廣陵有〈題露筋祠〉絕句云：「翠羽明璫尚儼然，湖雲祠樹碧于煙。行人繫纜月初墮，門外野風開白蓮。」正儗其意。一後輩好雌黃，亦駁之云：安知此女非嫫母，而輒云翠羽明璫耶？余聞之，一笑而已。(《帶經堂詩話》，頁 768，卷 27)

就「詠物」的角度來說，像「無情有恨何人見，月白風輕欲墮時」這樣的詩句，很明顯地並不是對於「白蓮」之「形貌」的描寫，而是對於「白蓮」之「風韻」的描述。但是王士禎認為「月白風輕」這樣的「風韻」（感覺）其實只適合用來詠「白蓮」，如果把這樣的感覺轉移到對於「白牡丹」或「白芍藥」的描述就很不合適。由此可見，「神韻」圖像所建基的「現實」與「真實性」在很大的程度上是來自於由一個物象的具體形象所聯想的「風韻」，而且這個「風韻」往往不是詩人一己的感觸，而是被圈套在某一特定範圍裡的文化風土印記中。

雖然「自然物象」的「神韻」是對位主體「性情」的主要基點，然而由以上的分析我們可以看到，在「神韻」作品中除了藉自然物象塑造意象，詩人也必須讓讀者感受到他的「性情」不只在「山川之助」中，同時也深深地在文化傳統積累的沉浸中。若是由「視覺」的角度觀之，可以說「神韻」圖像基本上重視將詩人當下身影配合過去歷史與文化的意義，使之成為一種當下自我與過往歷史文化陳

迹交疊的影像。

　　哈羅德・布魯姆在《影響的焦慮》中提到：眞正的詩人都將因無法擺脫前人的「影響」而「焦慮」，現代詩人已不可能再用正當的手段超越前人，而只能不擇手段地「誤讀」前人、「修正」前人、「貶低」前人。換言之，詩的傳統不過是一代代詩人誤讀其前驅者的結果。〔註13〕然而，透過以上的分析可以看出這種現象在「神韻」作品與「境界」作品，甚至整個中國傳統的詩歌創作中卻有另一種意義。在此我們還可以從「模擬」的角度來進一步說明「神韻」作品的意象營造，「神韻」詩歌的創造與其說是一種創新活動，不如說是對於過往的作品乃至於文化歷史積累的對應與變形。我們由中國詩歌之中的大量擬作與典故的使用，以及融化前人詩句入詩等也都可以看到這個現象。由此也可以說，「神韻」在作品中的展現在很大的程度上是一種對於過往文化歷史積累的聯想與感受。它是一個複雜體，融進了許多交疊的要素，是古往今來以及個人群體之感受的一層層「意」的交疊。換句話說，每一個詩人都要在他的作品中盡可能地融入文化傳統，由因襲而進一步將它們變形化身爲自身的創造與境界。亦即「神韻」詩人可以不避前代詩人的巨作，不必有「影響的焦慮」，雖然他們也想超越前人，然而卻也必須將前人之生命軌跡化爲自身的文學呈現。

　　因此，「神韻」圖像雖然主要是以自然物象爲中心，而不以「人」爲中心，但是它有時也會出現「人」的身影。詩人藉著他人的身影以對照自我，可能是歷史人物或是詩人所企慕敬仰的對象：

　　　　或問『不著一字，盡得風流』之說。答曰：太白詩：『牛
　　渚西江夜，青天無片雲；登高望秋月，空憶謝將軍。余亦
　　能高詠，斯人不可聞；明朝挂帆去，楓葉落紛紛。』襄陽
　　詩：「挂席幾千里，名山都未逢；泊舟潯陽郭，始見香爐峰。
　　常讀《遠公傳》，永懷塵外蹤；東林不可見，日暮空聞鐘。」

〔註13〕詳見哈羅德・布魯姆著，徐文博譯：《影響的焦慮》（台北：久大文
　　　　化股份有限公司，1990）。

詩至此，色相俱空，政如羚羊挂角，無跡可求，畫家所謂
逸品是也。(《帶經堂詩話》，卷三，頁70)

整體而論，「神韻」作品最終所要達到的目標雖然是以自然物象的「神韻」對位主體的「性情」，然而它還是要從現實與真實的園地中發展出來，也就是說在邁向「超脫」的路程中仍要不失「精切」：

　　詠物詩難超脫，超脫而復精切則尤難也，宋人詠猩毛
筆云：「生前幾兩屐，身後五車書」，超脫而精切，一字不
可移異。(《帶經堂詩話》，頁308，卷12，八)

　　詠物之作，須如禪家所謂不黏不脫，不即不離，乃為
上乘。古今詠梅花者多矣；林和靖「暗香、疏影」之句，
獨有千古，山谷謂不如「雪後園林才半樹，水邊籬落忽橫
枝」；而坡公「竹外一枝斜更好」，識者以為文外獨絕，此
其故可為解人道耳。(《帶經堂詩話》，頁305，二)

這兩則雖是專講「詠物」，但是也可以用來說明「林中路」意象思維的基本形貌。「林中路」是一條建基於「精切」之上，而往「超脫」的目標邁進的想像空間。所謂的「精切」又可以說是建基於具象、現實與文化印記上的真實，前人的「影響」正是詩人創造「神韻」的基礎所在。

　　至於「境界」作品雖然也離不開對於傳統文化的的承襲，然而所謂的「境界」絕不是詩人對於過往之歷史與文化陳跡的「感受」而已，它必須是詩人對於他自身當下生命處境與「理想」的切膚感受，而不能僅止於對於過往陳跡的憑弔。詩人即使運用過去某一位大師的詞句，也只是借助他人之「境界」為我之「境界」而已：

　　「西風吹渭水，落日滿長安」美成以之入詞。白仁甫
以之入曲，此借古人之境界為我之境界也。然非自有境界
古人亦不為我用。(《人間詞話》，頁46，47(刪14))

更為具體地說，同樣都有對於過去傳統的因襲與變形，同樣都有運用典故與模擬，然而「境界」只是以之作為表現的手法，而「神韻」則以之作為表現生命情感的媒界，甚至以之作為表現的內容。

二、「林中路」的語義呈現：「中立化」句子

由以上的論述，可以看出所謂的「林中路」是由具象與現實的景物所建構而成的林徑意象。如果我們嘗試從語言的使用上來分析「神韻」作品建基於具象與現實的「林中路」思維，可以發現大部分的「神韻」作品都是以一種「中立化」的句子來建構「林中路」。也可以說，「林中路」建基於具象與現實的特性如果用語言（特別是語義）來說明就是「中立化」的語句。何謂「中立化」的語句呢？簡單的說，是傾向「一般狀況」的句子，它們在語義上不會介入太多作者本身的情緒與感覺。也就是說，作者本身傾向於以著「中立」的立場來說明他們的所見所感。所謂的「林中路」就是「神韻」詩人往往先鋪設一條「中立化」的路徑，然後由此「平常義」引領讀者進入模糊與歧義的空間之中。也許正因爲「神韻」作品的語義多半落在這種「中立化」的語義上，因而能夠帶給讀者更多的想像空間。

「林中路」的「中立化」語句還可以進一步用「不著判斷」來說明，所謂的「不著判斷」就是作者對於他的所見所感盡量不下「判斷」，王士禎認爲「不著判斷」是使作品達到無限韻致的重要方式之一。爲什麼「著判斷」的語言會破壞「無限風韻」呢？因爲「判斷」性質的語言往往比較固定而明確，因而容易使作品之意旨具有侷限性。那麼，哪一類型的語言被認爲是「判斷」性的語言呢？大致言之，「說理」性的語言往往被認爲容易落入「言筌」之中。

論到「說理」，王士禎每以宋詩與唐詩的不同來說明。王士禎所以較不欣賞宋詩正是就「說理」這個層次來說，因爲他認爲「說理」容易落入「言筌」中：

> 問：宋詩多言理，唐人不然，豈不言理而理自在其中歟？
>
> 答：昔人論詩曰：「不涉理路，不落言筌。」宋人惟程、邵、朱子爲詩好說理，在詩家謂之旁門。朱較勝。（《詩問四種》，頁84，二十）

他認為唐詩所以比宋詩高明的地方，乃在於唐詩表面上「不言理」而「理自在其中」。相反地，宋代的詩人大多喜歡在詩歌中議論說理，因而其作品藝術水準不高，都只能算是詩歌的旁門。

不僅宋詩劣於唐詩在於它傾向於「說理」，而盛唐詩作又比初唐與中唐詩來得高妙的原因也在於「不著判斷一語」的呈現方式：

> 益都孫文定公〈詠息夫人〉云：「無言空有恨，兒女粲成行。」諧語令人頤解。杜牧之：「至竟息亡緣底事？可憐金谷墜樓人。」則正言以大義責之。王摩詰：「看花滿眼淚，不共楚王言。」更不著判斷一語，此盛唐所以尤高。(《漁洋詩話》，頁212，51)

為什麼王士禎認為孫文定公的「無言空有恨，兒女粲成行」與杜牧的「至竟息亡緣底事？可憐金谷墜樓人」，都不如王摩詰的「看花滿眼淚，不共楚王言」呢？因為不論是使用「諧語」或是「正言以大義責之」都是一種「著判斷」的表現方式，基本上都不如「不著判斷一語」來得高妙。

說到底，王士禎認為詩歌在本質上仍是「言情」之體式，而諸如《易經》之類型的著述才能用「說理」的體式來表達，他說： [註14]

> 襄城李來章本名灼然，以字行，……。予曰：《詩三百》主言情，與《易》太極說理，判然各別。若說理，何不竟作語錄，而必強之為五言七言，且牽綴之以聲韻，非蛇足乎？……。(《帶經堂詩話》，卷27，頁757，八)

這一段話是說，詩人如果認為「說理」是上乘的表現方法，那不如乾脆以「語錄」的體例來表達較為妥當，以詩歌這種具有「聲韻」之美的體式來說理議論無寧是畫蛇添足的表現。

(一)「公共」性質的判斷

從一些具體的例子進一步了解「中立化」的呈現方式，可以發現「神韻」作品中往往沒有使用強烈的「情緒」或「情感」字眼。詩中

〔註14〕這一點與宋詩就稍有不同，因為宋詩不反對「說理」。

的判斷往往非詩人的主觀情緒判斷，而是類似於詩人對眼前自然物象或環境所作的一個傾向於「客觀」的描述，諸如像天氣概況之類的「判斷」語：

> **牛渚西江月**，青天無片雲。登高望秋月，空憶謝將軍。余亦能高詠，斯人不可聞（李白詩〈牛渚西江夜〉，《帶經堂詩話》，卷三，70）

可以說，在「神韻」作品中即使詩人偶爾在表面上使用一些判斷詞語，它往往也是一種沒有利害關係的判斷。有些判斷詞語表面上雖然強烈，其實對於詩人本人並沒有什麼切身的影響。看以下這些例子：

> 七言律聯句神韻天然，古人亦不多見。如高季迪：「白下有山皆繞郭，清明無客不思家。」楊用修：「江山平遠難為畫，雲物高寒易得秋。」曹能始：「春光白下無多日，夜月黃河第幾灣。」近人：「節過白日猶餘熱，秋到黃州始解涼。」「瓜步江空微有樹，秣陵天遠步宜秋。」釋讀徹：「一夜花開湖上路，半春家在雪中山。」皆神到不可湊泊。（《帶經堂詩話》，卷三，頁71，五）

> 江山平遠難為畫，雲物高寒易得秋。（楊用修：《帶經堂詩話》，卷三，頁71，五）

在「江山平遠難為畫，雲物高寒易得秋」這兩句詩中，詩人以客觀而普遍的口吻下了一些「強烈」的判斷：「難為」與「易得」。這種判斷表面上好像是在陳述一個重要消息，然而就內在的意義來說，它對於詩人本人並沒有什麼切身的影響。換言之，它只是在語氣和字句的表面意義上強烈，但實質上卻是在陳述自然物象的狀況而已。用「難為畫」來形容「江山」的「平遠」其實是對於自然物象的空間性描述，面對自然物象的「平遠」，詩人並不是因此而生發出某種感慨，而是以詩與畫之間藝術交流的美感角度來下判斷，這就是一種「中立化」的呈現方式。同時，在這個詩例中我們也可以看出「神韻」詩雖然常使用對比與對襯的手法，然而其中的對比與對偶實際上並不是一種內在意義上的對比，而只是文字表層的美感或藝術上的對照而已。

（二）物象的狀況：一般狀況

關於「不著判斷」，還可以由詩人所陳述的往往是物象的「一般狀況」看出。通常我們提到物象的狀況大多與兩種詞性有密切的關係：即形容詞與動詞，因此我們可以由「神韻」作品中所形容詞與動詞所呈現的特性來了解它描述物象「一般狀況」的特點。

我們可以由「神韻」詩中用來搭配與連繫兩個物象之間的「動詞」，看出詩人所呈現的往往是物象本身的「一般狀況」。例如：

 雨中山果落，燈下草蟲鳴。（王維〈輞川絕句〉,《帶經堂詩話》卷三，頁83）

「落」字本來就可以說是「山果」本然就會有的生命過程，「鳴」也是常用來形容「草蟲」的本然動作。又如：

 明月松間照，清泉石上流。（王維〈輞川絕句〉,《帶經堂詩話》,卷三，頁83）

「照」是人們形容「月」時所習以為用的動詞，「流」也是「泉」的一種慣性動態。由以上這兩則詩例我們都可以看出「神韻」作品在動詞的使用上往往傾向於呈現物象的「一般狀況」。

就描述物象本身的「形容詞」而言也可以看出「神韻」作品「中立化」的呈現方式，詩人所使用的形容詞幾乎都沒有很強烈的主觀情緒意識。在有些情況中，詩人甚至將形容詞省略而以物象一般的「命名」（名詞）來敘述他的所見所感。例如上面所舉的兩首詩中就有此種表述方式，諸如「雨」、「山果」、「燈」、「草蟲」等都是單以物象的一般名詞來敘述它們。又如：

 「清風肅肅搖窗扉，窗前修竹一尺圍；紛紛蒼雪落夏簞，冉冉綠霧沾人衣。日高山蟬抱葉響，人靜翠羽穿林飛；道人絕粒對寒碧，為問鶴骨何緣肥。」此東坡〈題西湖壽星院〉詩也。予每讀之，輒如入篔簹之谷，臨瀟湘之浦，而吟嘯余渭川千畝之濱焉。…。（東坡〈題西湖壽星院詩〉,《帶經堂詩話》,卷五，頁130）

在這首詩例中，詩人只用「清」來形容「風」，只用「修」來形容「竹」，這些形容詞基本上都是人們對於「風」、「竹」等物象的一般認定。再如其中雖然使用了形容詞「蕭蕭」來形容「清風搖動窗扉」的聲音，但是「蕭蕭」其實也是古典詩歌中常見的形容詞，主觀意識也不算強烈。

　　「神韻」作品中對於物象之「一般狀況」的描述方式，還可以由詩中物象的空間配置裡看出。「神韻」作品中往往是以直接敘述句，直接而接近客觀地描述某一地點的空間配置以及景物之間的相關位置。例如：

　　　　白下有山皆繞郭，清明無客不思家。(高季迪，《帶經堂詩話》，卷三，71，五)

為什麼上述詩句被王士禎認為「神韻天然」而且「神到不可湊泊」呢？因為在這些詩裡的判斷詞語大多接近「公共」性質，詩人並不加入太多個人的情緒或情感。綜合來說，這些詩句多以自然物象與景色的描述為主，例如「白下有山皆繞郭」就是不帶任何感情或情緒的字眼來描述自然景物，可以說是直接而接近客觀的描述一個地區的空間配置以及景物之間的相關位置。後一句「清明無客不思家」則是寫出與這個自然物象相關的人文狀況，也許是詩人自己的感受，但是他卻用共通性來消泯個人的情緒感。此正可看出「神韻」作品中所呈現的判斷通常傾向於公共性質，以減弱個人的情緒或情感的強烈滲入。這使「神韻」詩在某些方面傾向於一種「中立化」的客觀陳述，也使詩人所使用的判斷詞語與所謂的「不涉理路、不落言詮」不相抵觸。此外，「神韻」詩人以描述物象的普遍客觀性作為表達方式，還易於突顯詩人胸懷的洞然無物，也就是透過物象之「一般狀況」的描述似乎更能表現主體「性情」的悠然曠放。

（三）結尾的「中立化」

　　最後，我們要針對「神韻」作品結尾的特色來對「林中路」的特

性作進一步的說明。王士禎認為一首詩是否能有繚繞不絕的「餘音」往往與「結句」有很密切的關係，亦即詩的結尾可以說是造就作品是否「無限風流」的關鍵所在：

> 姜白石《詩說》云：「僻事實用，熟事虛用」、「學有餘而約以用之，善用事者也。意有餘而約以盡之，善措辭者也」、「句中無餘字，篇中無長語，非善之善者也。句中有餘味，篇中有餘意，善之善者也」、「始於意格，成於句字」、「詩有四種高妙：一曰理高妙，二曰意高妙，三曰想高妙，四曰自然高妙」、「一篇全在結句，如截奔馬，辭意俱盡，如臨水送將歸，辭盡意不盡。若夫意盡辭不盡，刲谿歸櫂是也；辭意俱不盡，溫伯雪子是也」、「一家之言，自有一家風味。如樂之二十四調，各有韻聲，乃是歸宿處。模仿者語雖似之，韻則亡矣」。右論詩未到嚴滄浪，頗亦足參微言。（《漁洋詩話》，頁 180，79）

由這一段論述我們可以看出，一件作品是不是能夠「辭意俱不盡」與其「結句」有很密切的關係。

關於「神韻」作品結尾的特色，大致上可以歸結為兩類：一類是以某一個具有模糊意旨的圖像作結，亦即以傾向中性的圖像讓讀者自己去想像；另一類則是以明日的「行動」作結的「未來式」，以此暗示詩人瀟灑而去的「性情」。雖然後者與「中立化」沒有直接的關係，但是既已談到結句的表現，在此就一併提出。

「神韻」詩所營造的「林中路」意象大多以「中立化」的結尾收束，如此特別能夠把玄外之音留給讀者自己去體會，例如以下這首詩：

> 牛渚西江夜，青天無片雲；登高望秋月，空憶謝將軍。
> 余亦能高詠，斯人不可聞；明朝挂帆去，楓葉落紛紛。（李白〈牛渚西江夜〉，《帶經堂詩話》，卷三，頁 70）

以上這首詩就是以一個具有模糊意旨的圖像作結。「楓葉落紛紛」這句話可以算是純粹中性的描述，因為詩人在前面已暗示我們時節是「秋天」（「登高望秋月」），楓葉在秋天本來就會掉落，所以它其實是

一種類似於「天氣概況」的描述。而王士禎所以用「不著一字，盡得
風流」來評賞李白這首詩，分析起來似乎在於這首詩（特別是結尾）
表面上只陳述當下時節的某種自然現象的「一般狀況」，然而此種模
糊而中立的句子卻又給予讀者很多玄想的餘地。「神韻」詩的理想正
是要塑造類似「楓葉落紛紛」這樣的詩句，它本身是一個很明確的圖
像，但是因為「中立化」，因而導致它被放到整首詩的語境中反而具
有「歧義」的可能性。基本上，「神韻」作品裡大部分的句子都傾向
「中立化」的呈現，作者的情緒可能只出現在其中一句詩中的一個字
詞裡，讀者必須細膩地抓住這個字詞，然後透過這個情緒暗示將其他
「中立化」的句子的可能歧義挖掘出來，如這首詩：

> 春陰垂野草青青，時有幽花一樹明。晚泊孤舟古祠下，滿川風
> 雨看潮生。（蘇子美舜欽滄浪（淮中晚泊犢頭，《帶經堂詩話》，卷九，
> 頁 203）

這首詩的一、二、四句都是傾向「中立化」的詩句，詩人沒有明顯地
透露情緒，也不加入什麼判斷，只有第三句詩人以一個「孤」字暗示
其內心的處境。透過一個「孤」字，其他三句的「中立化」詞語就具
有歧義的暗示作用。原本傾向「中立化」的結尾「滿川風雨看潮生」
也因此而具有無限的可能性，讀者可以想像詩人一個人孤獨地在風雨
中看著川流的潮起潮落。

　　就「神韻」作品的每一個別的句子而言，它往往是一個「中立化」
的句子。但是因為整首詩可能在其中一個句子中透露出詩人的某種主
觀的情緒，以至於原本「中立化」的詩句就變成為一種具有「暗示性」
的句子。而最末一句的「中立化」又可以說是使「神韻」作品具有無
限韻致的關鍵所在。也就是說，讀者所以可以從「神韻」作品中感受
到許多的暗示與聯想，正是因為其中有大半部的句子都接近於「中立
化」的關係。特別是最後一句的「中立化」，往往能夠給予讀者極大
的想像空間。

　　除了「中立化」的呈顯之外，「神韻」詩還有另一種常見的結尾

也是使作品餘味無窮的關鍵，那就是以某種「行動」作結。雖然這種行動事實上只具有文句上的意義，並不是詩人的真正行程，然而往往給予讀者一種瀟灑曠放的感覺。例如：

> 景文云：莊周云：「送君者皆自崖而返，君自此遠矣。」
> 令人蕭寥有遺世意。愚謂〈秦風‧蒹葭〉之詞亦然。姜白
> 石云：「言盡意不盡」也。（《帶經堂詩話》，卷三，頁87）

令人讀起來「蕭寥有遺世意」的詩句往往是在作品的結尾以「行動」作結。詩人將強烈的對比性收束與暗含於結尾的行動中，遠行人未來的孤獨與迷茫，驚異與希望的一切可能性全都包含在送行人轉身離去，而遠行人將啟程的那一行動瞬間。

又如上文所引的李白〈牛渚西江月〉詩，結尾的「明朝掛帆去，楓葉落紛紛」除了以模糊意旨的圖像作結，同時也包含了瀟灑的「行動」姿態，除了讓讀者感覺到詩人瀟灑而去放開一切的風姿之外，更讓人因為「楓葉落紛紛」其模糊而不明確的感覺而倍感餘音裊裊，這樣的詩正體現「神韻」所要求的「不著一字，盡得風流」的詩境。

貳、由林中路到「隨處越過自我」的構圖

一、光影勝過線條的朦朧影像

對於「林中路」的構成有了初步的認識之後，讓我們由「林中路」回到本文觀照「神韻」圖像的主要角度：「開放形式」。在此先回顧「開放形式」的定義：

> 開放形式的風格隨處越過自我，指向外界，刻意製造
> 無窮無盡的視覺效果；當然啦，隱密圍限繼續存在，使畫
> 面可能在美學層次上獨立自主。（《藝術史的原則》頁140）

此「開放形式」的特徵在「神韻」圖像中可以說非常顯著。相對於「境界」圖像的隨處指向「自我」，「神韻」圖像卻總是隨處越過「自我」。所謂的「隨處越過自我」，就是詩人往往將他的思緒向外延伸出去，表現為一種向外拋出與發散的思緒。我們從上述「林中路」由具象到

抽象，以及「中立化」的林徑鋪設，都可以看出詩人「隨處」越過「自我」的表現。詩人不以「自我」為中心來道出他的所見所感，相反地，他總是將自我的感覺以傾向於「中立」的語句表現出來，把他的所見所感直接指向外界的客觀萬象，諸如某一自然物象在季節更換時的特殊變化等等。正因為詩人不是將表現的目標集中到「自我」，所以在「林中路」的想像空間裡，詩人隨處拋出的思緒全都向外發散，呈現為「中立性」而非詩人「自我」中心的「開放形式」。

　　至於「刻意製造無窮無盡的視覺效果」這一特性要如何解釋呢？《藝術史的原則》中又提供我們一個解析「開放形式」的角度：它是以「非建築性」的線條，亦即「模糊」的光影來呈現。〔註15〕要說明「神韻」圖像以光影甚過線條（非建築性風格）的特色，首先要說明的就是它的「朦朧」感。〔註16〕就像第一章所提到的「清遠」、「清奇」的風格是「神韻」作品的必備條件一樣，「朦朧」感亦是「神韻」作品必然的表現模式。也許是為了不讓語義固著於一處，所以，作者就必須以這種模糊不清的方式來表現情感：

　　　　弇州云：「朦朧萌拆，情之來也；明雋清圓，詞之藻也。」
　　四語亦妙。（《香祖筆記》，卷八，頁 149）

〔註15〕《藝術史的原則》：「反構築性風格在遵守規則上，多多少少隱誨不
　　　　清，安排上比較自由」，「從剛硬的形式轉化到流動的形式……」，「構
　　　　築性風格卻打開了閉瑣的形式，將完美的比例轉為不完美的」，「此
　　　　時於形式的創造裡，意識到一種豐富及變動的性質，使人再度藉用
　　　　有機成長與無機成長的比喻，不僅山形牆的三角形轉化為流動的弧
　　　　形」。見沃夫林（Wolfflin Heinrich）著，曾雅雲譯：《藝術史的原則》
　　　　（台北：雄獅圖書，1987），頁 162-164。
〔註16〕關於「朦朧」感這一點，郭紹虞就提到：「格調說」與「神韻說」都
　　　　給人朦朧的印象，但是「格調說」給人以朦朧的印象的是風格，「神
　　　　韻說」給人以朦朧印象的是意境。讀古人書而得朦朧的印象這是「格
　　　　調」，對景觸情而得朦朧的印象的是「神韻」。參見郭紹虞：《中國詩
　　　　的神韻、格調及性靈說》（臺北：華正書局，1975），頁 64。而他所
　　　　說的「對景觸情」而得的「朦朧印象」正可以用來說明神韻圖像的
　　　　朦朧感。

由這一段話可以看出,「神韻說」強調詩人應該要以「朦朧萌拆」的
方式表現情感,也就是類似於一種「蜻蜓點水,旋點旋飛」般的表「情」
方式。至於在「詞藻」的表現上,亦即在語言的風格表現上則要盡其
可能地「明雋清圓」。

　　此外,與「朦朧」感密不可分的則是對於物象之整體感的掌握。
前文提過,「神韻」基本上要求詩人掌握物象的整體感,而不欣賞對
於物象細部的描繪。正因爲傾向整體性地捕捉物象,詩人都是從遠距
離觀物,因而「神韻」作品自然地趨向於「朦朧」。也可以說,「朦朧」
是起於詩人從遠方對於物象之整體感的掌握,「神韻」圖像中的朦朧
感其實就是詩人與物象之間的距離感:

> 予嘗聞荊浩論山水而悟詩家三昧矣,其言曰:「遠人無
> 目,遠水無波,遠山無皴」。又王楙《野客叢書》有云:「太
> 史公如郭忠恕畫天外數峰,略有筆墨,意在筆墨之外。」
> 詩文之道,大抵皆然。(《帶經堂詩話》卷三,頁86,十五)

這裡是用畫論來說明詩論。〔註17〕所謂的「遠人無目,遠水無波,遠
山無皴」就是指畫家因爲從遠方觀物,所以其所描繪的人物或山水大
多不是細部與局部之肌理線條的刻畫。也可以說畫家因爲要掌握物象
的整體感,因而他們必須要從遠方觀物,又因爲所描繪的是遠方的景
物,自然因爲無法刻畫細部而呈現模糊不清的「朦朧」感。繪畫的原
理是這樣,詩歌的創作也是如此,「神韻」的重心正在於詩人是以「遠」
的視角去掌握物象的整體感。而所謂的「光影勝過線條」的特性正可
以說明「神韻」詩人重視物象的整體感勝過於細部刻畫的傾向,同時
「神韻」圖像所以具有一種無限流轉的特性,也在於因爲它重光影的
流動遠勝過固定線條的構成。

由瞬間所連結的「共時性」

　　而「神韻」圖像所以具有無限流轉的特性,亦可由圖像所透露的

〔註17〕「神韻」一詞本來就是來自人物畫論,可參照緒論之註。

時間特質來了解。大略言之,「神韻」作品因爲是詩人的「興趣」之作,所以它隨處可見「瞬間」、「霎那」的特質。可以說,它是主體在瞬間時間點中的頓悟,〔註18〕看以下這則實例:

> 春陰垂野草青青,時有幽花一樹明,晚泊孤舟古祠下,滿川風雨看潮生。(蘇子美舜欽滄浪〈淮中晚泊犢頭〉,《帶經堂詩話》,卷九,頁203)

諸如「時有」一類的詞語基本上常出現在「神韻」作品裡。當然,「神韻」作品在時間上的瞬間特質並不單是從這類詞語的使用中看出來的,將它的構造(特別是景與景之間的連接)與「境界」作品相較,也可以看出其時間的特性。如果我們由圖像中的物象與物象之間的連接來看,基本上「境界」圖像傾向於影片結構,它強調的是「歷時性」而非「共時性」;至於「神韻」圖像即使轉境大多也不是強調「歷時性」,而是由各個瞬間所連結而成的「共時性」。例如在上面所引過的一首詩:

> 雨中山果落,燈下草蟲鳴。(王維〈輞川絕句〉,《帶經堂詩話》,卷八,頁83)

詩中的空間位置基本上是由室內轉鏡到室外,但轉鏡的兩個場景並不強調時間連續的「歷時性」。不過,雖然「神韻」圖像的部分與部分之間的因果關係相當薄弱,但是卻不能切割,因爲它是一個由頓悟式的心靈狀態所表現的構圖,它的意義在於其整體感所散逸出來的無限流轉的「神韻」中。

二、平行與對照的「物」、「人」關係

對於「神韻」圖像的構圖:「林中路」與「開放形式」有了初步的認識之後,讓我們回到「林中路」的基本起點:「暗示性」上來加以說明。

〔註18〕吳調公認爲:個體的自由快感,對神韻論來說,誠然如雪萊所說的「瞬間」的激發。參見吳調公:《神韻論》(北京:人民文學出版社,1991),頁68。

　　雖然「神韻」圖像是以「光影勝過線條」以及「隨處越過自我」的方式作為表現形式，並且與「境界」圖像相較，它往往沒有很明確而清晰的意義。但是「神韻」圖像正是由「林中路」所建構而成的「開放形式」的朦朧構圖來「暗示」主體的「性情」。總之，「神韻」作品雖然表面上都是一些由自然物象所構成的「光影」，然而這些自然物象的模糊光影，以及那些隨處越過詩人「自我」的表現，它其實都是在「暗示」一個指向詩人主體「生命境界」的意涵。也就是我們在第一章所提出的，「神韻」作品的詮釋基點是以「物象」的「神韻」來暗示主體的「性情」。更具體地說，雖然「神韻」作品最終所要指向的是「人」的「性情」，然而在意象的營造上我們卻幾乎看不到人的形象，人像是被隱匿於物象與物象的空隙之間，而它的「暗示性」正在於讀者卻可以從自然意象裡感受到詩人遊賞自然山水中所浮現的獨特生命與個性（即「性情」）。

　　「神韻」作品的詮釋基點是由「物」與「人」的對位到「性情」與「神韻」的對位，這是「神韻」的「暗示」轉換基礎。前文提到，「神韻」詩人對於情感的處理方式基本上有二：一是將情感引向人生哲思的面向；二是將人的內在情感外化為身外物象。這兩種處理「情」的方式其實都是將「情」放到意象上來營照，特別是將人之「情」外化為「物」之景。準此，我們可以詩人處裡情感的方式作為基點以進一步說明「神韻」圖像中的「物」與「人」的關係。

1、自然與人的地位平行

　　由於「神韻」詩人多半將自身內在的情緒與情感外化為身外物象，因而「神韻」圖像中的自然物象往往是前景（主景），它不以「人」的背景出現。就「地位」而言，自然景物與詩人的地位是平行的，此與「境界」圖像中以「人」為主角而其自然物象作為背景的構圖不同。當然，就創作本身而論都是詩人在驅遣玩弄自然光景，這裡所謂的平行地位，主要是說沒有明顯的主客關係，或者說難以劃分主客。例如：

黃葉西陂水漫流，遽篩風急滯扁舟。夕陽暝色來千里，人語雞
聲共一邱。（寇荊山國寶〈提閶門外小寺壁〉）（《帶經堂詩話》，卷九，
頁 203）

由「人語雞聲共一邱」就可以看出「物」與「人」在「神韻」詩裡常
被詩人視爲平等的外物，在「物」與「人」的相融不分中表現出詩人
與自然相合的悠然性情。

　　若是將比較成熟的「神韻」作品與一些作品相比對更可以看出「物」
與「人」的平行關係，例如把它們與謝靈運的作品相較就會發現，「神
韻」作品大體上並不是把「物」當作一個外在於「人」本身的對象，
詩人並不是如同謝靈運那樣將他自己與自然景物「對立」起來，並在
作品中透露出「人」對於物象的征服與其內心的不安。〔註19〕相反地，
「神韻」圖像本身並不表現出「人」與「物」之間的對立或控制關係，
詩人在「隨處越過自我」中把他自己融入了自然之中，自然彷彿變成
爲詩人的化身。事實上，「神韻」圖像表面上是對於自然景物的描寫，
但是其中的自然景物卻也是人的化身。自然景物的韻律正是詩人之韻
律的延伸，而詩人的韻律也是自然景物之韻律的展現。也就是說，詩
人的生命境界與自然物象是融合在一起的。爲什麼當「物」成爲「人」
的化身的狀況下，就可以將「自然物象」的「神韻」對位於「人」的
「生命境界」（「性情」）呢？因爲只有人的生命境界到了某一程度，因
爲可以放下「自我」，所以能夠把握自然的律動，也能夠聽得見自然的
聲音，甚至將「自我」與「自然」融注在一起。

2、「人」與「自然」的對照

　　在「人」與「物」的平行關係的基礎上，「神韻」圖像往往以「人」

〔註19〕葉嘉瑩在〈從元遺山論詩絕句談謝靈運與柳宗元的詩與人〉一文就
　　　　指出：「他（謝靈運）的詩極力刻畫山水的形貌，又重複申述哲理的
　　　　玄言，正因爲這一切都只不過是他在煩亂寂寞之心情中，想要自求
　　　　慰藉的一種徒然的努力而已」。由此可看出謝詩在山水的險峻與一路
　　　　的征服之中透露出許多不平與不安。收入《中國古典詩歌評論集》（台
　　　　北：純眞出版社，1983），頁 40-41。

與「自然景物」對照的手法將「人」的生命境界表現出來。關於人與自然物象的對比其實可以分爲許多不同層次的對比意義，詩歌裡常出現的對比意義往往是由自然的永恆對比人事的短暫。不論是哪一種層次的對比其基礎點都是按照人們所賦予自然物象的意義而定，而在「神韻」傳統中詩人對於自然物象的利用基本上都是採取自然所具有的「超俗」意義。

在「神韻」圖像的「暗示」系統中，主要是運用自然物象來表現（暗示）主體的內在「生命境界」。而自然物象是基於哪一些特性才能暗示出「人」的生命之境呢？大體而論，「神韻」作品是利用了中國傳統中自然景物所隱含的那種與人事相對照的「超俗」意義，才能引向暗示作用的基點。雖然自然景物在「神韻」作品中的地位與人是平行的，但是在「超俗」的意義上卻與人相對。正如前文所說，「神韻」作品中自然物象的「呈現」本來就具有與主體生命境界密不可分的意義，或者說詩人主體的生命境界其意義往往膠著在自然物象中。「神韻」圖像（包括「林中路」等意象）所提供的暗示功能，事實上都是建基於自然物象這一層既與人事相對，但又是人之精神境界的呈現的「超俗」意義。

故此，雖然在「神韻」圖像中很少出現「人」，不像「境界」圖像往往都有一個以「人」爲中心的主角，然而詩人正是要以「無人」的自然之境暗示他這個人生命境界的超俗。換言之，在自然景物的呈現中往往膠著了「無人」的意義，而此空淨的「無人之境」又要對照凝滯於物的「有人之境」。在此「對照」意義中，主體的生命境界就這樣被「對位」了出來：

> 「山虛水深，萬籟蕭蕭。古無人蹤，惟石嶕嶤。」右〈古琴銘〉。攖之幽然，如水赴谷，釋之蕭然，如葉脫木。」右文與可〈琴銘〉。二銘造語之妙，不減蘇黃。（《帶經堂詩話》，卷三，頁90，七）

其實這些用來說明「詩境」的比喻，既是一種批評的觀點，同時又可

以作為一種理想中的作品「範例」。若是以「自然」與「人」的關係來看，所謂的「古無人蹤」所表現的似乎是一種呈現萬物本眞而不以人為中心的「詩境」。詩人所要表現的是自然山水景物「虛」與「深」的特質，是萬物靜寂蕭瑟的狀況（「萬籟蕭蕭」），而透過「古無人蹤」之境的強調似乎更能夠顯現「惟石嶕嶢」的特異情調。總括地說，雖然「神韻」作品往往是以「自然」來突顯「無人」，但是詩人並不是在描寫自然景物而已。其實「神韻」並不是強調不寫「人」，如果完全不寫「人」而只是純粹自然物象的描寫，詩論家又何必要特別地強調「古無人蹤」呢？其實由「攬之幽然，如水赴谷，釋之蕭然，如葉脫木」這一段話中，不論是「攬之」或是「釋之」都可以看到「人」的作為，只是「人」的作為已經與自然景物的現象「平行」，乃至於合而為一，甚至為之所掩蓋了。換句話說，當詩人整個人都融入自然的懷抱中，所有的「人蹤」都像是變得了無芳跡，人為的形跡似乎都被消泯了。

　　再看一則實例：

　　　　唐人五言絕句，往往入禪，有得意忘言之妙，與淨名默然，達磨得髓，同一關捩。觀王裴《輞川集》及祖詠〈終南殘雪〉詩雖鈍根粗機，亦能頓悟。程石臞有絕句云：「朝過青山頭，暮歇青山曲；青山不見人，猿聲聽相續」，予每歎絕，以爲天然不可湊泊。……（《帶經堂詩話》，頁69,（五））

在這首詩中的「青山不見人」其實正是與「空山無人，水流花開」相似的「詩境」。在「不見人」中卻有「猿聲聽相續」正是以「人」與「物」的有無對照來突顯主體內在的心境，也可以說是藉著「無人之境」表現詩人獨特的生命境界。又如以下這首蘇軾的詩：

　　　　清風蕭蕭搖窗扉，窗前修竹一尺圍；紛紛蒼雪落夏簟，冉冉綠霧沾人衣。日高山蟬抱葉響，人靜翠羽穿林飛；道人絕粒對寒碧，爲問鶴骨何緣肥……。（東坡〈題西湖壽星院詩〉）（《帶經堂詩話》，頁130）

在這首詩裡，蘇軾藉著對於「靜」的描寫以表現他的「性情」。他運用自然中各種聲響的「動」來對比自己心境上的「靜」，諸如「蟬」的聲響，以及鳥「穿林飛」的行動，其實都具有對比與暗示「人之靜」的作用。這與上述所論「山虛水深，古無人蹤」運用自然之靜以暗示人之靜的方式雖然有些不同，但基本上都是以「自然」對照「人」的內在心境。

小　結

總結來說，「神韻」的中心內涵（「性情」）在作品中的意象構成，基本上傾向於一種「開放形式」的構圖結構。正因為「性情」是一種隨處越過「自我」的東西，所以它往往以「光影勝過線條」的構圖而存在。說到底，「神韻」在作品裡如同朦朧光影的浮動，是一種非「建築性」構圖。而在這種「開放形式」的構圖中，其實是要從某種具象與現實的基點上營造一條「林中路」的思維空間，讓讀者在這個空間之中可以體悟出許許多多的「感覺」。而這條「林中路」所以可以讓讀者自由地「長吟」與「遠想」，主要又是因為「神韻」作品往往不介入作者過多主觀的判斷，而由許多「中立化」的句子營造意象的緣故。若是回到詮釋的觀點來看，我們可以看出「神韻」與「性情」的對位詮釋正是本於這種由「開放形式」所構成的意象。正因為「神韻」作品是以「開放形式」的方式呈現「神韻」，所以讀者才可以在其朦朧甚至模糊的自然物象的描繪之中體會出作者曠放超然的性情與生命境界。

第二節　閉瑣形式

正如「神韻」作品的圖像部分一樣，「境界」作品中的圖像部分在整個作品中亦占有相當重要的地位，它們是構成「境」的基礎。當然，它在作品中的「意義」與「組織結構」自然不同於「神韻」圖像，

大體上我們可以用「閉瑣形式」來說明它的特徵：〔註20〕

> 閉瑣的形式是以或多或少建築性手法，使畫面成為獨
> 立自主的實體，隨處反身指向自我的一種構圖風格。反之，
> 開放形式的風格隨處越過自我，指向外界，刻意製造無窮
> 無盡的視覺效果；當然啦，隱密圍限繼續存在，使畫面可
> 能在美學層次上獨立自主。(《藝術史的原則》頁 140) 〔註21〕

由這一段話可以看出，所謂的「閉瑣形式」大體上有幾層特性：第一，
它所重的是一種「建築性手法」。〔註22〕第二，整個畫面傾向於「獨
立自主的實體」。第三：它隨處「反身指向自我」。本文認為：這三個
特色在「境界」圖像中幾乎都可以找到，「境界」圖像所呈現出來的
畫面（「境」）正可以說是傾向於這種「閉瑣」的「構圖風格」。

　　不過，我們在這裡是以《人間詞話》中第一類以「深情」為主的
作品當作探究的主要材料。此一方面是因為它們在《人間詞話》中的
份量至少佔了九成以上，另一方面則是因為這一類作品與「神韻」作
品差距較遠，可與「神韻」作一個強烈的對比。

壹、圖像在「境界」作品中的基本意義──「詮釋」的必要條件

一、「境界」作品意義與價值（真理）的來源

　　與「神韻」圖像相同，「境界」圖像在整個作品中的基本意義主
要可以說是作為「詮釋」作品的一個必要條件。而論到「境界」作品

〔註20〕就「境界說」而言，「境」不只是靠自然物象來完成，主要是靠「人」。
〔註21〕見沃夫林（Wolfflin Heinrich）著，曾雅雲譯：《藝術史的原則》（台
　　　　北：雄獅圖書，1987），頁 140。
〔註22〕《藝術史的原則》：「建築性風格可求諸於規則性，幾何性只能說是
　　　　此規則性的一部分。它顯然以線條、光線、均勻的色調變化為其基
　　　　本法則」。見沃夫林（Wolfflin Heinrich）著，曾雅雲譯：《藝術史的
　　　　原則》（台北：雄獅圖書，1987），頁 149。「構築性風格是配置嚴密，
　　　　且顯明地依附規則的風格」，「凡屬於建築性風格的，無不以圍限和
　　　　完整為目標」（同上，頁 162）。

的詮釋問題，它又與整個作品的價值密不可分，因此在說明「境界」作品的詮釋之前，本文必須先探究「境界」作品的意義與價值（真理）的來源。

前文已提到，能夠觸及到「真理」的作品才是一個有「價值」的「境界」作品。但是我們如何判定一個「境界」作品碰觸到了「真理」，特別是在「感受」的「普遍性」上呢？可以說，一個「境界」作品所以具有價值一方面是源自於它本身在內涵（「感受」）上對於人類感情的通性（普遍性）有所觸及，另一方面則是因為王國維提出了一個獨特的「詮釋」作品的角度，而這個角度主要又是依賴作品的意象構成方式。循此而論，「境界」作品（特別是第一類型的作品）往往以具有可見形象與「建築性手法」的特定圖像來提供讀者一個可以將之詮釋為「真理」的基點，也就是以此提供讀者一個能夠具體感通「感受」這樣一種難以言傳的東西的媒介。

基本上，「境界」作品的價值在於「真理」，而「真理」的判定又在於王國維所提出的詮釋角度。王國維所以能夠說他所欣賞的作品比袁枚「性靈說」所標舉的作品具有深情，〔註23〕顯然與他所提出的一個新的詮釋詩歌的角度有密切的關係。〔註24〕當然王國維也自覺到當他以「理想」的眼光去詮釋那些作品，也許作者未必能夠認同，〔註25〕但是「境界說」正是企圖以讀者的慧眼重新審視傳統作品的意義與價值。不過，在讀者決定論中，「境界說」也努力使讀者對於作品的詮釋以及作品之價值與意義的判定有一個客觀結構的基點。當然，

〔註23〕王國維批評袁枚：「明季國初諸老之論詞，其失也纖小而輕薄，竹垞以降之論詞者，大似沈歸愚，其失也枯槁而庸陋」。參考王國維：《人間詞話》，頁97，113（刪46）。

〔註24〕當然，不純是詮釋的原因，它同時也與「境界說」與「性靈說」兩類作品的不同有密切的關係。

〔註25〕　「古今之成大事業、大學問者，罔不經過三種之境界。……。此等語皆非大詩人不能道。然遽以此意解釋諸詞，恐為晏、歐諸公所不許也」。參考王國維：《人間詞話》，頁2，2（26）。

當我們找出了「境界」作品的客觀結構，讀者的主觀論斷仍然可能存在，因此詮釋的循環亦不可避免。雖然如此，本文還是嘗試將「境界」作品與其詮釋方法的客觀部分描述出來。

二、「境界」作品的詮釋法則：物象的旁通代換

（一）平移代換法則

　　「境界」作品的眞理性既然起源於兩個基點：一是意象（本文以「圖像」稱之）的構造，一是詮釋的方式。準此，在探究「境界」圖像的構圖之前，本文有必要先說明王國維所提出的一個新的詮釋角度。

　　在說明王國維所提出的詮釋角度之前，在此先提出傳統解讀詩詞的一種特殊方式，即是「旁通」與「寄託」的手法。〔註26〕在此解讀方法中，主要是將五倫關係分爲陰陽兩類，諸如君、父、兄、夫被歸爲同一類，屬於陽性；而臣、子、弟、婦則被歸爲另一類，屬於陰性。由於君臣、父子、夫婦、兄弟之間的相互關係很相似，所以可以互相代換「旁通」。基本上，在傳統所設定的「旁通」代換法則中是由男女關係到君臣關係的平移代換，而且大多是把君臣關係視爲作品所要表現的主旨，認爲詩人運用夫婦、兄弟的關係其最終所欲呈現的其實是君臣關係。可以說，「寄託」手法既是一種讀者的詮釋角度，同時也被視爲作家所常運用的一種寫作手法。

　　王國維雖然仍然以「旁通」與「寄託」的代換原則來詮釋作品，亦即承襲《詩經》、《楚辭》的詮釋傳統，但是他不再把作品最終的呈現目標限定爲君臣關係，而提出了一個新的詮釋角度。他將上述的代

〔註26〕施逢雨的〈「旁通」與「寄託」──兩種解讀詩詞的特殊方式〉一文提出：「我所謂的『旁通』讀法，是指從詩句、詞句中讀出與字面意義在情境或感懷上有互通之處，而且通常顯得比字面意義更加高遠、廣闊，但卻未必是作者著意表現的意義來。如王國維從《詩經‧秦風‧蒹葭》和晏殊〈鵲踏枝〉……數句中讀出人們追求理想時的嚮往的心情，就是一個著例」。收入《清華學報》（新23卷，第1期，1993，3），頁1。

換法則其範圍擴大，以生命的「理想」取代傳統「寄託」詮釋中的君臣關係。若是就詮釋的基點來看，王國維主要是運用人類情感的共通性來將「某種情感」旁通代換為「某種生命境界」。可以說，正是基於不同人情與生命境界其相互之間具有共通性，因此雖然詩人只選取某一類型的「情」來表述他的感受，但是讀者卻可以將這一類型的情「旁通」為相似的情意或生命境界，使之成為人類情感的一種共相。至於「神韻」作品主要是利用語義的模糊性來作為「性情」與「神韻」對位詮釋的基點，這一點特別能夠看出兩說所利用的詮釋基點不同。如果我們將詮釋作品的代換原則的改變放到政治上來加以思考，王國維的詮釋方法基本上能夠將傳統文人關注的焦點從政治上轉移到人生中，特別是生命「理想」的追尋上。

　　王國維對於詩、騷傳統的詮釋系統雖然仍有承襲，但是他又發展出一套屬於他自己所獨有的詮釋意義。透過以下的例子我們可以看到，王國維一方面把一些詩詞與他所認定的《詩經》意旨相對照，然而他對於所謂的「風人之旨」卻賦予個人的新意，以「憂世」、「憂生」的意涵解釋之。從「風人之旨」的新意中，我們可以看到王國維傾向於將詩歌的意義從詩教中解放出來，將詩人之憂思擴大為對於「生命」本質之感發的面向上：

> 　　「我瞻四方，蹙蹙靡所騁」，詩人之憂生也。「昨夜西風凋碧樹。獨上高樓，望盡天涯路」似之。「終日馳車走，不見所問津」，詩人之憂世也。「百草千花寒食路，香車繫在誰家樹」似之。（《人間詞話》，頁 100，118（25））

王國維認為晏殊的「昨夜西風凋碧樹。獨上高樓，望盡天涯路」與《詩經》的「我瞻四方，蹙蹙靡所騁」意境很相似，都具有「憂生」的意義。就晏殊的「昨夜西風凋碧樹」這闋詞而言，雖然表面上是寫詩人對於愛情的盼望與失落，但是王國維卻將其幽思由愛情擴大為對整個生命本身的質疑與憂思。細思其境，讀者其實可以感受到詩中主角所感到的惆悵應該不是第一次了，也許因為等待的一再落空，使詩人不

禁要問，自己的生命是不是會一直這樣重複，重複於永無止盡的盼望
與失望的輪迴中。基本上，王國維對於《詩經》的詩篇，或是一些他
所認爲有「風人之旨」的作品大多都是朝向詩人對於生命本身的感受
上去理解，這就是所謂的「憂生」、「憂世」的意思。

在以下這一則論述所引的詩例中，也可以看出王國維所認定的
「風人之旨」往往與生命的本質連繫在一起：

> 國朝人詞，余最愛宋直方〈蝶戀花〉「新樣羅衣渾棄卻，
> 猶尋舊日春衫著」，及譚復堂之「連理枝頭儂與汝，千花百
> 草從渠許」，以爲最得風人之旨。（《人間詞話》，頁127，22）

「新樣羅衣渾棄卻，猶尋舊日春衫著」這樣的詩句所以被認爲具有「風
人之旨」，乃在於這些詩句表面上好像是在說一種日常生活的程序，
而且用很簡單的意象來陳述，但就其內裡深意而言卻也可以詮釋爲是
詩人對於生命層面的感發。詩人雖然擁有「新樣羅衣」，但是他卻斷
然將那些綻新的而且質地較好的「羅衣」全部棄置，仍執意於尋覓那
些不僅破舊而且質地較爲不佳的「舊春衫」。此中暗示出詩人對於過
往的一切仍然有著深情執著，仍然尋覓與珍愛那曾經擁有，現在卻已
衰殘的過往。這首詩也可以放入王國維所說的「理想」的追尋的詮釋
脈絡裡，也就是在物換星移中曾經有過的「理想」可能已經變質，可
能不再有昔日風采，但是仍然堅持心中對於所愛的一份深情執著，這
應當就是王國維認定其有「風人深致」的大略意涵。

既如上述，王國維對於詩歌的詮釋大體上是由文人對於政治不遇
的感懷擴大到對於生命本身的感受，但是這並不代表他完全排除與政
治相關的詮釋：

> 南唐中主詞「菡萏香銷翠葉殘，西風愁起綠波間」，大
> 有「眾芳蕪穢」，「美人遲暮」之感。乃古今獨賞其「細雨
> 夢回雞塞遠，小樓吹徹玉笙寒」，故知解人正不易得。（《人
> 間詞話》，頁6，5（13））

例如在這一則論述中，王國維認爲南唐中主的「菡萏香銷翠葉殘，西

風愁起綠波間」所以比「細雨夢回雞塞遠，小樓吹徹玉笙寒」要來得
高妙，正是因為它蘊含了〈離騷〉的基本精神，具有「眾芳蕪穢」、「美
人遲暮」的感慨，由此可見王國維並不完全排斥以政治感懷的角度詮
釋作品的觀點。

　　不過，王國維反對將作品對應到某一政治事件的詮釋方式，亦即
他雖然也傾向於把他所欣賞的作品深化解釋，而且朝向以詩人對於政
治環境的感受來理解其作品的意義，但是他所重視的是詩人內心世界
的基本感受，而不是牽強附會地以某一事件來考定某一詩作：

> 固哉，皋文之為詞也！飛卿之〈菩薩蠻〉，永叔〈蝶戀
> 花〉，子瞻〈卜算子〉，皆興到之作，有何命意？皆被皋文
> 深文羅織。阮亭《花草蒙拾》謂：「坡公命宮磨蠍；生前為
> 王珪、舒亶輩所苦，身后又硬受此差排。」由今觀之，受
> 差排者，獨一坡公已耶？（《人間詞話》，頁63，72（刪25））

王國維認為詩歌大體上是「興到之作」，都是詩人一時興起的感發，
因此不一定具有針對某一政治事件的特殊「命意」。事實上，王國維
與王士禎（即阮亭）都不喜歡將詩人的作品以某一事來考定，特別是
以詩人的某個單一而特定的政治遭遇來認定。他認為張惠言將飛卿的
〈菩薩蠻〉、永叔的〈蝶戀花〉及子瞻的〈卜算子〉等作品，都一一
「深文羅織」，編連一個個固定又穿鑿附會的政治解釋，這其實是對
於這些詩人的一種殘害與「差排」。雖然詩人在「興到」創作的時候，
往往或多或少會把他們平日在政治上的遭遇與感受表現在作品中，但
是這並不代表某首詩作一定是針對某個政治事件而作，如果穿鑿附會
地解釋，恐怕會使作品的意義窄化。

　　說到底，王國維所重視的是詩人內心之「感受」的狀態，而他的
「擴大」與「深化」詮釋主要是把詩人所深情執著的對象擴大，由愛
一個對象延伸為對於生命本身的關注，再由個人一己的感情與感發擴
大為人類所共通的某種情感（即普遍之真理）。「境界說」在詮釋上基
本上是將詩人所關注的「對象」擴大，同時也將詩人所處的「情境」

擴大，以此認定詩人所表現的情感其深度與廣度都能具有人類情感的共相。而能夠「擴大」與「深化」詮釋詩作的情感是基於人雖然各自處在不同的時空之中，而且面對不同的對象，但是不同的個人情感與類型卻往往有其共通性，因此可以被「旁通」與代換詮釋。

（二）擴大「政治」詮釋的背景：文學脫離政治的獨立性

　　而這種由政治擴大到生命之「理想」的詮釋方式，其實蘊含著一個重要的背景因素就是王國維希望文學能夠具有一種「獨立」的價值，特別是脫離「政治」的獨立價值。我們可以由王國維所撰寫的〈論哲學家與美術家之天職〉一文看出，他很感慨「美術」沒有「獨立之價值」：

> 嗚呼！美術之無獨立之價值久矣，此無怪歷代詩人，
> 多託於忠君愛國，勸善懲惡之意，以自解免，而純粹美術
> 上之著述，往往受世之迫害，而無人為之昭雪者也，此亦
> 我國哲學美術發達之一原因也。（〈論哲學家與美術家之天職〉，
> 《王靜庵文集》頁66）

「美術」在這裡指的是文學與藝術。王國維認為正因為文學與藝術沒有獨立之價值，所以傳統的詩人往往把他們的作品寄託於「忠君愛國，勸善懲惡」之意。至於「純粹美術上之著述」卻往往得不到肯定而「受世之迫害」，這正是中國傳統文學與哲學不能發達的根本原因。

　　究竟而論，王國維所以極力地要將文學帶離以政治為中心的軌道，是因為他認為整個中國文學乃至於哲學的傳統，全都與政治脫離不了關係。縱觀中國的哲學史乃至於文學史就可以一目瞭然地看到傳統的哲學家與文學家們「無不欲兼為政治家」：〔註27〕

〔註27〕這是基於王國維審視傳統的一慣態度——將傳統過多與不足的地方
轉化。謝桃坊就提出：「王國維與晚清許多學者相較，無論學術思想
和研究都先進得多，是新觀念和新方法的代表者」。見謝桃坊：《中
國詞學史》（成都：巴蜀書社，1993），頁304。此外，李瑞騰也說：
「王國維一方面見證時代的苦悶，另一方面則帶著啟蒙的性質向後
代昭告新的可能」。參見李瑞騰：《晚清文學思想論》（台北：漢光文

披我中國之哲學史，凡哲學家無不欲兼爲政治家者，斯可異巳。孔子大政治家也，……。詩人亦然，「自謂頗騰達，立登要路津，致君堯舜上，再使風俗淳。」非杜子美之抱負乎？「胡不上書自薦達，作令四海如虞唐。」非韓退之之忠告乎？「寂寞已甘千古笑，馳驅猶望兩河平。」非陸務觀之悲憤乎？如此者，世謂之大詩人矣。至詩人之無此抱負者，與夫小說、戲曲、圖畫、音樂諸家，皆以侏儒倡優蓄之，所謂「詩外尚有事在」，「一命爲文人，便無足觀」，我國人之金科玉律也。（〈論哲學家與美術家之天職〉，《王靜庵文集》頁 66）

由這一段論述可以看出，王國維認爲傳統除了在解讀作品的角度上離不開政治，亦即對於作品的解讀方式若不是從詩人的政治「抱負」的角度去解釋它，就是從「忠告」或是「悲憤」的角度去詮釋。此外，在價值定位上，也只有與政治緊密相繫的作品才被視爲好作品。如果詩人沒有把他個人關於政治方面的「抱負」寫入作品中，就會被視爲「侏儒倡優」，所謂的「詩外尚有事」、「一命爲文人，便無足觀」等評語，可以說都是傳統的「金科玉律」。

正因爲要打破這種「金科玉律」，所以王國維才特別將文學的內容、詮釋作品的角度乃至於文學的價值全都由政治的附庸中脫離出來。雖然對於政治的關懷乃至於因政治失意而有的悲憤等感受也是屬於「情」的範圍，但是王國維並不主張將作品的詮釋只侷限於詩人的政治情感，於是他將解釋作品的角度擴大爲生命的感受與關懷，這樣既能夠包含詩人在政治上的得失之情，然而又不會因爲詮釋的角度過於狹窄而使作品的意義範限過於固定化。換言之，如果我們從王國維所設定的詮釋觀點出發──由政治擴大爲生命之關注，可以看出王國維所謂「文學的獨立性」，在內容與詮釋上其實都沒有全然地排除政治，他其實還是可以容許作品具有「眾芳蕪穢」、「美人遲暮」的感慨。

化事業，1992)，頁 70。

也就是對於「政治」的關注仍然被保存於王國維將「文學」脫離政治的「獨立性」中，只是政治雖然仍被視爲詩人所關注的對象，但是它只是詩人情感與生命的一部分，而不再只是詩歌內容乃至於詩人生命中的中心與主宰。

　　從這個觀點來審視所謂文學的「純粹」性，也可以看出王國維所說的「純粹之文學」，雖然是指作品不論是在內容、詮釋、功能上必須能夠具有脫離政治的獨立性，〔註28〕然而並不是指「純粹美感」的意思。他所要求的「境界」不是一種美感上的感受，而是詩人對於政治乃至於生命的深刻感受。也就是說，王國維所謂的「純粹之文學」只是不讓「道德」及「政治」作爲文學的主宰，但事實上並不是要文人作無關痛癢的抒情：

　　　　夫然，故我國無純粹之哲學，其最完備者，唯道德哲學，
　　與政治哲學耳。至於周秦兩宋間之形而上學，不過欲固道德
　　哲學之根柢，其對形而上學，非有固有之興味也。其於形而
　　上學且然，況乎美學，名學知識論等冷淡不急之問題哉！更
　　轉而觀詩歌之方面，則詠史、懷古、感事、贈人之題目，彌
　　滿充塞於詩界，而抒情敘事之作，什佰不能得其一。其有美
　　術上之價值者，僅其寫自然之美之一方面耳。甚至戲曲小說
　　之純文學，亦往往以懲勸爲怡，其有純粹美術上之目地者，
　　世非惟不知貴，且加貶焉。於哲學則如彼，於美術則如此，
　　豈獨世人不具眼之罪哉？抑亦哲學家美術家，自忘其神聖之
　　位置，與獨立之價值，而恝然以聽命於眾故也。(〈論哲學家與
　　美術家之天職〉，《王靜庵文集》頁66，67)

由這一則論述可以看出，王國維所謂的「純粹之哲學」或是「純粹之文學」都不是指純粹美感趣味的創作，而是相對於「道德哲學」及「政治哲學」而說的，亦即所謂的「純粹」與「獨立」性只是要讓哲學與

〔註28〕一般而言，所謂文學的「獨立性」基本上大多是針對文學的功能而言，亦即文學是否具有「教化」的功能，但是兩者（文學的獨立性與文學的功能）其實是兩種層次的問題。

文學擺脫「道德」及「政治」的制約。此外，王國維認為在題目上也應避免傳統已出現過多的主題，如此才能使作品的意義具有獨立的抒情價值。例如某一些體裁像是「詠史、懷古、感事、贈人」之類，由於「彌滿充塞於詩界」，若是用這一類的體裁來創作可能會讓作品的意義無法突破傳統文人因襲的想法，容易使作品缺乏詩人自己獨特而動人的抒情性。因此，為了讓文學具有它自身的「純粹」性與「獨立」性，王國維認為詩人應該盡量避免以上述類型的主題來創作。

貳、「隨處反身指向自我」的構圖

對於「境界」作品的詮釋方式：「旁通」代換原則有了初步的了解，讓我們回到「境界」作品的詮釋基點：圖像的構成方式上。基本上，「境界」圖像的構成正是致使「境界」作品所以可以詮釋為詩人追尋「理想」的生命記錄的關鍵所在。基本上，「境界」圖像往往需要一個明顯可見的構圖才能讓讀者以「旁通」代換的方式詮釋之。「境界」圖像在構造上往往都有一個主角等待著某一個人的形象，藉著這個兩造關係的具體存在性讀者才能夠將作品中兩個人的關係「旁通」代換為別的情感關係：諸如一個臣子等待一個君王的賞識，或者是某個人追尋生命理想的歷程。

與「神韻」圖像其朦朧模糊的構圖方式相較，「境界」圖像可以說較為重視清晰的構圖。而「境界」圖像所以可以視為一種「閉瑣形式」，正在於它往往具有較為明確而清晰的構圖。藉著其意象的清晰度所造成的故事性，[註29] 才能使讀者可以將語義代換旁通，或者指桑為槐。我們由王國維對於「隔」與「不隔」的強調就可以看出他反對朦朧不清的表現方式：

> 「生年不滿百，常懷千歲憂，晝短苦夜長，何不秉燭遊？」「服食求神仙，多為藥所誤，不如飲美酒，被服紈與

[註29] 這裡所謂的「故事性」是指與「神韻」作品相較，「境界」作品具有一種類似於「情節」的意義呈現。

素。」寫情如此，方為不隔。「采菊東籬下，悠然見南山。
山氣日夕佳，飛鳥相與還。」……？寫景如此，方為不隔。
（《人間詞話》，頁 72，81（冊 27））

問「隔」與「不隔」之別，……然南宋詞雖不隔處，
比之前人自有深淺厚薄之別。（《人間詞話》頁 68，77（40））

所謂的「隔」與「不隔」不只是指「景」的描述，同時也指「情」的
表現。不過要注意的是，王國維雖然認為「語義」的「切當與否」很
重要，但是一個作品也不能因為語義太過度清晰與明確而導致整個作
品失去格調。〔註30〕

　　如果將「境界」圖像的清晰度更為具體的說明，可以說與「神韻」
圖像「縹緲朦朧的語義呈現」相較，「境界」圖像通常都具有一個較
為清楚的主題，這個主題正是「境界」作品可以被旁通詮釋的基點。
如果每一種圖像都有所謂的策重點：「境界」圖像最重要的部分乃在
於它的主題的明確性，而這個主題的明確性，若是用圖像的術語來描
繪，它往往具有很明確的線條與輪廓。至於「神韻」圖像的主題則很
不明確，它是以流動的光影與氣質勝過一切。

一、明確的主題：「理想」的追尋

　　「境界」圖像的強烈主題性既然是讀者詮釋作品的基點所在，那
麼「境界」圖像的主題又具有什麼特質呢？歸結而論，在第一類以深
情為主的作品中，幾乎都有一個主角追尋某個「理想」的主題，而且
其主題大致上是以某種具體的形象來表現的。也可以說，「境界」作
品的主題在讀者的心中往往能夠形成一幅很清楚的「心像圖」，亦即
讀者可以清楚地看到有一個主角正在追尋（眺望）遠方的一個人物
（「理想」）的具體形象，此有所追尋的主題幾乎在第一類型的「境界」
作品中都可以找到。

　　「境界」圖像的主題所要具備的特質，必須要有兩個主體（人物）

〔註30〕我們也可以說，「神韻」圖像是以「朦朧感」製造某種高妙的「格調」。

在畫面上，同時這兩個人物在畫面上的關係是「相思」與「被相思」或是「追尋」與「被追尋」。顯然地，與「神韻」圖像以「景物」為主的構圖相較，「人物」可以說是「境界」圖像的主角與重心。正因為「境界」圖像的主題具有這個以某個（或某兩個）人物為主的特質，而且他們之間的關係很緊密，所以讀者就有具體的根據可以將圖像中的主角所追尋的人物，自由代換為人生中的某一個「理想」。

除了明確的「建築性構圖」之外，本文所以將「境界」圖像視為一種「閉瑣形式」的構圖，還在於它「隨處反身指向自我」的特性。因為在這個圖像之中不僅以「人物」為主，而且雖然圖像中有兩個人物，但是「追尋者」才是真正的主角，因此可以說這個畫面是指向「自我」。以下讓我們以幾則詩例更為具體地說明「境界」圖像的這些特質。

（一）基本輪廓的描繪：「理想」的追尋

與「神韻」作品的圖像相較，「境界」作品的圖像可以說具有一個較為明確的主題，或者說較為明確的構圖輪廓。關於「神韻」作品主題的輪廓基本上有以下幾種特質。

「閉瑣形式」的重心既然是指向「自我」，因此雖然說「境界」圖像的畫面上往往要具備一個「追尋者」與「被追尋者」，然而實際上，「境界」圖像有時候只明確的出現一個人，那就是「追尋者」。也就是說，「被追尋者」有沒有實際出現並不是最重要的。可以說，整個「境界」畫面幾乎全部環繞著「追尋者」，甚至連背景也都以他為中心。不過，不論「被追尋者」有沒有實際的出現在畫面上，由「追尋者」的心思與目光來看，他其實都是一個必然的存在。

對於圖像中的主角「追尋者」的輪廓有了初步的了解之後，再看看「被追尋者」的輪廓。誠如上文所指出的，「被追尋者」本身雖是一個必然的存在，然而他未必出現在圖像中。如果他出現了至多也是一個模糊的魅影。他本身不是毫無音訊，就是影像模糊或忽隱忽現，

甚至若即若離到令人無法把捉的地步。雖然他是詩中主角整個心緒乃至於眼神所全力關注的唯一焦點，不過他本身是什麼並不重要，因爲整個圖像的中心其實不是他。例如：

> 檻菊愁煙蘭泣露。羅幕輕寒，燕子雙飛去。明月不諳離愁苦，斜光到曉穿朱戶。　昨夜西風凋碧樹。獨上高樓，望盡天涯路。欲寄彩箋兼尺素，天長水闊知何處。（晏殊〈鵲踏枝〉，《人間詞話》頁1，1（24））

在此例證中可以看出詩人對於「被追尋者」是什麼樣子幾乎完全沒有描述，基本上「境界」圖像的重心不在於描述「理想」是什麼，而在於「追尋者」在相思（追尋）的過程中受到「阻礙」但是卻堅持不肯放棄的心情。

　　「追尋者」既然是「境界」圖像中的主角，那麼他的基本形象與輪廓是什麼呢？關於「追尋者」的形象最爲重要的是他的「目光」，因爲這個「目光」不只決定了「被追尋者」的必然存在，而且這個望極遠方的視線正是用來連繫兩個人物的關鍵所在。連繫畫中兩個人物最爲重要的條件既然是「追尋者」的「目光」，那麼詩中主角大多是以什麼樣的形象出現呢？大略說來，「追尋者」的基本輪廓往往是孤獨地在一個高樓上面以「遠眺」的動作來尋思「被追尋者」。例如上面所引的晏殊〈鵲踏枝〉詞就可以看出，主角憑欄「遠眺」的動作與目光其實具有他特殊的「意」，而這個「意」正是一種尋覓的意圖。又如歐陽修的詞：

> 獨倚危樓風細細，望極離愁，黯黯生天際。草色山光殘照裏，無人會得憑欄意。　也擬疏狂圖一醉。對酒當歌，強樂還無味。衣帶漸寬都不悔，況伊消得人憔悴。（歐陽修，蝶戀花）（《人間詞話》，頁2，2（26））

在此例證中也可以看到主角在高樓上「遠眺」的清晰影像與動作。

　　此外，「追尋者」如果不是在高樓上遠眺，那麼他也可能是隔江遠眺對岸某處，例如以下詩例：

> 蒹葭蒼蒼，白露爲霜。所謂伊人，在水一方。溯洄從之，道阻
> 且長。溯游從之，宛在水中央。　蒹葭淒淒，白露未晞。所
> 謂伊人，在水之湄。溯洄從之，道阻且躋。溯游從之，宛在水
> 中坻。　蒹葭采采，白露未已。所謂伊人，在水之涘。溯洄
> 從之，道阻且右。溯游從之，宛在水中沚。(詩、蒹葭)(《人間詞
> 話》，頁1，1（24））

> 　　周介存謂：「夢窗詞之佳者，如『水光雲影，搖蕩綠波，
> 撫玩無極，追尋已遠。』」余覽《夢窗甲乙丙丁稿》中，實
> 無足當此者。有之，其唯「隔江人在雨聲中，晚風菰葉生
> 秋怨」二語乎？（《人間詞話》，頁15，12（49））

當然，詩中人物與動作的清晰圖像只是讀者能夠將「境界」作品擴大
與深化詮釋的基礎，要使作品所表現的情感能越出個人一己之感情而
具有人類情感的共相，最終還是要透過作者深厚的情感與獨到的文學
功力。

二、「阻礙」的表現：以時間連結空間

　　對於「追尋者」與「被追尋者」的基本輪廓（形象）有了初步的
認識之後，讓我們從「境界」圖像的基本主題回觀作品的基本意義。
「境界」作品最爲重要的就是要呈現出某種「境界」，而「境界」最
爲重要的就是「感受」，特別是在第一類型的作品中「深情」（狹義的
「感受」）是最爲重要的。把這個觀念放到圖像中來看，詩人除了必
須描繪出某個主角追尋「理想」的圖像之外，他還必須讓讀者可以感
受到此「理想」的追尋中含有一種深情不悔的執著。

　　作者要如何表現「追尋者」的深情不悔呢？他自然可以將這種情
感直接以「情語」表露出來。例如：

> 衣帶漸寬都不悔，況（或作爲）伊消得人憔悴。（歐陽修〈蝶戀
> 花〉，《人間詞話》頁22（26））

然而，除了以「情語」直接道出之外，傳統許多作品大部分的成分都
是以「景語」爲主。也就是說，在「境界」作品中除了透過直接陳述

的語言部分讓讀者感覺到詩中情感的執著，在意象的構築部分也應當
可以讓讀者感受到追尋者「無言」的不悔。

那麼，詩人「無言」的不悔要如何表現在圖像中呢？亦即深情不
悔的「感受」要如何藉由追尋「理想」的形象來表現呢？歸納來看，
有所「阻礙」的描述可以說是「境界」圖像中常用以表現深情的方式。
換言之，為了表現主角的深情不悔，詩人往往要把追尋者與被追尋者
之間的「阻礙」描述出來，正因為兩造之間充滿著無限的障礙，所以
越發能夠表現出「追尋者」的深情與執著。例如上文所引的《詩・蒹
葭》就是一個很明顯的例子。

此外，與情感的「不悔」和「執著」最為密不可分的自然是「時
間」。誰能戰勝時間的推移，歲月的摧殘，誰就是不悔的贏家。而「重
複」可以說又是表現時間之推移的重要方式之一，許多「境界」作品
都以詩中主角不斷「重複」著相同動作的形象表現其情感的執著。可
以說「時間」的推移與詩人每日所「重複」的動作都暗示讀者「紙短
情長」，雖然一個作品很短地結束了，然而讀者卻可以感受到追尋者
永不放棄他每日同樣的等待與追尋：

> 檻菊愁煙蘭泣露。羅幕輕寒，燕子雙飛去。明月不諳離愁苦。
> 斜光到曉穿朱戶。　昨夜西風凋碧樹，獨上高樓，望盡天涯
> 路，欲寄彩箋兼尺素，天長水闊知何處。(晏殊〈鵲踏枝〉)(《人
> 間詞話》，頁 1，1（24））

「境界」圖像中的時間感常常會讓讀者感到一種可以不斷循環的感覺，
也就是作品如同迴文詩般可以由前到後再回到前地不斷重複，當讀者
由前面讀到後面並不會感到一切就此結束，而會感覺詩中主角明天彷
彿又會回到前面所提到的時間重複相同的動作。例如這闋詞到了後半
段詩人倒轉時間回到「昨夜」，如此反而讓人感到這首詩中的主角不
只在今天、昨日痴心地等待著，而且明日乃至於無窮的將來都將在「獨
上高樓，望盡天涯路」中孤獨地盼望所愛的歸來。可以說，一個成功
的「境界」作品會讓讀者閱讀到了最後會有一種永恆的時間的錯覺，

如此無形中加深了詩中人物的情感深度，讀者會感到詩人的深情彷彿會如此這般地一直延續到未來。

　　而這種強調時間推移的特性放到圖像中來說，就形成了「境界」圖像的可斷裂式構圖。由於這種斷裂特徵基本上又與空間配置密不可分。職是，本文有必要說明整個「境界」圖像的空間配置。論到「境界」圖像的空間配置，最為重要的特性就是每個作品大體上都可以劃分斷裂為一個個的片段。這裡所謂的可以劃分，基本上是就意義的自足與否來說的，基本上「閉瑣形式」即是「使畫面成為獨立自主的實體」。我們由王國維論「境界」常常只節錄其中兩句，甚至把同一個作品拆成兩種評價也可以看出：

　　　　南唐中主詞「菡萏香銷翠葉殘，西風愁起綠波間」，大
　　有「眾芳蕪穢」、「美人遲暮」之感。乃古今獨賞其「細雨
　　夢回雞塞遠，小樓吹徹玉笙寒」，故知解人正不易得。(《人
　　間詞話》，頁 6，5（13））

「菡萏香銷翠葉殘，西風愁起綠波間」兩句是南唐中主李璟的〈攤破浣溪沙〉詞的上半闋，而「細雨夢回雞塞遠，小樓吹徹玉笙寒」兩句則是這闋詞的下半闋，然而王國維卻將它拆開來評價，認為上兩句比下兩句有深意。

　　就整體而言，「境界」圖像的空間構造正如同影片的連接，它是由一個個的圖像所連結起來的構圖。相較而言，「神韻」圖像通常不能劃分割裂，它所重視的是作品中其各別物象所組合而成的那個「整體感」。當然，並不是說「境界」圖像不重整體感，而是說它是數個具有整體感的片段組合成為的整體，至於「神韻」圖像的片段就比較不具有意義。至於「境界」圖像是如何構成這種影片式的空間構造呢？約略說來，它往往是以主角所在的空間變換作為基準而可以劃分割裂為好幾個完整自足的片段。作品中主角所在的空間可能由室內轉到高樓，或由室外轉向室內，依據這些不同的空間場景就能將作品劃分為好幾個片段。當然，「境界」圖像裡的空間變換可能不是主角實際的

位移，而是主角「追尋者」其「視線」的轉換。因此，在「境界」圖像的空間配置中，不論是實際空間的轉換或是主角視線的轉移，往往都與光影移動所突顯的時間流逝感密不可分。

　　可以說「境界」圖像中的空間轉移與時間的流逝密不可分，若是就整個作品所要表現的內涵來看這種影片式的空間構造，可以說此種一直變換所在地點的空間配置，其實都是連結於「追尋者」遇到「阻礙」的深情不悔。為什麼呢？因為「境界」圖像中其空間的不斷轉移變換其本上正暗示了時間的流逝，而時間的流逝基本上又是「不悔」的代言人，因為時間證明了「追尋者」的深情不悔。從這個角度來看，「境界」圖像的空間配置基本上是由時間連結空間，是時間將那些片段連結成為一種類似於影片結構的空間配置。由於在「境界」圖像裡大多是以光影的移動來暗示時間，因此才說「境界」圖像的空間配置往往都與光影的移動密不可分。

　　就第一種實際地點轉移的空間配置而言，有的「境界」作品將圖像分成好幾幕，以燈火的明亮對比來暗示空間的變換。例如辛棄疾的〈青玉岸〉詞即是以不同明暗的強烈對比來表現追尋者的心情感受：

　　東風夜放花千樹，更吹落，星如雨。寶馬雕車香滿路，風簫聲
　　動，玉壺光轉，一夜魚龍舞。　蛾兒雪柳黃金縷，笑語盈盈
　　暗香去，眾裡尋他千百度，驀然回首，那人卻在，燈火闌珊處。
　　（辛棄疾，青玉案元夕）（辛棄疾〈青玉案元夕〉）（《人間詞話》，頁
　　2，2（26）此為人生第三境界的詩例）

上半闕與下半闕可以說是兩種截然不同的空間場景：上半闕是熱鬧喧囂的場面，下半闕則轉鏡於「燈火闌珊」的寂寞之處。這闕詞所使用的詞語並沒有什麼強烈的情緒，但詩人用上下幕的強烈對比，亦即以「燈火」（光線）的明亮與暗淡的對比來表現空間的轉移，並以此來顯示作者心情的變化以及追尋理想的心路歷程。

　　透過上述的實例，我們可以看到「時間」將一些零散的物象乃至於場景連結了起來，「時間」成為了連結語義的關鍵。正緣於此，「境

界」圖像通常都不是一種「共時性」的圖像,它是一個個的片段組織起來的,即使我們把每一個片段放在一起,它仍然不是一個可共時的組合。相對於「神韻」圖像傾向表現出「瞬間感」的時間性,「境界」圖像主要表現的是時間的流動感,讓讀者在時間的流逝與不可返回的規律中看到,「追尋者」是如何地在無盡的等待與不斷的挫折或攔阻中仍然深情不悔地堅持「理想」。

三、「物」與「人」的關係:反映「自我」的背景

就意象的構成而言,王國維認爲有「即事敍景」與「就景敍情」兩種。前者是把「情」當作中心,以「景」的陳列來表述「情」;後者是先以「景」當作中心,詩人在「景」的描寫之中順帶引出「情」:

> 詞家時代之說,盛於國初。竹垞謂:詞至北宋而大,至南宋而深。后此詞人,群奉其說。然其中亦非無具眼者。周保濟曰「南宋下不犯北宋拙率之病,高不到北宋渾涵之詣。」又曰:「北宋詞多就景敍情,故珠圓玉潤,四照玲瓏。至稼軒、白石,一變而爲即事敍景,使深者反淺,曲者反直。」潘四儂德輿曰:「詞濫傷於唐,暢於五代,而意格之宏深曲摯則莫盛於北宋。詞之有北宋,猶詩之有盛唐。至南宋則稍衰矣。」劉融齋熙載曰:「北宋詞用密亦疏、用隱亦亮,用沈亦快、用細亦闊、用精亦渾。南宋只是掉轉過來。」可知此事自有公論。雖止庵詞頗淺薄,潘、劉尤甚,然其推尊北宋,則與明季雲間諸公同一卓識,不可廢也。(《人間詞話》,頁58,66(刪19))

總的說來,王國維尊北宋詞而貶南宋詞,所以他不同意「詞至北宋而大,至南宋而深」的說法。南宋詞何以不爲王國維所重呢?因爲南宋詞雖然是經過了一段發展時間的詞,因此也許可以避免北宋詞諸如「拙率之病」的缺點,然而卻也不能達到北宋詞作的優點:「渾涵之詣」。可見王國維寧願作品有些「拙率」,也不希望它不夠「渾涵」,因爲「拙率之病」可能只是屬於表層字句的修飾問題,但是「渾涵」所指向的卻是內在情意的部分,所以不能夠輕忽。

　　至於南宋詞所以不如北宋詞，或者說南宋詞所以無法成就「渾涵之詣」的原因，可以說是因著作品中的「情」與「景」的關係而論的。北宋詞大多是「就景敘情」，也就是環繞著「情」來展開「景」的描述，所以能夠達到「珠圓玉潤，四照玲瓏」的境地。而南宋詞則大多是「即事敘景」，以「景」來陳述「事」，因而使整個作品「深者反淺，曲者反直」。亦即南宋詞所以不如北宋詞的主因，就王國維看來，實際上可以說是因為南宋詞把北宋詞的內涵變成了表現形式。就意象構成的角度來看，因為王國維所欣賞的作品大多是「就景敘情」之作，因此「境界」圖像中的「景」與「情」之間的關係自然呈現出以「景」環繞「情」的面貌。

（一）自然景物在圖像中的位置：同質或異質之背景

　　「境界」圖像既然是「就景敘情」，「情」自然成為整個圖像的中心，所有的「景」都要配合詩人所要表述的「情」來營造。因此，就詩中「人」與「物」的關係而論，可以說所有的「景」與「物」都變成為詩中「人」與其所延伸的「情」的舞台，「景」與「物」是配合詩中主角心情的一種背景。在「景」與「人」的關係中也可以看到「境界」圖像的「閉瑣形式」特質：畫面隨處指向「自我」，以主角「追尋者」的情作為情意指向的標的。

　　整體而論，「境界」圖像中的自然物象大都充滿了「人」的情緒，圖中主角背後的整個背景都在暗示著他的內在「感受」。例如上文所引的歐陽修〈蝶戀花〉詞中就直接地道出了「離愁」、「不悔」、「憔粹」等強烈的情感與情緒，又如晏殊的〈鵲踏枝〉詞中整個意象也是充滿了愁、泣、離愁等情緒。可以說在「境界」圖像中詩人往往將他的強烈情緒轉移到「自然物象」上，王國維說的「就景敘情」是指詩人的整個心靈都被某種「情」（感受）所籠罩，以至於他所描寫的任何景物都環繞著他的「情」。

　　「境界」圖像中充滿著詩人情緒的背景，亦即滿溢著表情的自

然物象到底是如何搭配出來的呢？圖像中的背景是要以什麼特質與畫面的主題相配呢？大體而論，可以說它主要是以兩個或多種物象之間的關係所引導出來的氣氛，這個背景氣氛的營造不僅總是與詩人「自我」所發出的心情相呼應，而且往往與詩人以分類的眼光看待物象有關。

詩人如何使其四周的背景具有與他的「自我」相同的心情呢？基本上是因著將自然物象分類並各自賦予它們特殊的意義，如此便使得許多物象失去其物理性質而不再具有「中立化」的特徵。而詩人將各種物象分類並賦予它們特殊意義的標準，基本上是依循中國文學傳統中對於某些物象所賦予的固定意涵，例如：

> 草色山光殘照裏，無人會得憑欄意。（歐陽修〈蝶戀花〉，《人間詞話》，頁2，2（26））

在這個詞例中，詩人選取兩個保持原有「中立」特質的物象（「草色」、「山光」），將他們放置在具有特殊意涵的物象（「殘照」）中，形成「草色山光殘照裏」的形象背景以與其心境相互呼應。詩人身旁所有的一般物象都被衰殘將落的夕陽餘輝所籠罩與感染，正好像詩人的心情被相思與無奈的感情所佔據。

當然，這些自然物象雖然「隨處指向自我」，然而作為「情」的背景，它們其實不全是與主角情緒同質的「情」，例如有的作品的自然背景是以「相反」的方式來指向「自我」。就這一點而言，又可以分為兩種情況。第一種情況是最為常見的「反襯」法。例如：

> 東風夜放花千樹，更吹落，星如雨。（辛棄疾〈青玉案元夕〉）

在這闋詞裡，詩人用「東風夜放花千樹」的繁華來反襯自身的孤獨。

第二種情況，則是以背景與人的「分隔」來映照「自我」的孤獨或不被了解。例如晏殊的〈鵲踏枝〉詞中的「羅幕輕寒，燕子雙飛去。明月不諳離愁苦」，很明顯地是以自然物象不解「自我」的風情來表現（指向）「自我」的孤寂。

不論背景的自然物象是以何種方式搭配，也不論背景是以異質或

同質的方式與主角的「感受」(「情」)相互映對，大體上我們都可看出「境界」圖像隨處指向「自我」的特質。這種背景隨處指向前景之主角「自我」的情況，用王國維的術語說就是「一切景語皆情語也」：

　　　　昔人論詩詞，有景語，情語之別。不知一切景語皆情
　　語也。(《人間詞話》，頁47，49 (冊10))

注釋 (1) 引李漁《窺詞管見》說：

　　　　詞雖不出情、景二字，然二字亦分主客，情爲主，景
　　是客。說景即是說情，非借物遣懷即將人喻物。有全篇不
　　露秋毫情意，而實句句是情，字字關情者。切勿泥定即景
　　承物之說，爲題字所誤，認眞作向外面去。

整體而言，王國維認爲傳統詩歌基本上有兩種表述方式：「景語」與「情語」。而所謂的「一切景語皆情語也」，似乎就是說「境界」圖像中的自然物象 (「景」) 幾乎都是隨處指向「自我」(「情」)。

(二)「景物」的特質：萬物潛在真實神韻的激蕩與釋放

　　由以上的論述可以看到，「境界」圖像中的景物大多是被用來作爲傳達詩人感情的媒介，不論詩人是使用映襯或是反襯乃自於分隔物我的背景效果，這些作爲背景的自然物象基本上都充滿著豐富的表情，而且都映照詩人自我的心情。

　　不過，王國維在《人間詞話》中卻一直強調「眞景物」的重要性，他認爲詩人不論在人事或是自然景物的描寫上都要符合眞實：

　　　　詞人之忠實，不獨對人事宜然，即對一草一木，亦須
　　有忠實之意，否則所謂游詞也。(《人間詞話》，頁91，103 (44))

由這段話可以看出所謂詞人的「忠實」性，就是要創作者不論是對於「人事」，或是對於自然界的「一草一木」都要忠實，否則作品就成了「游詞」。也可以說，「境界」作品不論在主觀情感上的深情，還是客觀景物的描述上都要符合眞實，擴大言之則爲前文所說的「眞理」性。在這種對於人事與自然的忠實性乃至於「眞理」的要求中，「境界」圖像中的自然景物又必須充滿人物的表情，此兩種特質是否相妨

呢？亦即對於「真景物」的強調與自然景物作爲暗示詩人主觀感情的媒介兩者是不是矛盾呢？

　　既然景物既要作爲一種傳情的媒介，同時又要「符合自然之真實」。在這兩種矛盾特質的兼具之下，所謂的景物應該要符合「真實」的觀點到底應該如何解釋呢？這必須先了解王國維所認爲的世界的本真是什麼？什麼才叫作「真景物」？歸結而論，王國維似乎傾向於把「真景物」歸諸於「真實的神韻」，亦即認爲每個自然物象不只有它真實的「形貌」，同時也有它真實的「神韻」。如此，圖像中的景物所要達到的真實主要似乎是指向「神韻」上的真實：〔註31〕

　　　　人知和靖〈點絳唇〉，聖俞〈蘇幕遮〉，永叔〈少年游〉
　　二闋爲詠春草絕調。不知先有馮正中「細雨濕流光」五字，
　　皆能寫春草知魂者也。（《人間詞話》，頁109，5）

　　　　美成〈青玉案〉詞「葉上初陽乾，水面清圓一一風荷
　　舉」，此真能得荷之神理者。覺白石〈惜紅衣〉二詞猶有隔
　　霧看花之恨。（《人間詞話》，頁22，20（36））

由這一段話可以看出，意象中的景物所要符合的「真實」主要是指物之「神韻」，而非物之「形貌」，亦即「物之魂」才是真實的真諦所在。〔註32〕緣此，我們可以說王國維所認定的真實，特別是「自然」的真實，不是就「物之形」說的，而是就「物之神」來說的。把這一點放到「境界」圖像中的構圖來看，可以說雖然「境界」圖像的主題輪廓很明確，是一種傾向於「閉瑣形式」的「建築性」構圖，然而就背景而言它還是具有「寫意」傾向。這一點與「神韻說」重視物象之「神韻」的觀點很相似，亦即他們所重的「真實」都是「物之神」。不過，兩說還是有其差異性，「神韻說」所認定的「物之神」比較大的成分是文化歷史的印記；而「境界說」所說的「物之神」則另有別的意涵。

────────────

〔註31〕也就是說，「境界」圖像的構成基本上是重視「物之神」，也就是傾
　　　　向於「寫意」的圖像，這一點與「神韻」圖像很相似。但是兩者還
　　　　是有不同，由兩者其背景的特質就可看出。

〔註32〕這一點與「神韻說」相似，但「神韻說」比較重視文化印記。

　　再從自然物象本身來觀察「物之神」在二說中的差別。「神韻」
作品中的自然物象在圖像中的位置與「境界」圖像大體上是不同的。
前者可以說是圖像中的主要部分，後者則是作為一種背景或媒介。從
這個角度看來，同樣是以描寫「物之神」來作為意象，「神韻」圖像
中的自然景物大多不具有人的主觀表情；至於「境界」圖像中自然景
物的「意」則很明確的是前面主題的氣氛。換言之，「境界」圖像中
的自然往往具有喜怒哀樂的表情，讀者可以由自然物象的表情中看到
詩人的喜怒哀樂。因此，可以說「境界」作品中所謂的「物之神」的
描寫，正是詩人從內心憂愁的眼光中所看到的那個變了色的天地萬
物。然而，雖是全然變色的天地萬物，但是王國維卻認為詩人在這個
真有感受的時刻所捕捉到的萬象變異其實才是潛藏在萬象之中的本
然特質。亦即只有在詩人的「真感情」醞釀得足夠強烈且巨大的當下，
只有在詩人的「歡愉愁苦」滿溢而無法再承擔的時刻，只有從這些具
有「真性情」、「真感情」的詩人的眼中，「真景物」才能被捕捉與發
掘出來。

　　唯其如此，所謂的「真景物」的描寫應該是：詩人若是能夠將潛
藏在每一景物之中的真實神韻「激蕩」（發掘）出來，將它與人的內
在之主觀情意結合呼應，就是能寫「真景物」。亦即詩人並不是任意
地在四周的景物上放置喜怒哀樂等表情，他必須要敏銳的選取某些物
象中適合用來表現他的心情的某些特質。就像第一位想到以花來比喻
女人的詩人，正是捉住了「花」的某些與「女人」相似的特質，在這
一點上他無寧是一個天才。用王國維的觀點來解釋，這位詩人能夠將
潛藏在「花」之中的某些與「女人」相似的本質激蕩與發掘出來，因
此就這一點而言，他是一位能寫「真景物」的詩人：

　　　山谷云：「天下清景，不擇賢愚而與之，然吾特疑端為
　　我輩設。」誠哉是言！抑豈獨清景而已，一切境界，無不
　　為詩人設。世無詩人，即無此種境界。夫境界之呈於吾心
　　而見於外物者，皆須臾之物。惟詩人能以此須臾之物，鐫

諸不朽之文字，使讀者自得之。遂覺詩人之言，字字爲我
心中所欲言，而又非我之所能自言，此大詩人之祕妙也。
境界有二：有詩人之境界，有常人之境界。詩人之境界，
惟詩人能感之而能寫之，故讀其詩者，亦高舉遠慕，有遺
世之意。而亦有得有不得，且得之者亦各有深淺焉。若夫
悲歡離合、羈旅行役之感，常人皆能感之，而惟詩人能寫
之。故其入于人者至深，而行于世也尤廣。先生之詞，屬
於第二種爲多。故宋時別本之多，他無與匹。又和者三家，
注者二家。（強煥本亦有注見毛跋）自士大夫以至婦人女
子，莫不之知有清眞，而種種無稽之言，亦由此以起。然
非入人之深，烏能如是耶？（《人間詞話》，頁 109，5）〔註33〕

由這段論述可以看出，王國維認爲能夠展現景物之眞實「神韻」的只
有詩人。所以他引黃山谷的話，以爲「天下清景」以及一切的「境界」
雖然不分貴賤賢愚的給予每一個人欣賞，然而眞正能夠將它們化爲曼
妙作品的只有詩人。〔註34〕由「夫境界之呈於吾心而見於外物者，皆
須臾之物。惟詩人能以此須臾之物，鐫諸不朽之文字，使讀者自得之」
這段話可以看出，「境界」其實是一種「呈於吾心而見於外物」的東
西，它是「外物」在人的內心的投射。但是這樣一種「境界」往往是
「須臾」短暫的，一般的人還來不及深入體會「呈於吾心」的「境界」，
它就已經消失了。這時候只有詩人能夠將這樣一種曇花一現的「境界」
述之於文字，然後使讀者能夠具體的感受到這樣一種深得我心的「境
界」，「遂覺詩人之言，字字爲我心中所欲言，而又非我之所能自言」。
也可以說，詩人所呈現的「境界」是一般人心中共同的「感受」，然
而只有詩人有能力將它呈現出來，而王國維所強調的「境界」正是這
樣一種指向全人類共通的心靈感受。

上述論述主要是就創作論上來解釋「眞景物」，若是把問題回轉

〔註33〕這一段論述，學者多半認爲是王國維假托樊志厚之名所發表的。
〔註34〕這樣說來，所謂的「境界」也是一種「本然」的存在，詩人所作的
　　　　與其說是一種創造的活動，不如說是一種呈現世界本眞的活動。

到作品本身來看，所謂的「物之神」的描寫很明顯地是要尋找出與
主觀情感相呼應的物態。也可以說所謂的「眞景物」的描寫，就是
每個景物雖然可能有千姿萬態，然而詩人卻可以找出那一個能夠與
主觀情感搭配得最好的某個狀態。而這個狀態所以「眞」，是因爲它
本來就是物象的本質，只是一般人因爲著眼於物象的一般物理性
質，所以大多看不到存在於這些物象之中與人的情感或感受相呼應
的特質，而只有詩人能將潛藏於萬物之中的那個與人的情感相呼應
的本眞發掘出來。

　　最後，我們舉出一個反例來總論「境界」圖像的特質。雖然王國
維所舉的作品大多具有「追尋」的意象，然而有些詞作卻被王國維認
爲不夠好，例如：

> 風銷焰蠟，露浥烘爐，花市光相對。桂華流瓦。纖雲散、耿耿
> 素娥欲下。衣裳淡雅。看楚女、纖腰一把。簫鼓喧、人影參差，
> 滿路飄香麝。　　因念都城放夜。望千門如晝，嬉笑游冶。鈿
> 車羅帕。相逢處，自有暗塵隨馬。年光是也。唯只見、舊情衰
> 謝。清漏移，飛蓋歸來從舞休歌罷（據《全宋詞》）。（周邦彥〈解
> 花語元宵〉，《人間詞話》，頁 10，9（34））

這闋詞雖然是寫「舊情衰謝」的相思，但是卻不爲王國維所欣賞是因
爲太過於雕琢。詩人所寫的景物很明顯的不是以「自我」的情爲中心，
相反地，他所描寫的景物很多都是以景物的雕飾爲主，也就是盡可能
地把修飾的重心放到景物的狀態上，諸如市光人影的描寫，而這個狀
態與詩人的內在情感本身又沒有很密切的關係。正如王國維所說的，
周美成用「桂華」兩個字來代替「月」這個字其實沒有什麼必要，因
爲這種「替代字」的修辭大體上與詩人的內在情感沒有什麼必然的關
聯性。〔註35〕由此也可以說，「追尋者」所在的自然背景的描寫是否
能夠扣緊主體的感情亦是決定一首詩是不是有「境界」的重要因素。

〔註35〕參照王國維：《人間詞話》，頁 10，9（34）。

小　結

　　總結來說，「境界」在作品中的意象呈現多半是一個追尋「理想」的形象描述。而這個形象因著「追尋者」與「被追尋者」之間的明確性，使得讀者得以依著這個明確性將作品的意旨「旁通」出去。也可以說，「境界」作品的意象結構是詮釋作品的基點。此外，「境界」圖像的空間構造大體上如同影片的連接，它是由一個個的圖像所連結起來的構圖。相較而言，「神韻」作品往往不能劃分割裂，它所要的意義是從整個作品中的各別物象所組合而成的那個「整體感」。當然，並不是說「境界」圖像不重整體感，而是說它是數個具有整體感的片段組合成為的整體。

　　此外，「境界」圖像中的空間轉移往往與時間的流逝密不可分，是一種影片式的構造。若是就整個作品所要表現的內涵來看這種影片式的空間構造，可以說「境界」圖像一直變換所在地點的空間配置其實是連結於「追尋者」遇到「阻礙」的深情不悔。為什麼呢？因為「境界」圖像裡空間的不斷轉移其實暗示了時間的流逝，而時間的流逝基本上又是「不悔」的表徵。整體而論，「境界」在作品中的意象構成與「神韻」在作品中的展現最大的不同處乃在於，它是一種傾向於「閉瑣形式」的構圖原則，因著它隨處指向「自我」的特性，其中的自然物象都充滿了「人」的情緒，與「神韻」圖像的「開放形式」是一個明顯的對比。

第三章　創造「神韻」與「境界」作品的心靈模式之建構

前　言

　　本論文前兩章主要是就「作品」本身，對「神韻」與「境界」這兩個概念進行內涵、詮釋與結構的分析。在這一章，我們要跳出「作品」而以「作家」本身作爲中心，分析創造兩種「理想」作品的主體心靈環境。雖然這一部分跳出了「作品」而將探究的中心點轉向了「作家」本身，然而本文基本上還是嘗試以「內涵」與「結構」的角度來審視主體的內在狀況。

　　緒論中提過，如果我們把「神韻」與「境界」的展現當作一個主軸，那麼，關於產生這兩類作品的心靈環境的建構，它既是「因」而同時又是「果」。因爲不論是「神韻」還是「境界」的呈現，它們的展現範圍其實不限定於「作品」本身而已。由心靈乃至於行爲的範疇都是詩人用來展現「神韻」或「境界」的範圍，因此這一章關於詩人的心靈與行爲模式的建構，雖然是探究創生兩種理想作品的「因」，然而它們本身其實亦是展現「神韻」與「境界」的一種主體性的「作品」（成果）。這種「因」與「果」同體的現象是中國文學創作論中的傳統觀點，例如司馬遷論「左丘失明，厥有國語」的評語就可以看到

作品的產生被認為是決定於作者的生命情境與生命情調。正是基於這個認定，中國傳統中創作者（主體）本身的因素就被認為是成就偉大作品的主要原因，清代的王士禎與王國維基本上也都承襲這樣的觀點。以王士禎來說，他雖然對於客觀的法則也有研究，但是他最終還是以主體本身的生命境界作為通向理想之「神韻」作品的主要途徑。至於王國維雖然被視為是融注中西觀點並力求突破傳統的先軍，但是他也堅守作品與作家不可分的思考脈絡。正因為作品與作者不可分的思考與觀點具有它自身在中國古典傳統中的「恆定性」與「主宰性」，是傳統批評理論建立的基本立場與環境，因而才會產生創作主體其心靈與行為等內在狀況既為作品之「因」又為其「果」的現象。

對於建構「神韻說」與「境界說」的主體結構，本文所採取的方式是先確定兩位詩論家對於主體的中心要求是什麼？在確定了其中心主旨之後再進一步地說明詩人「如何」在主體的心靈與行為的運作上達成這樣的目標。綜觀二說，在作品與作者不可分割的狀況下，王士禎與王國維對於作家主體的要求重點恰好與作品的基本內涵相同，亦即前者以「性情」為中心，後者以「情」（狹義的「感受」）為主。正因為作品與主體的中心內涵剛好是「神韻」與「性情」，因此，本文可以說是將「神韻」與「性情」放到「作品」與「主體」這兩個不同的「環境」中來理解。更為確切的說，「性情」與「情」是詩論家所提出來的兩種中心語彙，然而對於這樣兩種中心語彙的了解乃至於定義，因著所放置的「環境」不同這兩種語彙就有不同的意涵。因此，為了解這兩個語彙在二說中的意義，將它所被放置的「心靈」乃至於「行為」環境組織起來將有助於我們清楚而確切的了解這兩個概念。

第一節 構成「性情」的內在與外在感知及其行為模式

關於「神韻」作品是怎樣產生的，也就是通向「神韻」作品的基

本途徑基本上有兩種：一是客觀法則的探究；〔註1〕一為主體境界的超越。而最爲主要的就是主體的精神「境界」。〔註2〕

　　為了解「神韻說」所追求的「性情」在主體身上是什麼？我們可以用許多相關的「心靈」詞彙來描述創作者心靈的概念與狀況。此外，由王士禎的論述中還可以看出，這樣一種概念尙有與之相呼應的外在行爲，亦即詩人往往必須要表現某些外在行爲的模式才可以讓讀者確定他具有某種內在的心靈狀態。〔註3〕循此，除了「心靈」詞彙之外，「行爲」詞彙應該也是解析「主體」概念的重要詞彙。換言之，在「神韻」詩派裡，「性情」這種心靈狀態往往具有某一種與之相呼應的「行爲」模式，亦即它除了必須在某種心靈的環境中展現，同時也要在某種行爲的環境中生根。這種心靈與行爲模式之間的關聯性，就好像語言與意義之間的關係那樣具有一種約定俗成的傾向，心靈如同「意義」，而行爲如同表現於外的「語言」形式。說到底，王士禎對於主體所要求的「性情」，它的組合要素是行動世界、感受模式乃至於衆人評價等所綜合而成的，以下分別對於這些組合要素進行說明。

壹、「放鬆」原則的範疇界定與思考模式的提出

一、「放鬆」範疇的界定

　　在第一章，本文以名詞與形容詞兩種詞性來解析「作品」中的「性情」爲何，這種解析方式也適用於「主體」的部分，因爲「主體」中的「性情」與「作品」中的「性情」基本上是相同的。

　　不過，必須說明「性情」這個概念雖然是由兩個字所構成，然而它主要的重心是「性」而不是「情」。亦即「性情」的詞性傾向於「偏

〔註1〕如我們在第一章所提到的聲韻法則的探究，以及「脫化」等原則都可以算是客觀法則的探究。

〔註2〕若是要更爲細密的思考，關於主觀精神的問題：諸如精神境界、心靈狀況、情感、性情、情緒等等都是不同層次的概念。

〔註3〕關於內在心靈狀態爲什麼應該要「外顯化」的因素，其中之一可能是因爲「神韻」詩派對於個人獨特性的追求。

義複詞」，它雖然與「情」是相關的，然而它更重主體的「性」（即是胸懷個性等等的綜合）。換句話說，就「情」的發抒而言，王士禎認為詩人應該要「本性求情」，也就是歸源於他自身那一個最為本眞的自我之「性」以之為發抒「情」意的本源，詩人就算是要表現「情」，也應該回到「性情」之中去探求：

> 明詩本有古澹一派，如徐昌國、高蘇門、楊夢山、華鴻山輩，……，如云今之作者，但須眞才實學，本性求情，且莫理論格調。……（《漁洋、玉樵筆記合刊》，頁45）

由這一段話可以看出，王士禎即便論「情」，他所說的「情」仍然離不開「性」，亦即他所說的「情」是本源於主體的「性」。也就是說，詩人必須緣著他自身的「性」去表現他的情感，「情」的表現必須環繞詩人自身的「性」。只有當詩人清楚地回歸他自身內部的「性」是什麼，才能依著其「性」的特質而表現他的「情」。可以說每一位「神韻」詩人的「情」所以獨特，乃在於因為每一位詩人的「性」都具有個人的獨特性，這就是所謂的「本性求情」。〔註4〕此外，這一段論述雖然指出詩人必須「本性求情」，切莫「理論格調」，也就是指出「性情」與「格調」是相對的。然而，若是深入探究會發現王士禎其實也並不是不講「格調」，只是他並不是專言詩歌在某些形式上的功夫，而由前文關於聲韻及形式上的探究也可以看出「神韻」與「格調」或形式其實是密不可分的。

至於我們在第一章提及「性情」所包含的必然價值：「超凡入聖」，它對於詩人的行為與所處環境的規制也有很大的影響。以下所提出的一些主體蘊育「性情」的場景，諸如自然江山之助等顯然都與「性情」所應該具備的這個「超凡入聖」的價值取向密不可分。此外，關於「性情」在主體之中的展現，除了與作品中的「性情」有相同的基點（定義）之外，還有某些特性必須特別強調，其中最為重要的就是「放鬆」原則的運用。本文所以使用「放鬆」原則來說明「性情」在主體中的

〔註4〕關於「性」、「情」的區隔，漢代哲學可以說是其根源。

主要狀況，是因為「性情」放到主體的生命中可以說都是在「維持」某一種心靈的狀態。我們由以下的分析可以看出，「性情」在主體身上有一最為重要的特性就是某種精神狀態之「恆定性」的維持，它代表心靈面對任何障礙或阻隔就應轉為「放鬆」（曠達放逸）的狀態。可以說，「神韻」詩人在任何處境都要「維持」某種風範，不論是得意或是失意都應表現出自己具有悠然曠放的心胸。

　　正因為這種心靈狀態的維持可以說是一種心靈上的「動作」，所以當我們要將「性情」放到主體身上來定義的時候，就特別要將詞性轉為「動詞」。本文在那些與「自在」、「曠達」相類似的心靈字群中，〔註5〕特別選用一個中間程度的詞彙「放鬆」來說明「性情」在主體身上的特殊性，主要是因為「放鬆」這個詞能夠說明王士禎對於「神韻」作家所要求的那種精神狀況的恆定性「維持」。可以說，「維持」心靈狀態的「放鬆」是「性情」在「神韻」詩人主體中的一個最為重要的質素。

二、「放鬆」之「思考」模式的提出——境界線的打破

　　如果把王士禎等「神韻」詩人所運用的「放鬆」原則放到思維的層次上來看，相對於「境界」詩人「劃分割裂」的世界觀，它是一種「打通流轉」的思考模式。此外，「神韻」詩人往往必須要在外部的行為上突顯「放鬆」（曠達超逸）之心靈狀態的「維持」，在此先說明思考模式的部分。

（一）恆定性的維持：由時空界線的打破到邊界之瓦解

　　就思考模式而言，大體上王國維是將現實世界與文學世界分開，亦即強調二分性的原則；而王士禎則是強調「打通流轉」的思考。所謂的「打通流轉」的思考模式其所投射的目標與「放鬆」狀態的「維持」有很密切的關係，因為當詩人要把「放鬆」心靈狀態

〔註5〕這一類的字群基本上可能是由放鬆、自在到逍遙等不同程度的心靈狀況。

的維持帶到每一個時空之中，他就等於要打破時間與空間的界線乃至於各個範疇的界線，因此也可以說「放鬆」心靈狀態是由各種界線的瓦解延伸而來的。

生活與藝術之間的打通流轉

所謂的邊界的打破與瓦解，最為明顯的就是生活與藝術之間的打通流轉。歸結而論，「神韻」詩人的「性情」不只是心靈上的曠達超逸，也不只是生命境界的超凡入聖，最為重要的是他們要在日常生活中實踐這樣一種心靈與生命境界的狀態。因為唯有將內在的精神「外化」為行為表現，並將外在的表現貫徹到生活的每一個面向，如此「放鬆」的心靈狀態才能貫徹於每一個時間與空間之中使它成為一種恆常的心靈狀態的維持。

正因為「神韻」詩人的生活隨時隨在都要「維持」曠達超逸（放鬆）的心靈狀態，同時又要儘量地在作品中傳達個人「無入不自得」的生命境界。於是生活與藝術之間的界線變得模糊了，「神韻」詩人的生活變得藝術化，他們的生命變成了一種無時無刻不感受美感與製造美感的藝術歷程。至於這種生活與藝術之間的打通流轉表現在那些方面呢？首先我們可以由「神韻」詩人每遊一地即賦一詩，幾乎在任何時地都創作詩歌看出來：〔註6〕

> 余平生最愛楓葉，行吳、楚間所見多矣。尤愛雪中楓白淺深相間，有如畫圖。己丑九月下浣六日，未霜而有微雪，大兒涑以石帆亭楓葉十數片至，微紅可愛，輒從枕上賦一詩云：「秋雨連宵響菊叢，石帆亭畔小池東。正銜無夢頒新曆，六見池邊楓葉紅。」時去十月朔頒曆才四月。（《分甘餘話》，頁39，卷二，104）

這種論述在王士禎的筆記與詩話中數量非常多，由這一類的論述可以看出「神韻」詩人的創作是不分時地的，山下、枕邊、夜晚、白日皆

〔註6〕關於「神韻」詩人幾乎任何時地都能創作詩歌這一點，可以由王士禎的詩話記載與其作品的數量看出來。

能即興創作。不一定要有什麼深刻情感的觸動才能成爲創作動因，只
要有一丁點美感上的觸動與聯想，「神韻」詩人便可提筆創作，而題
畫詩的大量創作〔註7〕以及詩、畫、景之間的往復流通也都說明這個
現象。王士禎每見現實中的美景即以鑑賞藝術的眼光審視它們：

> 鄧孝威（漢儀）過大庾領云：「人馬盤空細，煙嵐返照
> 濃」，極是畫意。（《漁洋詩話》，頁201（91））

> 林確齋，亡其名。江右人，居冠石。率子孫種茶，躬
> 親舂錘負擔，夜則刻讀《毛詩》，〈離騷〉。過冠石者，見三
> 四少年，頭著一幅布，赤腳揮鋤，琅然歌出金石，竊歎以
> 爲古圖畫中人。（《帶經堂詩話》卷19，頁548，19）

我們由「極是畫意」、「竊歎以爲古圖畫中人」等感想，都可以看出王
士禎以藝術眼光觀照眼前實景的傾向。其後他可能因此而寫作一首
詩，或者又請畫家將此美景體會轉爲一幅畫。更甚者，再由這幅畫轉
爲一首詩，在這種詩、畫、景之間的打通流轉與往復轉化中，詩與畫
的界線似乎都被消泯了：

> 己丑歲，自春夏至秋多雨，書屋後叢竹甚茂，雨後鵝
> 兒鴨雛拍浮其間，頗似話本。余賦絕句云：「紫竹林中水滿
> 塘，鵝兒得意弄輕黃。襪材剩有鵝溪絹，合付邊鸞與趙昌。」
> 從姪磊字石丈，善丹青，當令補作一圖。（《分甘餘話》卷一，
> 頁十九）

> 余少客秦淮，作〈秦淮雜詩〉二十餘首，陳其年
> 詩：……。江淮間多寫爲圖畫。後入蜀，行夾江道中，望
> 峨眉三峰在煙雨空濛中，賦詩云：「江黎東上古犍爲，紅樹
> 蒼藤竹亞枝。騎馬青衣江上路，一天風雨望峨眉。」及入
> 粵，大雪行潛山唐婆嶺，即事賦詩云：「皖公山色望迢遙，
> 皖水清冷不止潮。青笠紅衫風雪裏，一林楓白馬蕭蕭。」
> 常欲令畫師爲寫二圖，未果，每以爲憾。（《漁洋詩話》，頁192）

從以上這些論述都可以看出，詩、畫、景在「神韻」詩人的生活裡其

〔註7〕題畫詩的大量創作也是「神韻」作品與宋詩相似的特點之一。

實是不斷循環轉通的。

關於「性情」的內在心靈運作：神遊

就內在心靈的運作模式而言，由實際的山水之遊到詩、畫、景之間的往復轉化，亦即生活與藝術之間的「打通流轉」乃至於各種界線的打破，用傳統的觀點來說即是一種「神遊」的心靈歷程。「神韻」詩人不論處於何種景況中往往都能進入精神神遊的境地，以此而不斷地使自我從現實的桎梏之中掙脫出來，把自我拋向外在的世界。

由以下這段論述就可以很清楚地看到，「神韻」詩人的創作與生活正是讓自己把握當下的每一事物，將其美感化，並將自我延伸到其中展開精神「神遊」。這種「神遊」可以說是一種由日常瑣物到自然山水，乃至於古往今來之歷史情境的全面「神遊」：

> 吳侍讀默岩國對金椒人榜眼及第，詩未入格而頗有勝情。余官揚州時，常與共客儀真，一日過余客園置酒，酒間作擘窠大字及便面數事，皆即事漫興之語，令人解頤，尚記一則云：少陵云「一洗萬古凡馬空」。東坡云「筆所未到氣已吞」。才人須具此胸次，落筆自爾不凡。惟阮亭（指王士禎）可以語此。頃之，余衣領上偶見一蟻，即又云：「宰官衣領蕎上一蟻子，此正須耐煩以為勝俗客耳」，雖偶然游戲、皆有理趣。久之露坐，月色皎然，賦絕句云：「如此青天如此月，兩人須問大江秋。」余和之得四首：「翰林兄弟皆名士，廧屋三間分兩頭，及地紅綾分餅日。閉門黃葉著書秋」，「鳴嘘斜日森碧筱，人影參差曲岸頭，傾刻疾書兩丸墨，山蟬墮地數聲秋。」又二詩不具錄。（《分類詩話》，頁66）

上天下地的「神遊」，從一粒沙中見世界的美感創造正是「神韻」詩人揮灑「性情」的表現。他們把握當下的每一事物，甚至對於一丁點不起眼的小事物也能有所感思。例如在這一則記載中，詩人見到王士禎的衣領上有一隻螞蟻就隨即作了一首詩，由此可看出「神韻」詩人其「性情」的展現正是能把握當下的每一事物，並能神遊於物中。此

外，由「宰官衣領驀上一蟻子，此正須耐煩以爲勝俗客耳」一段，也可以看到「神韻」詩人往往把當下許多自然物象添上「超俗」的印記與價值，此也是「神韻」詩人表現「性情」的方式。

可以說「遊」是自莊子以來的一個重要的心靈與精神活動，〔註8〕同時亦是傳統文人主控外在世界的方式之一。面對自然，「神韻」詩人除了實際遊歷山水之外，「神遊」亦是他們心所嚮往的一種遊賞方式。探究傳統文人的「神遊」，其思想上的基礎是相信主體的境界達到某一境地就能包納一切自然萬象：

> 問：「昔人云：片言可以明百意，坐馳可以役萬象，唯工於詩者能之；風雅體變而興同。古今調殊而理實，唯達於詩者能之。敢問何謂工，何謂達？幸先生明以教之。」
>
> 阮亭答：「詩未有不能達而能工者，故唯達者能工。達也者，『讀書破萬卷，下筆如有神』，則無不達矣。工也者，陸士衡有云：『罄澄心以擬思，渺萬慮而爲言。』『叩寂寞而求音，或含豪而渺然。』則無不公矣。不然，昧於詩之正變，而徒綴拾古今諸家之片詞瑣語，描頭畫角，搔首弄姿，是『畫虎不成反類狗』者也。惡乎達？惡乎工？」(《師友詩傳錄》，頁145，29)

由陸士衡的「罄澄心以擬思，渺萬慮而爲言」及「叩寂寞而求音，或含豪而渺然」這兩句話，可以看出王士禎認爲當主體回歸到自身那個清澈明淨的虛靜心（「澄心」、「寂寞」），就可以在「坐馳」中統役「萬象」。此外，以精神上的「神遊」包納萬物的精神境界，其實與創作上以最少的語言（「片言」）表現無盡的內蘊（「百意」）其內在有著相通的規律。

由這種生活態度乃至於創作情況來反觀「神韻」詩人創作的心靈

〔註8〕徐復觀提到：莊子所取的「遊」是有取於具體遊戲中所呈現的自由活動，因而把它昇華上去，以作爲精神狀態得到自由的象徵」，由此可以看出，「神韻」詩派所追求的精神與「遊」所體現的精神剛好是相同的。詳參徐復觀：《中國藝術精神》（台北：學生書局，1976），頁64。

狀態，可以推斷「神韻」詩人創作詩歌的動因大致上並不需要詩人內在為某種「情」所觸動，他們也不必像「境界」詩人非有苦難的遭遇，或是體驗到某種情感上或生命情境上的深刻經歷才能創作，可以說他們隨時隨地都能即興創作。因此「神韻」基本上是一種美感傾向的創作，詩人只要有一點點美感上的感動就能賦詩成篇，這一點與「境界說」所強調的「不平則鳴」的創作動因是截然不同的。〔註9〕

（二）創作的瞬間心靈狀態：

關於「放鬆」之思考模式，除了各種「界線」的打通流轉之外，創作的那一個瞬間的心靈狀況也是很重要的。「忘法」乃至於「佇興而就」都是「神韻」詩人在創作靈感泉湧的那個瞬間所被要求的心靈狀態，此心靈狀態也是無邊無界之心靈軌跡的表現與延伸。

1、不執溺的心靈軌跡——忘法

「忘」不僅是王士禛所強調的創作瞬間的心靈狀態，它也可以說是「神韻」詩論家所推舉的頓悟式詩法的重心。〔註10〕王士禛等人認為在學習某一項本領時，最好先把宿昔所學過的法則以及一切心得通通忘卻，然後才能以一片虛靜澄澈的心思進入另一新的階段的學習：

〔註 9〕前人對於「神韻」詩論沒有深刻情感的批評，由其創作動因及創作情境上看來似乎具有某一程度的真實。然而，雖然「神韻」詩人的創作動因不是起於「情」，但是他們在每一個場景之中還是可能會把平日的所見所感融入詩中，雖然當下是因為一時的「詩情」的觸發或是基於隨興而創作，不過「神韻」詩人不是針對某一事或某一特定的情感而創作，他是在每一個當下表現出他整個的自我。因此作品之中雖然可能會有他過去的某種情感上的經歷，但是這種經歷大致上不會化為一種具體的情感，所以「神韻」詩人即使寫情，也是一種淡淡悠情。關於這一點，吳調公在《神韻論》說：「縱觀王漁洋一生，沒有坎坷，沒有憂患，沒有什麼強烈的思想矛盾和心波震憾，但無可否認，在對人化的自然美奧祕始終不懈的追求中，他心靈的顫動和探索卻是常有的」。參見吳調公：《神韻論》（北京：人民文學出版社，1991），頁239。

〔註10〕「隨說隨掃」可以說是「頓悟式」詩法的重心。前文提到，在王士禛的「神韻說」之中，由創作的理論到創作的過程乃至於詩論家及詩人的主體境界似乎都受到禪宗思考的影響。

> 唐德宗使段善本授康昆崙琵琶，奏曰：且遣琵琶不近
> 樂器十年，忘其本領然後可教後乃盡段之藝，知此者可與
> 言詩矣。（《帶經堂詩話》，卷三，頁81，三）

由這一段論述可以看出，要學習某一項新的藝術只有「忘其本領」然
後才可以得到真傳。把這種學習技藝的妙訣放到詩歌的創作上，可以
說「神韻」詩人雖然必須要沈浸在文化與歷史的長河中蘊育他的「性
情」，然而在每一個創作的當下卻要忘卻一切的本領與規則，不要讓
這些文化歷史的積累成爲創作的主宰與障礙。亦即在創作的那一個瞬
間，「神韻」詩人頓時必須化身爲一個空的器皿，這時候他的整個心
思因著那一片明澈自由，所有的「詩思」就能自由地來去與展現。

　　而所謂的「筆忘手，手忘心」，就是要在創作的那一瞬間不爲任
何法則所綑綁，不爲任何的執念所左右，也就是「法執」的破除：

> 〈僧寶傳〉：石門禪師謂達觀曇穎禪師曰：此事如人學
> 書，點畫可效著工，否者拙。何以故？未忘法耳。如有法
> 執，故自爲斷續。當筆忘手，手忘心，乃可。此道人語，
> 亦吾輩作詩文真訣。（《帶經堂詩話》，卷三，頁82，五）

由這一段話可以看出破除「法執」正是創作詩文的真訣，可以說「神
韻」詩人的心靈軌跡像是一種不斷往前進步的歷程，也像是「隨說隨
掃」之思考模式的延伸，他們不固執於先前所得的「道」，也不固執
於回首先前之所得，自由飛越的心才是他們的生命目標。在這個心靈
軌跡之中，所有曾經獲得的知識與經驗，所有過去的文化歷史積累，
所有學習過的法則，都不能成爲詩人的包袱，而應該能夠帶領詩人往
一個更爲輕鬆（由放鬆到曠達超逸），更爲自由的境界飛升。在這種
「隨說隨掃」的心靈軌跡中，甚至那曾經作爲詩人生命浮板的東西都
可在瞬間捨去，「神韻」詩人所要達到的心靈狀態正是這樣一種無邊
無界、無執念的心靈狀態。

2、「興會」

　　與「忘法」相似的創作瞬間心靈狀態是對於「興會」的強調，「佇

興而就」可以說是「神韻說」的一個重要觀點：

> 夫詩之道，有根柢焉，有興會焉，二者率不可得兼。
> 鏡中之象，水中之月，相中之色，羚羊挂角，無跡可求，
> 此興會也。本之風雅以導其源，泝之楚騷、漢魏樂府詩以
> 達其流，博之九經、三史、諸子以窮其變，此根柢也。根
> 柢源於學問，興會發於性情。於斯二者兼之，又幹以風骨，
> 潤以丹青，諧以金石，故能銜華佩實，大放厥詞，自名一
> 家。（《帶經堂詩話》，卷三，頁78，五）

究竟而論，王士禛認爲「興會」與「根柢」是兩個方向相反的創作因
子。爲什麼「興會」與「根柢」兩者不可得兼呢？因爲就「神韻」作
品的最終藝術理想「鏡中之象，水中之月，相中之色，羚羊挂角，無
跡可求」而論，它主要是從「興會」中來，而不是靠學問「根柢」。
換句話說，要達到「味外之味」的「神韻」，詩人所依靠的是「興會」，
是突然的奇想，是對於瞬間從自我或是冥冥中不可知之力量所拋出的
靈感的接應。亦即雖然文化根柢是表現「神韻」的重要媒介，但是眞
正的「神韻」是從創作的那一個瞬間的「興會」所拋出的感覺，它是
對於「偶然」的掌握。

事實上，「神韻」正是一份來自「偶然」的產物，它並不是作品
之中那個苦心營造的部分。在創作靈感泉湧的那一個瞬間，在與創造
力接觸的那一刻，詩人必須即時接住與補捉那來自「偶然」的靈感：

> 南城陳伯機允衡善論詩，昔在廣陵評予詩，譬之昔人
> 云「偶然欲書」，此語最得詩文三昧。今人連篇累牘，牽
> 率應酬，皆非偶然欲書者也。坡翁稱錢唐程奕筆云：「使
> 人作字不知有筆。」此語亦有妙理。（《帶經堂詩話》，卷三，
> 頁84，十二）

這一則論述告訴我們，詩人往往是在「不知不覺」的狀態中動起筆來，
在創作之中他甚至不覺得是自己正在揮筆就章（「使人作字不知有
筆」）。「偶然欲書」就是強調詩人要在隨興的狀態中創造「神韻」，而
不要把「神韻」的創發放在現實交際的「應酬」情境中，因爲「偶然」

中所觸發興想的「神韻」才是隨興不羈之「性情」的展現。

緣於以上的分析，我們可以說所謂的「性情」是「神韻」詩人所追求的一種生命境界。而這種生命境界是一種曠達超逸，不斷向上飛升，直到來世還要修練的生命境界。正因為它是一種永遠沒有盡頭，永不止息的超越，因此「神韻」詩人除了在今生要將自我的生命不斷的往上攀升之外，而且還冀盼這種超凡入聖的生命境界能夠延續到來世：

> 白樂天自寫其集三本：一置東都聖善寺，一置盧山東林寺，一置蘇州南禪院。自云：「願以今生世俗文字之因，轉爲來世讚佛乘轉法輪之緣。」余昔亦嘗以《漁洋集》一本，付楚雲師藏之南嶽；一本付拙菴師藏之盤山。昨門人劉翰林大乙言，欲以八分書余正續集，藏之嵩山少林寺。亦香山居士後一段佳話。(《漁洋詩話》，頁194)

由今生延續到來世的渡河是什麼呢？由「願以今生世俗文字之因，轉爲來世讚佛乘轉法輪之緣」這一句話可以看出，對於王士禛而言，詩歌創作即是一種可以由今生渡到來世的因緣。亦即「神韻」詩人所以要將主體的生命境界轉化爲語言（作品）的原因之一，正是因爲他們相信語言（作品）最終具有一股推動力量，它是詩人由今生俗世轉爲來世成聖的憑藉與通道。

綜合地說，「神韻」詩人其生命境界的不斷超越主要是以「放鬆」原則來作自我操練，並展現爲打破各種範疇與疆界的思考模式。在四海神遊、不執溺、捉住瞬間與偶然的心靈與行爲軌跡中，「神韻」詩人可以不滯於現實與傳統文化的包袱而大步邁進，讓他們的「性情」在無邊無界中飛升與雀躍，與那一個更爲超凡的天空相接，展現他們不斷向上飛升的「性情」。

貳、並行而相得益彰的兩種力：「生命境界」與「生命型態」

「神韻」詩人的生命除了追求曠達超逸的境界，渴望不斷地提升

自我之外，在他們的生命中還有另一個看起來似乎反方向的追求，那就是對於國事民生的關心與投入，亦即「感時憂國」也是「神韻」詩人集體的關注範疇。大體上「神韻」詩人一方面強調將心力投入感時憂國（官場）之中，但同時又要將自我向上攀升。也就是說，「神韻」詩人的生命基本上都存在著兩股相反方向的力量：一是關心與投入，一是曠達與超然。

這兩股相反方向的力，用王士禎等人的話說就是「性情」與「懷抱」。一個「神韻」詩人除了應該具備曠達超逸的「性情」之外，最重要的他還必須具有感時憂國的「懷抱」：

> 張吏部公選〈九微〉先生題余〈過江集〉云：「筆墨之
> 外，自具性情，登覽之餘，別深懷抱」（《漁洋詩話》頁 183，98）

如果更為具體地說，「懷抱」因為是傳統士大夫必然的生命型態，所以我們可以把它視為「神韻」詩人「本然」的生命型態，而「感時憂國」正是處於這種生命型態中的士大夫所必然關注的中心焦點。至於「性情」則可以算是這群士大夫在面對其「本然」的生命型態中所選擇的一種「放鬆」的方式。也可以說，「懷抱」指向的是「生命型態」，而「性情」指向的是「生命境界」。這些詩人一方面必須堅守這種感時憂國的生命型態，同時又要追求曠達超逸的生命境界。

於是我們可以再問，這兩股相反方向的力，在「神韻」詩人的生命之流中是以怎樣的一種狀況存在？它們之間的關係為何？它們之間有矛盾嗎？在傳統之中，以曠達放逸之生命境界來面對感時憂國之生命型態的詩人可以說不勝枚舉。例如莊子與許多六朝詩人都以類似的方式面對中國文人那一個不可逃脫的宿命「生命型態」。不過，雖然選擇相同的兩種力，亦即同樣以曠達超逸之姿面對感時憂國的壓力，然而這兩種力在整個生命中的展現，顯然依著詩人所處的時代或個人因素之不同而有所分別。也可以說，雖然王士禎一派的「神韻」詩人所倡的「主體」之「性情」其實是一種集合了傳統之各種要素的複雜體：它是一種對於隱逸精神的推崇，是一種對於魏晉風度的承

繼,也是一種對於道家、佛境、禪境的嚮往,〔註11〕然而若是就曠達超逸的生命境界與感時憂國的生命型態之間的關係來看還是有不同於前人處。

如果我們把曠達超逸的「性情」看作詩人面對「生命型態」的一種方式,顯然時代與個人遭遇的不同都會影響上述兩種力之間的互動關係。〔註12〕就王士禎本人而論,因爲身處於太平盛世,加以一生的仕途平順,又處於學界泰斗的地位,〔註13〕「曠達超逸」與「感時憂國」這兩個力在其生命之中的相互關係顯然就不同於前人。所以,根本上「性情」在王士禎等「神韻」詩人的身上自然與前人大不相同。循此,在此以「典型」的魏晉風度(阮籍與嵇康)爲例來突顯曠達超逸的生命境界在王士禎等「神韻」詩人的生命型態中的特殊展現。若是由「曠達超逸」與「感時憂國」這兩種力之間的互動關係來說明王士禎一派的「神韻」詩人所強調的「性情」的特殊性,可以說對於王士禎而言,這兩股力基本上是一起發展的,它們不只不相妨礙而且還是相得益彰的。甚至可以說對於王士禎等「神韻」詩人而言,所謂的「曠達超逸」幾乎偏離了它本來的軌道,它不再作爲一種面對「生命型態」的一種「生命境界」,而變質爲「生命型態」本身。以下就針

〔註11〕吳調公提出:「魏晉風度在神韻論中以新的姿態表現,是漁洋的整個審美觀的中心,而文人畫對他的影響則是次要因素」。參見吳調公:《神韻論》(北京:人民文學出版社,1991),頁213。

〔註12〕當然,並不是說時代與個人遭遇對於詩人的影響一定是如此必然而單一的。

〔註13〕前人對於這一點多有述及,例如吳調公的《神韻論》,又如霍有明也引鄭方坤《國朝名家詩鈔小傳》中的一段話以證明:「王士禎在當時詩壇的崇高地位」。並認爲王士禎之所以能有如此的地位和影響是「政治原因」,他所倡導的「清幽淡遠」的藝術境界剛好符合「統治者」的需要。詳見霍有明:《清代詩歌發展史》(陝西,陝西人民出版社,1993),頁70。而薛順雄〈王漁洋新傳〉也提到:「先生入仕三十餘年,向以醇謹稱職,清聖祖甚爲優眷」。參考薛順雄:〈王漁洋新傳〉,收入《中國古典文學論叢》(臺北:學生書局,1983),頁215。

對這個情況作具體的說明。

一、「性情」的行為表徵：由「蘊育」到「表現」

事實上，王士禎等人所倡的主體「性情」已由內在心靈的感受「外化」為外在的行為，或者說它因為是一種外化的行為，就不再是一種面對「感時憂國」的方式，而傾向於是與「感時憂國」平行的「生命型態」。

「曠達超逸」的「生命境界」（本文總稱為「性情」）從魏晉的嵇、阮到清代的王士禎等人身上，有一個共同特徵就是內在心靈必須「外顯」為行為。換言之，所謂的隨性不拘的「性情」往往必須表現為一種外在的風範（行為）。亦即「性情」除了是一種內在的心靈原則與思維模式之外，還必須要表現於外以讓人感受到。面對「性情」的「表現」，這些「神韻」詩人與其說是重視「性情」的內在心靈與思維模式，不如說他們更重視將「性情」表現於外在的行為上。甚至還可以倒過來說，因為較為重視「性情」的外在表現，導致了王士禎一派的「神韻」詩人其內在的心靈與思維模式變成為一種「體制化」的固定反應。也就是說，「性情」作為一種「生命境界」，它其實漸漸由「固定化」轉向為一種「外顯化」的力。

讓我們先由「神韻」詩人如何將「性情」表現出來以說明這種由「固定化」轉向「外顯化」的力（「生命境界」），然後再進一步由「神韻」詩人為什麼要將「性情」表現出來，以說明「曠達超逸」與「感時憂國」兩種力在他們生命中的關係。基本上，就「表現」這一點而言，「神韻」詩人所要表現的「性情」是把「性情」在主體身上所應該要具備的基本特徵「外化」為行為。而「性情」在主體身上所具備的特徵，基本上就是上文所述的「放鬆」之心靈原則與「打通流轉」的思維模式。除此之外，關於「性情」的「表現」還有一個特出的地方是「性情」的「蘊育」，可以說「蘊育」是「性情」在行為表現上的一個特殊而不可或缺的要素。

　　至於「性情」的行為「表現」為什麼與「蘊育」密不可分？主要是基於「性情」所必備的價值取向。雖然這種價值取向也影響主體的內在心靈與思維模式，不過它主要是作為一種外顯的特質，亦即支配外在行為比內在的心靈要多。我們可以這麼說，關於「性情」之「超凡入聖」的價值在作品本身的展現，主要是特定「風格」的營造；至於「性情」之「超凡入聖」的價值在主體本身的展現，主要則是山水之遊的體驗。

（一）蘊育「性情」的河床

　　在此先就「蘊育」這一點來說，然後再回到「性情」的整體表現上。關於「神韻」詩人的內在狀況實際上可以分為兩個要素來說：一是「放鬆」，二是「超凡入聖」。正因為「性情」必須要具有某種「超凡入聖」的價值，因此「性情」在主體上的展現基本上就必須要靠某些條件或環境來「蘊育」它，而蘊育「性情」的環境最主要的就是「自然江山」。許多特殊的環境與設備就是為了增添「超凡入聖」的價值與特性，也可以說「神韻」詩人往往必須選擇某些具有「超凡入聖」的空間場景來表現他們「放鬆」的心靈狀態。

　　若是以界線的打破而論，雖然「神韻」詩人內心的「曠達」狀態最好能夠打破時間、空間乃至於各種境界線，然而由於某些場地（空間）會特別增加詩人「生命境界」的「超俗性」，因此「神韻」詩人總是儘可能地將自我置身於這一類的環境中。基本上，自然江山是「蘊育」性情的主要環境，所謂的「江山之助」正說明自然對於「神韻」詩人的啟發。〔註14〕由於傳統所賦予自然山水的諸多意涵的積累與傳承，因而自然江山的意涵呈現為一個多層次的問題，〔註15〕在此只針

〔註14〕「江山之助」基本上是吳調公所提出的語彙。詳見吳調公：《神韻論》（北京：人民文學出版社，1991），頁 246。

〔註15〕其實自然景物在「神韻」傳統之中的意義是有很多層意涵的：首先，它是詩論家組織藝術理想的靈感泉源。詩論家及藝術家顯然是由自然物象的許多特質之中，體悟並發掘詩歌乃至於許多其它的藝術體式所可能具備的某些特質，以及文學與藝術的理想特質。同時，自

對王士禎的「神韻」詩論中所提到的幾個特點來加以說明。

自然江山對於「神韻」詩人具有什麼特殊的意義呢？首先就在於它具有使詩人忘卻現實煩惱的超功利性：

> 江行看晚霞，最是妙境。余嘗阻風小孤三日，看晚霞，極妍盡態，頓忘留滯之苦。雖舟人告米盡，不恤也。賦三絕句云：「彭澤縣前風倒吹，三朝休怨峭帆遲。餘霞散綺澄江練，滿眼青山小謝詩。」「白浪空山斷去人，連朝風色起青蘋。小孤山外紅霞影，定子當筵別是春。」「瀟瀟寒雨暗潯陽，日日江潮過馬當。東望滄滄天萬里，乘風欲渡赤城梁。」（《漁洋詩話》，頁 181）

在這則論述中，王士禎雖因風雨而被困於孤舟中，然而因為那時的晚霞「極妍盡態」，所以他就因著江山美景而忘了「留滯之苦」，雖然糧食快耗盡了，然而他還能逍遙地在困頓中自由地創作詩歌。

此外，山水與王士禎等人所標舉的「禪境」也密不可分：

> 馮開之先生《快雪堂集》，頗得禪悅山水之趣，予少時極喜之，……。（《帶經堂詩話》，卷二八，頁 804，54）

正因為山水具有特殊的意涵，所以王士禎等人都希望能夠在遊賞山水中與古人相期，並且強調自己有「山水之癖」。例如在以下這則論述中，王士禎就提到自己所以自號「漁洋山人」是因為對於山水的熱愛：

> 順治庚子冬在揚州，病起，以公事渡江往蒦陵，……，

然景物也是「神韻」詩論家陳述其藝術理想的「理論」時的工具與媒界。他們不直接用清晰明白的論述說明其心中的藝術理想，而用自然物象的特質作比喻，或用以自然意象為主的語言傳達詩歌的理論（即前人所言的印象式批評）。然後，這一些自然物象的使用又由理論上被用到創作實踐上，成為實際的作品中的主要成分。同時，這也是詩論家及詩人所找到的一種表述語言的方式。而自然物象由創作理論到創作實踐之中的運用，一方面是基於自然景物的某些傳統意涵以及「神韻」詩人追求曠達超逸的精神，另一方面又與「禪」的思想密切相關。任仲倫所著的《中國山水審美文化》（上海：同濟大學，1991）一書，對於自然山水的傳統意涵有系統性的整理與論述。

> 聞鄧尉梅花盛開，遂輕舟入太湖口，……，留聖恩寺四宜
> 堂，賦詩數十篇而返，因自號漁洋山人，有《入吳集》。予
> 自少癖好山水，嘗憶古人「身到處，莫放過之言」，……，
> 予豈敢望古人，若山水之癖，則庶幾近之耳。(《帶經堂詩話》，
> 頁 177，六)

簡單地說，自然江山因著傳統所賦予它的幾層特殊意涵，所以除了作
為蘊育「性情」的環境之外，它還是表現「性情」的主要媒介，「神
韻」作品幾乎都是以描寫自然物象來展現「性情」。因而可以說，自
然物象在「神韻」創作中基本上具有「蘊育」與「表現」詩人「性情」
的兩種功能。前者是就作為主體遊歷的場景（江山）而言，後者則是
就作為作品的主要描述對象（自然物象）而論。

　　歸結而論，由於「性情」必須要具有「超凡入聖」的價值，所以
「神韻」詩人在「行為」上總是熱衷地遊賞山水以表現自己的山水之
癖。由此也可以說，「蘊育」與「表現」其實是密不可分的，為了要
讓「性情」具有某種價值，所以「神韻」詩人總是要將自己放置在某
些場景中來蘊育「性情」，而置身於某些場景中這本身就是一種行為
表現。

（二）「性情」的整體「表現」

　　在此回到「性情」的整體「行為」表現上來論。就行為「表現」
而言，「神韻」詩人除了遊山涉水以表現「性情」所具備的超凡入聖
的價值之外，最為重要的表現自然就是詩歌的創作。可以說，「神韻」
詩人在山水場景中主要是以詩歌創作來表現「性情」的「蘊育」，他
們每遊一地即賦一詩，以無時無刻的詩歌創造記錄著超逸曠放的「性
情」。

　　可以說，詩歌的創作連結了「性情」的「蘊育」與「表現」。因
為「蘊育」性情的主要場所：自然江山往往是詩人創作詩歌與「表現」
性情的基本園地。例如在以下這則論述中，我們可以很清楚地看到所
謂的「性情」與「懷抱」的產生通常都是在「登覽之餘」的場景，而

「登覽」多半是在自然江山的場景中：

> 京口張無文選，博物君子也。嘗提題予《過江》、《入吳》兩集云：「筆墨之外，自具性情，登覽之餘，別深懷抱。」此語可與解人道。(《香祖筆記》卷八，頁147)

這段話應該是互文見義。爲什麼詩論家要特別地強調「登覽之餘」是創作的基本場景（情境）呢？在「神韻」的創作園地之中，「性情」大致上與兩種要素密切相關：即詩人所處的場景（或者說創作「情境」）以及語言的表述方式。而「場景」與「語言」之間其實又有極爲密切的關係，因爲「性情」的展現實際上是用「筆墨之外」的方式表述，亦即本文所謂「性情」與「神韻」的對位，而表述這種「筆墨之外」的「神韻」的前提則往往是在「登覽之餘」所引發的。換言之，詩歌的創作離不開以江山自然當作創作靈感的啓動場所，自然江山與「詩思」的產生密不可分：

> 唐鄭綮云：詩思在灞橋驢子背上。胡濯云：吾詩思若在三峽聞猿聲時也。余少時作〈論詩絕句〉，其一云：「詩情合在空舲峽，冷雁哀猿和〈竹枝〉。」用濯語也。後壬子秋典署試，歸舟下三峽，夜泊空冷，月下聞猿聲；忽悟前詩，乃知事皆前定。(《帶經堂詩話》，頁193，卷八，十七)

不論是「灞橋驢子背」、「三峽聞猿聲時」或是「空舲峽」，其實都是以自然江山之遊作爲創作情境，由此可以看出「詩思」大體上都是在自然江山的場景中「蘊育」出來的。如果沒有自然江山的「蘊育」，就沒有產生「詩思」的空間場景，如果沒有產生「詩思」的空間場景，「神韻」詩人就沒有辦法用詩歌創作來「表現」內在的「性情」。再看以下這則論述：

> 蕭子顯云：「登高極目，臨水送歸。蚤雁初鶯，花開葉落。有來斯應，每不能已。須其自來，不以力構。」王士源序孟浩然詩云：「每有製作，佇興而就。」余平生服膺此言，故未嘗爲人強作，亦不耐爲和韻詩也。(《漁洋詩話》，頁182，92)

在蕭子顯所提到的創作情境：「登高極目，臨水送歸。蚤雁初鶯，花開葉落」中，雖然前兩者是人文情境（懷古、送別），而後兩者是自然情境，但是前兩者的人文情境經常也是置身於自然場景中，由此可以看出自然場景與「詩思」的產生密不可分。也可以說，「神韻」主要是從自然場景的「蘊育」中生發出來的，至於「境界」則是在人情人倫的感發中生發出來的。

說到底，王士禎等人所強調的「性情」是一種與「空間」（場景）密不可分的表現，詩人的「性情」由「蘊育」到「表現」往往都要藉助空間場景。「神韻」詩人唯有把握每一個當下的場景，在每一個場景之中表現並發揮個人獨特的風範，他才有可能創造出無限流轉的「神韻」，才能將自身的「性情」揮灑出來。正因為自然江山是「蘊育」性情的場景，因此我們可以由王士禎的論述中看到詩人無時無刻不在遊歷山水，同時在遊歷山水時也隨時不忘創作詩歌：

　　　亭與宋荔裳，嚴武伯，葉元禮諸名士，遊吳興道場山，
　　共賦五言詩只詩先成，群公歎絕，以為「微雲淡河漢」之
　　比。（《漁洋詩話》卷上，頁 165）

這一類的論述在王士禎的集子中非常多。關於「神韻」詩人的「性情」外顯化，基本上可以由他們每遊一地即賦一詩來說明：

　　　甲申秋，余將歸田，翰林汪安公佚出〈粵行詩〉一卷，
　　請余論次。安公之詩，天機清妙，醞藉高華，此集尤得江
　　山之助，當與石湖粵蜀之詩抗行。安公，鈍翁從子也。《帶
　　經堂詩話》，頁 131，38）

「神韻」詩人「曠達超逸」的心靈狀態必須表現在生活的每一面向，由山水之遊乃至於平日生活的每一面向，無時無刻都要表現與實踐這種曠放隨性的內在精神。亦即他們必須把「曠達超逸」的心靈狀態乃至於生命境界表現為一種生活的態度，這一點正可以回應「神韻」詩人其「生活與藝術打通流轉」的思考模式。

循上所論，「神韻」詩人基本上在兩個方面表現他們的曠達超逸：

山水之遊與創作詩歌。他們在官位在身的時候，往往趁公事之暇到處遊山玩水，造訪各個名勝古蹟，同時每遊一地即賦一詩。而在被貶官的時候也不廢登臨山水。在王士禎的觀點裡，詩人在人生的逆境裡若能夠關心自己的詩歌創作是否精進，絕口不提困頓之事並悠然地賞遊江山之盛，此即是一種曠達放逸的表現。就「曠達」的定義而言，其實同時包含了「隨遇而安」與詩歌創作的投入：

> 西樵甲辰之獄，吏議羅織鍛鍊，半載始白。扁舟南下，余迎於秦郵，相見持之而泣。西樵都不及患難時事，直取一巨編，擲余前曰：「弟視吾詩，境地差進不？」人歎其曠達。（《漁洋詩話》，頁175）

由這則論述可以看出，在王士禎當時的一些文人的認定裡，所謂的「曠達」是說當一個人在人生的逆境之中，包括被貶官下獄仍然能夠表現出不在意自身的遭遇，絕口不提「患難時事」，並且在人生的逆旅上仍然能夠悠然地創作詩歌，關注自己詩歌的境地是否精進遠甚於境遇的悲慘，這才是所謂的真「曠達」。「神韻」詩人所謂的「曠達」不只要表現為一種「無入而不自得」的風範，同時還要把這種精神體現於詩歌的創作中。又如以下這一則論述也可以看出表現「性情」的方式：

> 門人甫田林石來麟倡，以禮部儀制司郎中，出督貴州學政云：去年在閩，得王文成公龍岡漫興詩墨跡一卷，蓋公謫龍場驛時所書。屬余跋，其首章云：「投荒萬里入炎州，卻喜官閒得自由。心在夷居何有漏，身雖吏隱未忘憂。春山卉服時相間，雪寨籃輿每獨遊。擬把犁鉏從許子，漫將弦誦此言游」。若爲之兆者。按文成以疏救戴銑等，忤逆瑾、貶黔之龍場驛，作何陋居軒居之，月夜默坐，席文襄書爲提學，闢貴陽書院，親率諸生北面視之，蓋公平生之學，得力於龍場時居多，觀卷中五章，可想見其無入不自得之樂。石來閩之名士，私淑文成有年，文成書道勁似山谷。（《分類詩話》，頁246）

由「投荒萬里入炎州，卻喜官閒得自由」這首詩也可以看出「神韻」

詩人所說的「性情」是說：當一個文人被貶官卻仍然能夠保持其心性的自由與安然，雖然身處江湖卻仍然能夠「身雖吏隱未忘憂」，在心中懷抱著對於理想的堅持，這才是所謂的「無入而不自得之樂」。亦即他們所認為的「曠達」並不只是一種在人生逆境裡的「隨遇而安」而已，這些落難的文士即使在被貶抑之時還是要為國事擔憂，並且仍然心懷使國家上軌道的理想，這才是所謂的真「曠達」。此外，貶官外放雖然使得詩人一時之間無事可作，但是他們往往會把握這個清閑的機會，到處遊山玩水並且創作大量的作品以表現出自己的曠達之境以及憂國之思。

從莊子到許多魏晉文士，經過長時期的發展，到了王士禎等人所認定的「性情」可以說因為傳承了許多時代的印記與歷史滄桑，基本上已是心靈與行為的複雜綜合體。在王士禎一派的「神韻」集團裡，所謂的「曠達超逸」的「性情」與其說是一種內在的心靈狀態，倒不如說已多半「外化」為外在行為。我們由上文所歸納的「放鬆」原則的「維持」特性就可以看出，「性情」作為一種心靈狀態大體上已經傾向於是一種「固定化」的心靈反應。總的說來，「神韻」詩人的內在心靈「外顯化」，就是不斷地遊歷山水與不斷地創作，隨時隨地要展現其內心是曠逸超俗的。當「神韻」詩人刻意地強調自身那種「隨興」的態度時，當漫興興變而為一種標誌時，在某一層次上就開始傾向為一種造作的行徑。也就是當「曠達超逸」的心境作為一種特定風範的時代潮流，無形中似乎導致「神韻」詩人的心靈與行為被「體制化」與「格式化」，也導致一些詩人的創作流於一種固定反應。

二、價值的調合（「抗議」意義的減弱）

以上是就「性情」靠什麼表現來說明「神韻」詩人「生命境界」的展現，在此進一步針對「性情」為什麼要「外顯化」與「行為化」以進一步說明「神韻」詩人其「生命型態」與「生命境界」之間的關係。

讓我們以魏晉的嵇康、阮籍爲對照,以此說明「神韻」詩人生命中兩個主要的力:「生命型態」與「生命境界」之間的關聯性。因爲雖然他們同樣都將內在的「性情」外化爲行爲,然而王士禎等人所以要將「性情」外顯化的原因與嵇、阮是不一樣的。很顯然地,阮籍與嵇康等魏晉文人是以著曠達超逸的「生命境界」來面對當時那個天崩地裂的亂世所帶來的對於自我與家國的憂心與痛苦。甚至可以說,他們根本上已由心平氣和的曠達超逸變而爲一種心懷不平的放蕩不羈。在許多的內在衝突與糾葛之中,他們以第二種力:曠達超逸乃至於放蕩不羈的「生命境界」,以與第一種力:感時憂國的「生命型態」所必然要環繞的權力核心相對抗。於是,這兩種力成爲兩個價值取向完全不同的力,甚至成爲兩個相抗衡的力量。〔註16〕

簡單說來,同樣強調內在心靈外顯爲行爲,嵇康、阮籍與王士禎的出發點有著根本的不同。嵇、阮的「性情」所以必須表現在外在的行爲上顯然是出自一種反抗的內在心理,他們並不是爲了以行爲證明自我之「性情」的存在,亦即以行爲表現自己的曠達風範而已,而是要以外在的「行爲」讓政治權力中心看到:他們在反抗「名教」。〔註17〕至於王士禎等人所以要把內在的心靈外顯爲行爲,主要則是爲了

〔註16〕 吳調公提到:魏晉風度在神韻論中以新的姿態表現,是漁洋的整個審美觀的中心,而文人畫對他的影響則是次要因素。參見吳調公:《神韻論》(北京:人民文學出版社,1991),頁213。但是歷史不會完全重複。魏晉風度在王漁洋身上的「神韻」,有很多地方已經是非復舊觀了。魏晉風度分明是爲了反世俗而尊個性,這裡面有著他們對人生的執著與追求。至於王漁洋,他沒有嵇康風骨高峻,也不像陶淵明既超脫而又不脫離現實。(同上,頁216)。

〔註17〕 牟宗三雖然強調阮籍比較顯情而嵇康比較顯智,一屬文人型,一屬哲人型,但他們其實都有一種憤激,都有一種與禮法相衝突的文人性格。只因不能直接反司馬氏,只得與人虛與委蛇。參見牟宗三:《才性與玄理》(台北:學生書局,1993),頁288。又陳鐘凡將魏晉文人分類,也是以阮籍爲「憂憤派」,嵇康爲「厭世派」。並強調他們起而菲薄禮法,輕視名節,一時聞風興起。參考陳鐘凡:《魏晉六朝文學》(台北:台灣商務印書館,1966),頁70。

表現他個人具有獨特的「性情」，只是爲了證明「性情」本身的存在而已。若是就個人的獨特性與時代風尙之間的關係而論，王士禎等「神韻」詩人所追求的「性情」可以說是一種集體的共識。也就是說，清代的「神韻」詩派與魏晉之嵇、阮在「性情」上的不同認知是起於個人與權力核心之間的「認同」問題上。

　　基本上，魏晉的嵇、阮並不是文壇領袖，而且對政治權力中心抱持著極爲強烈的抗議精神；但是王士禎個人與當時的文人集團以及時代風尙之間是相融的，〔註18〕而且對於政治權力中心並無明顯的抗衡意識。在這種背景下，王士禎等「神韻」詩人其生命中的兩個力（即「生命型態」與「生命境界」）就呈現相輔相成的特徵。更確切地說，就王士禎本人的閱歷而論，他是當時的學界泰斗，一生仕途算是平順，而其他大部分的「神韻」詩人關心國政的方式也都是參與朝政而非在野式的心懷魏闕。雖然這些詩人也有被貶官的時候，然而卻不是主動地對權力核心抱持抗議態度。基本上，王士禎認爲詩人應該一方面關心時政而另一方面又維持自身的「性情」，不論他與權力核心是遠是近，不論身處逆境或順境，都要隨時隨在保持「生命境界」的向上飛升。也就是說，就「生命型態」與「生命境界」這兩種力之間的關係而論，王士禎等人把曠達超逸的「生命境界」（性情）當作處於感時憂國的「生命型態」中所隨時隨地要保持心境。曠達超逸的「生命境界」已不是用來與政治權力核心相抗衡的精神，而只是用來彰顯文人自我的風範與品味。〔註19〕因此可以說，對於王士禎一派的「神

〔註18〕薛順雄〈王漁洋新傳〉提到：「先生以詩鳴海内五十餘年，文人學士識與不識，接尊奉爲詞壇圭臬，中其生無異辭」。收入《中國古典文學論叢》（台北：學生書局），頁217。

〔註19〕黃保眞等人也提到：追求清遠之境的詩論早已有之，但卻從來沒有像王士禎的時候那樣，受到朝廷的贊許，獲得詩壇的正宗的地位。正因爲如此，最超脫的理論不得不服從于最露骨的政治功利，最清高的詩境不得不落入阿諛異族統治者的最卑下的處境。詳閱黃保眞、蔡仲翔、成復旺著：《中國文學理論史》（四）（北京：北京出版社，1987），頁441。

韻」詩人而言，曠達超逸的「生命境界」與感時憂國的「生命型態」
成為互相並行甚而互相彰顯的兩種力。

　　當然，所謂的「曠達超逸」的生命境界本來就具有與世界的核心
（包括權勢、富貴等等）相抗衡的意涵，在王士禛等人所倡的「性情」
中自然也標榜這些觀點。例如：王士禛基本上認為「志意」與「道德」
具有與「富貴」、「王公」相對的意義：

> 　　宋長安隱士高繹，有古人絕行。慶曆中召至京師，欲
> 命以官，因辭還山，特賜「安素處士」。家甚貧，妻子凍餒，
> 終不以因故受人餽遺，閉門讀書而已。右見龐文英〈文昌
> 雜錄〉。末引處士譏種放詩，且云，志意修則驕富貴，道德
> 重則輕王公。唯安素無慚矣。予撰〈古懽錄〉，偶遺之，遂
> 錄于此。（《帶經堂詩話》，卷19，頁547，16）

由「志意修則驕富貴，道德重則輕王公」這句話，我們可以看出王士
禛其實也認為「志意」、「道德」與「富貴」、「王公」在一般的狀況中
大體上是相對的。基於此因，如果一個人生於「富貴」而能夠具有某
種「瀟灑」的風範就被認為很奇特：

> 　　宗室紅蘭主人，工詩畫，有《玉池生集》。又刻郊島二
> 家詩曰《寒瘦集》，生於富貴而胸懷瀟灑乃爾，亦奇………。
> （《漁洋玉樵筆記合刊》，頁203）

正是因為「曠達超逸」的生命境界具有這一層與世俗相對的意涵，因
此王士禛在觀念上也是認為「富貴」與「胸懷瀟灑」是相互排斥的，
並且推崇那種不為五斗米折腰的古代隱士行誼。換言之，對於王士禛
而言，身為詩歌的創作者（藝術家）最為重要的就是與權力體制保持
距離，而要與權力體制保持距離就要在行為舉止上表現一種不隨流
俗，甚至不理會在位者的姿態：

> 　　《莊子》：「宋元君將畫圖，眾史將至。受揖而立，砥
> 筆和墨。有一史後至，儃儃然不趨，受揖不立。之舍，使
> 視之，則解衣盤礡贏。君曰：「可矣此真畫者也。」」詩文
> 須悟此旨。（《漁洋詩話》，頁180，80）

為什麼莊子認為這個「僵僵然不趨，受揖不立」的畫家才是真正的「藝術家」（「真畫者」）呢？因為當所有的人都屈服於當政者，都向權力核心靠攏的時候，只有這個畫家依著他自身的步伐向前移動。在大庭廣眾之下尚且如此，個人的生活就更不用說了，隨意不拘（「解衣盤礡贏」）自是這個藝術家其日常生活的情態。由這一段話可以看出，一個真正的藝術家至少應該具有一種不與流俗常規妥協的精神，具有一種類似於嵇康「龍性誰能馴」的特質。世界不能用常軌來約束他，他也不受任何人事的約制，他的生活隨興不拘，甚至有一些放蕩不羈。

　　由以上幾則論述可以窺見，王士禎等人基本上沿襲了曠達超逸之「生命境界」（性情）其本身所自有的一種與權力核心相抗衡的意義。然而，我們若是較為全面地審視王士禎的言論乃至於行為，會發現「性情」的傳統意涵到了王士禎等人的身上基本上是改變了。他雖然在觀念上面知道所謂超逸的「性情」是一種與權力核心保持距離的風骨，但是卻在實際的作為上表現出另一面向。我們可以由以下的一些例證中可以看出，「性情」之中與權力核心「相抗」的意味到了王士禎身上是減弱了，只剩下那個「超俗」意義的部分在「神韻」詩人的身上放出光彩。也就是說，這些「神韻」詩人對於「曠達超逸」之傳統的承襲，並不是用來與權力核心相抗衡，而只是接收它「超俗」的價值，也就是只吸收它不同流俗的風雅氣質而已。究竟而論，王士禎一派的詩論家及詩人，他們雖然推崇那種「僵僵然不趨，受揖不立」的精神風骨，然而，事實上王士禎本人與統治階級之間的關係其實非常和諧。〔註20〕至於他所謂的曠放不羈，最多也只是隨興、隨遇而安、隨

〔註20〕至少王士禎本人與統治階級之間的關係很和諧。例如在詩歌創作方面，他的集子中甚至有許多御用詩。舉出兩則供讀者參考：（1）御製〈登城〉詩云：「城高千仞衛山川，虎踞龍盤王氣全。車馬往來雲霧裏，民生休戚在當前。」真帝王詩也。參閱王士禎：《帶經堂詩話》，卷首，頁2，三。（2）上親征額魯特，御製前、〈後出塞〉詩，氣象高渾，非貞觀、開元所及，略就記憶者載于此，〈彈琴峽〉云。參閱王士禎：《帶經堂詩話》，卷首，頁6，十四。

緣自娛的一種生活情態，與「解衣盤礴羸」的放蕩不羈相去甚遠，亦即他們很少真的做出什麼驚世駭俗的事情，至多只是表現爲隨興與恬適的態度而已。

對於王士禎一派的「神韻」詩人而言，他們的仕宦路途與其所推崇的隱逸曠達的精神之間基本上是不相妨礙的，他們在恣意遊賞山水的時候總是強調山水之遊對於公務不會有所妨礙。例如在以下這則論述中，詩人就強調他雖然有官務在身，但是卻往往趁公務之閒遊山涉水：

> 高念東先生作少宰日，忽賦一詩，題曰〈願作杭嚴道〉，或訝而問之，答曰：吾平生慕西湖、嚴灘山水之勝聊以寄興耳，官資高卑不暇計也。其漫興如此。（《帶經堂詩話》，頁739，二十）

詩人在此特別強調自己對於山水的戀慕之情，以表示雖然供職於官場但是根本上並不在意「官資高卑」。大體而言，「神韻」詩人往往都強調自己雖然身處官位但是卻常常利用公事餘暇遊賞山水，而且所到之處必有詩歌創作：

> 余少時在廣陵，每公事暇，輒召賓客汎舟紅橋，與袁荊州諸詞人賦詩，有「綠楊城郭是揚州」之句，江、淮間取作圖畫，又與林茂之，張祖望，杜于皇，孫豹人，程穆倩修……（《漁洋詩話》，頁166，六）

由此可以看出，公事之餘的山水之遊以及山水之遊中的詩歌創作都是「神韻」詩人生活中不可或缺的活動。

在以下這則論述中也可以看到類似的現象，王士禎特別強調他在揚州作官的時候，於公事繁忙之餘仍然不忘遊山玩水（「不廢登臨」）以擴展「性情」：

> 順治庚子冬在揚州，病起，以公事渡江往毗陵，與京口別駕程昆崙同遊金、焦北固，及鶴林、招隱、竹林寺、海嶽菴諸名勝，有《過江集》，張吏部公選序之云：「筆墨之外，自具性情；登覽之餘，別深懷抱。」知己之言也。

辛丑春，以例往松江謁直指，次潯墅，聞鄧尉梅花盛開，
遂輕舟入太湖口，自光福、元墓，留聖恩寺四宜堂，賦詩
數十篇而返，因自號漁洋山人，有《入吳集》。予自少癖好
山水，嘗憶古人身到處，莫放過之言，故在揚州日，于江
陵、京口、梁州、姑蘇諸名勝，皆于簿書期會中不廢登臨。
而公事亦無濡滯者。吳梅村師謂予在廣陵日了公事，夜接
詞人，以擬劉穆之。予豈敢望古人，若山水之癖，則庶幾
近之耳。予中齋禱無事，因憶舊遊，略述之以示兒輩。(《帶
經堂詩話》，頁 177，六)

王士禛強調「公事」與「登臨」兩者完全不相妨礙，他不會因為遊賞
山水而使「公事濡滯」。由這一點也可以看出王士禛一派的「神韻」
詩人與魏晉名士的不同。基本上魏晉名士在公事中遊賞山水大多與他
們的政治失意或政治絕望密不可分，甚至以此作為一種渺視統治階級
的表現。〔註21〕至於王士禛一派的「神韻」詩人總是強調公事繁身與
山水之遊兩者不相妨礙，他們一方面承襲「曠達超逸」之傳統與權力
核心相抗衡的意義，同時又調合了曠達與從政兩者之間的衝突。此皆
使得所謂的曠達「性情」的展現大體上只留下了「超俗」的一面，而
不再具有對於政治核心強烈抗議的精神意義。

　　仕宦與曠逸之「性情」不相違背甚至相輔相成的特點，也表現在
「神韻」詩人的作品與詩論家的評論中。例如由以下這則論述我們可
以看出，「幽閒澹肆，極其性情之所之」與「磅礡其中，鬱紆在外，
皆忠愛悱惻之所激發」這兩種截然不同的詩歌精神都同樣為「神韻」
詩論家所欣賞，而且兩者可以同時並存於同一個詩人的作品集中：

先兄考公平生詩，不減二千餘篇，已刻者曰《表餘堂
集》，曰《十笏草堂集》，曰《辛甲集》，曰《上浮集》，海
內耆宿論之詳矣。杜于皇以為掃絕依傍，期於親於古人。

〔註21〕吳若梅指出：「謝靈運是懷抱著對政治絕望的心情踏上永嘉之途
的」。參閱吳若梅：〈謝靈運的政治生涯與其山水詩的關係〉(清大中
文所碩士論文：1993 年，7 月)，頁 18。

孫豹人以爲取法少陵，稍出入於康樂、東坡之間。汪苕文
以爲幽閑澹肆，極其性情之所之，而夷然一歸於正。尤展
成以爲如深山道人，草衣木食而神色敷腴，非食肉之相。
林鐵崖以爲登臨矖望，多豪儁非常之詞。時逃於見葉，時
逃於綺語。毛馳黃以爲磅礴其中，鬱紆在外，皆忠愛悱惻
之所激發。蓋諸公之論云然。而先生嘗題襄陽詩曰：「魚鳥
雲沙見楚天，清詩句句果堪傳。一從時世矜高唱，誰識襄
陽孟浩然。」其微旨所寄如此。予往撰《感舊集》，既援《篋
中》、《中州》二集附錄季川（人名）、敏之兩元之例，以先
生詩終卷。今二十五年矣，通刻東痴、蕭亭二家詩於京師，
乃復擇先生詩什之二三，次爲四卷，并刻以傳。仍取諸公
品藻之語，略爲序述，以俟論定。或曰：子獨無言可乎？
曰：「不敢也，無已，則舉坡公所云：『出新意于法度之中，
寄妙理于豪放之外』，以評是詩，其亦無溢美爾矣。」（《帶
經堂詩話》卷七，頁167）

這一段話中的評價大體上具有兩面性：一面是傾向於「曠達超逸」的
評價；另一面是傾向於「感時憂國」的評價。諸如「幽閑澹肆，極其
性情之所之」、「出新意于法度之中，寄妙理于豪放之外」以及「如深
山道人，草衣木食而神色敷腴，非食肉之相」等評語主要是傾向於前
者；而「登臨矖望，多豪儁非常之詞」、「磅礴其中，鬱紆在外，皆忠
愛悱惻之所激發」、「微旨所寄如此」以及「出新意于法度之中，寄妙
理于豪放之外」等評價則傾向於後者。由此可以看出王士禎認爲，「曠
達超逸」與「感時憂國」不但不相違背，而且能夠將它們相輔相成才
是最高典範。

關於曠達超逸的「生命境界」與感時憂國的「生命情態」是「神
韻」詩人生命中兩個相輔相成的力，還可以由王士禎既推崇隱士又愛
惜烈士的態度中看出。可以說，王士禎所欣賞的人格精神是「隱」與
「忠」並存的綜合型典範：

法李北海，弱冠殉崇禎任五之難。有〈新月〉詩云：「乍

見一簾水，回頭月抱肩，黃如浮醉酒，瘦比壓琴弦。」(《帶
經堂詩話》卷七，頁171)

王士禎除了在他的詩話與筆記之中大量地徵引一些僧人、道士、隱士
的行事與創作，同時對於一些貞士烈士也多有推崇。而他所最爲推崇
的人格典型，其實是同時具有曠達超逸之風範而又具有貞烈行性的綜
合類型。

　　人生的價值應該放在哪裡？關心國政最重要？還是藝術家的風
範最高？雖然基本上所謂的曠達超逸的「性情」與仕宦權位之路被印
上的傳統意義剛好相反：前者展現的是藝術家風懷澄澈的「超俗」之
氣；而後者除了是感時憂國的表現之外，必竟離不開與名利糾葛的「俗
氣」。然而王士禎一派的「神韻」詩人卻取出了上述兩種面向的優點，
把傳統所賦予它們的負面價值除去，並將這兩種價值調和在一起。前
文在定義「性情」的時候，我們就特別地提到了它有一個必要的價值
意義就是：「超俗」。因此也可以這樣解釋，「性情」的展現如果具有
與權力中心相抗衡的深刻意義，其實是爲了增加詩人的「超凡」指數。
王士禎等人只取出「性情」之中所具備的「超俗」意涵，卻不拿它與
權力核心相抗。換言之，王士禎等人要使他們所展現的「性情」具有
與俗世價值相抗的「超俗」意義，但是並不眞正拿這種「性情」與世
俗的權力核心相抗。

小　結

　　歸結而論，可以看出每一位「神韻」詩人的生命大體上都受到
兩個面向的「力」的主宰：他們在傳統士大夫「感時憂國」的生命
型態上力求發展他們「曠達超逸」的生命境界。雖然這兩種力表面
上是往反方向運行，前者是執著的力而後者是向上飛升的力，但是
與魏晉之嵇康、阮籍以曠達超逸的生命境界對抗政治權力核心的情
況相較，上述兩種力在王士禎等「神韻」詩人的生命裡其實不僅不
相矛盾，而且它們還是相得益彰的。循此，可以說「性情」在主體

上的展現最為特出的地方，乃在於它本身雖然是一種心靈的原則，亦即要主體以著「放鬆」原則將他的心靈狀態「維持」在某一種恆定的狀態，然而這一套思維模式很顯然的一定要「外化」為行為，要以「打通流轉」的思維模式在藝術與生活各種範疇間徹底實行。換言之，「性情」在「神韻」詩人主體上的展現與其說是一種內在的心靈感受與狀況，不如說是一種外在「行為」上的表現。就這一點與「境界」詩人相較，我們可以說「神韻」這個概念在主體上傾向於外在行為的表現，而「境界」這個概念在主體身上較為重視內在的真實「感受」。

　　人的心靈與行為之間的關係是相當複雜的，內在的心靈與行為模式之間不一定要具有緊密的連繫。但是由於王士禎等人卻把「性情」這樣一種內在心靈的追求「外化」為一種外在的行為模式，乃至於一個文學集團及時代的風尚，於是詩人的內在心靈與外在行為之間就漸漸具有一種近乎固定的牽繫。或者說，它本身由一種動態的心靈活動變成為一種外在而「體制化」的集體行為，甚至進而倒回去影響牽制人的內在心靈感受，使之變為固定化與僵硬化。如此就使得內在心靈狀態與外在行為之間的關係，傾向於「語言」與「意義」之間的關係那樣變成為一種約定俗成的關係。內在心靈的活動本來是一種活潑而充滿無限可能的機制，但是我們在這裡卻看到一個文學集團如何在自覺或不自覺之中以著外在的行為規範制約著一群作家的內在心靈活動，並造成了其心靈與行為之間的一種約定俗成的固定關係。文化到了這樣一個地步可能是衰竭的開始，不管他們所追求的內在精神原本是多麼地活躍動人。藝術家自然靈動的風懷以及詩人所以作為一個詩人的那種內在的創造力活泉，可能因此都進入了一個寂寥狀態，詩人內在的那個真正的詩人就這樣睡著了，只剩下一個隨著世界的步伐盲目前行的詩人，「神韻」就在這樣的情況下不得不走向了空洞虛無。

第二節 外部「生命歷程」與內在「深情」的交感

關於詩人之主體，「神韻說」主要是重詩人內在的「心靈」狀態必須要表現爲外在的「行爲」，甚至他們的外在「行爲」最後幾乎取代了內在的「心靈」狀況的眞正「感受」。此外，「性情」（「曠達超逸」的生命境界）在「神韻」詩人的生命中可以說是一種與「感時憂國」的生命境界相輔相成的力。至於「境界」在詩人身上的展現，則重在主體的生命歷程與其心靈內在「感受」的交織，並不重視外在「行爲」的表現。

本文分爲外部生命與內部心靈兩個面向來說明王國維所強調的詩人主體狀態。這裡所謂的「外部」是屬於某種「生命歷程」的狀態，可以視爲詩人所處的生命環境；而「內部」則是指詩人本身其個性與人格的特質。本文所要強調的是，王國維不僅對於詩人外部的「生命歷程」預設它爲一種追尋「理想」的序列，而且對於詩人內部的個性與心靈狀況也有一個規制。正是由於「外部」與「內在」兩方面的交織才能夠逼向「境界」作品的核心：眞切而深情的「感受」。因爲當詩人處於追尋「理想」的生命歷程中，不論面對怎樣的外部處境，其內心如果都能夠堅持著深情不悔的「情感」狀況，他的作品就能夠呈現「有境界」的狀態。

壹、外部生命狀況的規制：追尋「理想」的生命歷程

推本就源，「境界」的核心（「感受」、廣義的「情」）在主體上的展現與在作品中一樣，都是以「眞誠」爲主要特性。

我們由王國維所提出的「文學」（這裡指文體）升降的重要關鍵的論點中，可以看到「眞誠」在作家身上的重要性：

> 詩至唐中葉以後，殆爲羔雁之具矣。五代北宋之詩，佳者絕少，而詞則爲其極盛時代。即詩詞兼善如永叔、少游者，亦詞勝於詩遠甚。以其寫之于詩者，不若寫之于詞者眞也。至南宋以后，詞亦爲羔雁之具，而詞亦替矣。此

亦文學升降之一關鍵也。(《人間詞話》,頁 19,17(刪 14))

王國維認為詩所以為詞所取代,是因為詩到了「唐中葉以後」就成為「羔雁之具」(應酬作品),以至於失去了「真誠」。由此可以說,「真誠」與否是不同「文體」更替的主要關鍵。為什麼說當某一文體的創作是在應酬的情境中就容易失去「真誠」度?因為在應酬的場合裡詩人多半不是出於自身深切的「感受」而創作。此外,一種文體通行久了也容易「失真」,因為這時候詩人多半因襲「陳套」,其創作不再是本源於自身的真誠「感受」:

> 四言敝而有楚辭,楚辭敝而有五言,五言敝而有七言,
> 古詩敝而有律絕,律絕敝而有詞。蓋文體通行既久,染指
> 遂多,自成陳套。豪杰之士,亦難于中自出新意,故往往
> 遁而作他體,以發表其思想感情,一切文體所以始盛終衰
> 者皆由于此。故謂文學今不如古,余不敢信,但就一體論,
> 則此說固無以易也。(《人間詞話》,頁 103,125(24))

由這一段話也可以看出,王國維認為當詩人傾向於以「固定化」的反應來創作,亦即被文學上的積習所「染指」,就會妨礙其「思想感情」的表達。當詩人創作的時候已經不能「自出新意」,此時就必須轉向別的文體以「發表其思想感情」,以保持作家身上的「真誠」度。

既然「真誠」是創造有「境界」之作品的前提,那麼在作家身上如何才能保有「真誠」呢?親身而真實的「遭遇」,也就是真實的「經歷」可以說是保有創作真誠度的前提。我們由王國維很強調「感自己之感,言自己之言」的重要性就可以看出這一點:[註22]

> 宋以後之能感自己之感,言自己之言者,其唯東坡乎!

[註22] 柯慶明在〈論王國維人間詞話中的境界,有我之境、無我之境及其他〉就提到「經驗」在「境界」中的重要性:「我們可以簡單的詮釋境界為:存在於人們的認識之中,為某種洞察感悟所統一了的完整自足的生活世界;這種洞察感悟則是因為有了某階段某方面生活的體驗而發生的。而作品的能否雋永感人,是否具有價值,則在於曾否完整地表現了這樣一個生活世界出來」。收入柯慶明:《境界的再生》(台北:幼獅文化事業公司,1977),頁 62。

> 山谷可謂能言其言矣，未可謂能感所感也。遺山以下亦然。
> 若國朝之新城，豈徒言一人之言已哉！所謂「鶯偷百鳥聲」
> 者也。（〈文學小言〉，《王靜庵文集》頁 55，（十二））

由這一段論述可以看出，只有「能感自己之感，言自己之言者」的詩人才具有創造傑出作品的能力。王國維指出，宋代之後能「感自己之感，言自己之言者」的詩人只有蘇軾一人而已。至於黃山谷至多只能達到「能言其言矣」卻不能「能感所感」，也就是只能夠在作品的語言層面上自創新意，但是在作品的內在生命上所表現的感慨卻是別人的「感受」。換言之，王國維認為當一個詩人自己沒有親身的感受與經驗，作品的內涵就只是別人的的生命與感受，就算他的作品表層的語言看起來栩栩如生，但是終究缺乏真摯感人的內涵。正因為真實的閱歷是情感真誠的前提，因此「感他人之所感，而言他人之所言」就不可能成就好作品：

> 屈子之後，文學上之雄者，淵明其尤也。韋柳之視淵
> 明，其如賈、劉之視屈子乎。彼感他人之所感，而言他人
> 之所言，宜其不如李、杜也。（〈文學小言〉，《王靜庵文集》頁
> 54，十一）

王國維認為，自屈原之後的許多作者都因為缺乏自身親身的經歷，因而都只能「感他人之所感，而言他人之所言」，所以都不如屈原的文學成就。只有陶淵明、李白、杜甫等詩人可以算是文學表現上的菁英，其主因就在於他們的作品是由自身之真實閱歷而感發的深切「感受」。

如果說親身「經歷」是作家保有「真誠度」的前提，那麼是什麼樣的經歷可以造就有「境界」的作品呢？綜合來說，「苦難」可以說是「境界」作家其親身經歷的主要內容。王國維對於詩人經歷的規制是「苦難」的遭遇：

> 蕙風詞小令似叔原，長調亦在清真、梅溪間，而沉痛
> 過之。疆村雖富麗精工，猶遜其真摯也。天以百凶成就一
> 詞人，果何為哉！（《人間詞話》，頁 121，27）

由這一段話可以看出，王國維認爲「沉痛」的作品是一種「眞摯」的表現，至於「富麗精工」的作品未必能夠讓讀者感到「情」的「眞摯」。而一個作家所表露的「情」所以能夠「眞摯」，乃至於萬分「沉痛」，往往都是由各種「苦難」的折磨所成就的。「天以百凶成就一詞人」與「古之傷心人」都揭示了一個偉大的詩人是由許多「苦難」苦難的經驗所造就的：

> 馮夢華《宋六十一家詞選・序》謂：「淮海、小山，古之傷心人也。其淡語皆有味，淺語皆有致。」余謂此唯淮海足以當之。小山矜貴有餘，但稍勝方回耳。古人以秦七黃九或小晏、秦郎并稱，不圖老子乃與韓非同傳。(《人間詞話》頁 39，40（38））

王國維認爲一個身經「百凶」的「古之傷心人」，不論他以「淡語」還是「淺語」來表現感情都能夠具有由骨子裡所流溢出來的眞「味」。也就是說，創作有「境界」的作品的基本前提是詩人必須親身經歷許多「苦難」。此外，由這一段論述也可以順帶看出，雖然「古之傷心人」是創造好作品的重要條件，但是單靠「古之傷心人」仍嫌未足，作家還必須擺脫對於自己身份地位的矜持。從淮海與小山之詞作的差別就可以看到，小山雖然也是「古之傷心人」，但是他「矜貴有餘」，所以其詞作不如淮海。何謂「矜貴有餘」？應該是指小山放不下他的貴族身分，就使得他被綑綁而不能無所顧忌地展現他的情感，不能眞正地碰觸到自己內在的眞實感受。由此可見一個作家可能因爲對於身分地位的「矜持」，因爲自以爲高的心態而不能展現其眞誠自然的一面。當然，雖然「感受」的眞誠度是起於作家「個人」的親身經歷，然而詩人的「感受」不能只拘限於他「個人」而已，還必須具有「普遍性」（眞理）。也就是詩人一方面不能只寫前人之所感，必須要表現他個人所眞正遭遇與感受的情，但是同時又要使這種情不拘限於個人。

　　苦難的經歷既然是造就有「境界」之作品的前提，那麼爲什麼「境界」詩人的生命盡是坎坷與艱辛？爲什麼他們的生命總是爲「苦難」

所圍繞呢？又爲什麼他們不像「神韻」詩人那樣選擇一種飛揚自得的生命情態呢？當「境界」的基本核心是「眞誠的感受」，而「眞誠的感受」又以「苦難」的經驗爲前提，那麼「苦難」的經驗在作家的身上是如何發生與展現呢？歸結而論，這個由「苦難」的歷練中所發展出來的眞實感受，它主要是從作家的某種特殊的「生命歷程」中展現出來的。如果要具體地說明「境界」詩人的生命狀況，它可以說是一種追尋「理想」的生命歷程。或許正因爲詩人處於這種有所追尋的「生命歷程」中，有所追尋必然伴隨著許多的失落，失落又必然帶來痛苦，但是又因爲一份對於理想的痴心堅持，百般挫折也不肯放棄，因而墮入永無止盡的苦難的輪迴之中，也因此特別能夠激發與考驗王國維所強調的深情的「感受」。

　　《存在的原始憂慮》這本書把（詩）人的「存在」視爲一種「原始」的「憂慮」，〔註 23〕我們可以說在王國維所規制的作家「生命歷程」中，基本上詩人的「存在」是一種「原始」的「痛苦」，是一種比「憂慮」更甚的「痛苦」。爲什麼詩人的存在是「痛苦」的呢？本文認爲，王國維所「設定」的詩人生命情態可以說是導致詩人的「存在」所以成爲一種「痛苦的存在」的基點。職是，以下具體說明造成詩人「苦難」的源頭：「境界」詩人「生命歷程」的狀況。

一、詩人所處外部生命之流的狀態：「本質」與「選擇」的苦難

　　「境界」詩人的「存在」爲什麼是一種近乎「原始」而「必然」的痛苦呢？大略言之，它主要除了與詩人的「生命歷程」有關之外，還與王國維所認定的生命「本質」有所關聯。因此在說明詩人的生命歷程之前，首先要說明王國維對於詩人之生命「本質」的認定爲

〔註 23〕《存在的原始憂慮》一書提到：「憂慮女神把人推入這個世界的時候，已經給了他那種可以說明其人性的可疑的神恩，或者說痛苦的負擔，即他的永無休止和永不減緩的憂慮」。見戴維斯·麥克羅伊著，沈志遠審譯：《存在的原始憂慮》（台北：結構出版群，1989），頁 3。

何？〔註24〕

　　王國維一生遊走於各個領域，尋尋覓覓，期盼能夠找到一個足以慰藉生命，解脫苦難的方式。對於他而言，「文學」可以說是一塊慰藉生命的浮板。事實上，王國維所標舉的文學功能乃至於各種文學觀點，都與他個人對於生命的看法有著密不可分的關係：

　　　　余疲於哲學有日矣，哲學上之說，大都可愛者不可信，可信者不可愛，余知真理，而余又愛其謬誤，偉大之形而上之學，高嚴之倫理學與純粹之美學，此吾所酷嗜也，然求其可信者，則泥寧在知識論上之實証論，倫理學上之快樂論，與美學上之經驗論。知其可信而不能愛，覺其可愛而不能信，此近二三年中之最大之煩悶，而近日之嗜好所以計漸由哲學而移於文學，而欲於其中求直接之慰藉者也。要之，余之性質欲為哲學家，則感情苦多，而知力苦寡；欲為詩人，則又苦感情寡而理性多。詩歌乎，哲學乎，他日以何者終吾身，所不敢知，抑在二者之間乎。(《王靜庵文集》〈自序〉，頁48)

王國維的一生，似乎就是這樣遊走於各個領域，在哲學、文學等不同的領域求「慰藉」。他說自己的嗜好「漸由哲學而移於文學」，可以說是為了在文學中求「直接之慰藉」。為什麼哲學不能滿足他呢？因為他認為哲學上之說「大都可愛者不可信，可信者不可愛」，因此他才轉而在「文學」中求直接之安慰。〔註25〕

　　生命是怎樣的一個狀態？生命的「本質」又是什麼？〔註26〕為

〔註24〕基本上王國維本人的生命體驗一直影響著他的文學觀點。葉嘉瑩就以「追求理想的執著精神」論王國維本人（亦即從性格與時代論王國維治學途徑之改變）。參見葉嘉瑩：《王國維及其文學批評》（台北：源流文化事業，1982）。

〔註25〕雖然最後王國維的自沉似乎說明了文學終究不能給予他慰藉，但是文學畢竟曾被他認為是一塊生命的浮板。

〔註26〕黃保真等人已提出王國維是從「世界的本質、人生的本質看文藝的本質」，並且他們認為王國維在「本質論」的部分，幾乎是完全照搬叔本華的理論。詳見黃保真、成復旺、蔡仲翔：《中國文學理論史》

什麼王國維需要這樣不安地「上下求索」，遊走於各個領域尋求心靈的「慰藉」呢？〔註27〕「憂患與勞苦」基本上是王國維所認定的生命「本質」：

> 老子曰：「人之大患，在我有身。」莊子曰：「大塊載我以形，勞我以生。」憂患與勞苦之與生相對待也，久矣。

（〈紅樓夢評論〉第一章，《王靜庵文集》頁 83）

由這段話我們可以看出，王國維認爲生命是「憂患與勞苦」的交替。對於「境界」詩人而言，「憂患與勞苦」不僅是生命的特質，它更是一種「本質」或「命運」，或者也可以說是一種「選擇」的「本質」。我們所以認爲它是一種「選擇」的「本質」，是因爲它一方面受到不可測的「命運」的排遣，但同時又是詩人的一種自覺的「選擇」。

「本質」：不可避免的部分

爲什麼「苦難」是生命的「本質」？爲什麼生命中盡是充滿了悲哀與痛苦？原因之一乃在於生命中有許多的無常、無奈與許多的不可測，我們由王國維的《紅樓夢評論》就可以了解這樣的一種思想。〔註

（北京：北京出版社，1987），頁 260。

〔註27〕王國維這種遊走於各個領域尋求慰藉的心路歷程，學者多有研究，大致上都認爲這與他個人的生平、遭遇、甚至時代都有關聯。但由於不是本文的重心，所以在此只就王國維的「思想」層面提出與詩人的「生命歷程」相關的論點進行探究。

〔註28〕前人多半由「欲」的觀點出發來探究這一點，如楊煦生的〈略論王國維關於「欲」的觀念及其審美觀〉一文就提到：「王國維把人的一切動物性的自然要求（生存、飲食、男女）和精神性的社會要求（立德、立功、立言）等等，即人類存在的一切求諸於外的受動性因素都視爲一種本能的衝動和希求──欲」。也就是認爲王國維是從「欲」的觀點看生命的痛苦。並舉出〈叔本華之哲學及其教育學說〉和〈紅樓夢評論〉等文中，王國維多次闡述生活即意志即痛苦，而人的知力又是意志之奴隸，科學之系統與政治之系統也無不是生活之欲。收入《美學與藝術評論》（上海：復旦大學，1985），頁 218。又如葉嘉瑩也說：「靜安先生卻恰好借著叔本華的悲觀哲學及《紅樓夢》的悲劇故事，把他自己對人生的悲苦絕望之情發揮得淋漓盡致」。參見葉嘉瑩：《王國維及其文學批評》（台北：源流文化事業，1982），頁

28〕可以說命運之神的捉弄，生命的無常都是造成詩人的「存在」是一種原始而本質上的「痛苦」的一個因素，也是造成「苦難」所以是生命本質的一個必然的因子。

再者，與不可測的命運密不可分的是「時代」與「環境」，它們顯然是造成苦難之「本質」的重要來源。至於時代與環境所以對於「境界」詩人的苦難生命造成本質性的影響，顯然地又與詩人所「選擇」的生命歷程與生命型態密不可分。由此可以說，造成詩人「苦難」生命的本質因素與詩人個人的選擇因素其實是糾葛在一起的。

「選擇」的苦難：「理想」的追尋歷程

此外，對於王國維而言，造成「存在」的「原始」痛苦除了生命的無常之外，最主要的其實與他所提出的一個特殊的觀點密不可分：亦即詩人的特殊「生命型態」。他所規制的詩人「生命歷程」正是造成詩人的「存在」是一種痛苦的存在的主因。

關於詩人的「生命歷程」，大體上王國維是將它規制為追尋「理想」的「生命歷程」。對於王國維而言，「境界」詩人基本上都是努力要成就大事業與大學問的人，而此追尋與企圖成就大事業大學問的「生命歷程」正是成就「大文學」的基礎。不過，大事業與大學問在這裡並不被認為是一種與政治相似的「功業」，而是生命中的一種「理想」：

> 古今之成大事業、大學問者，罔不經三種之境界：「昨夜西風凋碧樹。獨上高樓，望盡天涯路」，此第一境界也。「衣帶漸寬終不悔，為伊消得人憔悴」（歐陽永叔），此第二境界也。「眾里尋他千百度，回頭驀見，那人正在燈火闌珊處」（辛幼安），此第三境界也。此等語皆非大詩人不能道。」然遽以此意解釋諸詞，恐為晏、歐諸公所不許也。未有不閱第一第二階級，而能遽躋第三階級者。文學亦然。此有文學上之天才者，所以又需莫大之修養也。（《文學小言》，《王靜庵文集》頁53，（五））

282-283。

王國維認為古往今來凡是要成就大事業大學問的人，沒有不經過三種「境界」，並且以三首詞作來表示這三種「境界」。由此可以說，每一首有「境界」的作品，都可以視為詩人在追尋「理想」的過程中在每一個階段與過程的記錄。倒過來說也可以，每一位成功的詩人其實都是抱持著「理想」並企圖成就大事業大學問的人，所以王國維說：「此等語皆非大詩人不能道」。此外，由他把「文學上之天才」與「莫大之修養」連繫在一起，也可以看出作家的「境界」與作品的「境界」是密不可分的。此外，我們由「未有不閱第一第二階級，而能遽躋第三階級者」這句話，還可以看出王國維認為追尋「理想」的生命歷程基本上是循序漸進的，不論是在「理想」的追尋上還是在文學創作的成就上都是如此。換句話說，「境界」作品的創生環境，是基於每一位詩人一生的生命型態基本上都是一個追尋「理想」的生命歷程，而每一個「境界」作品都可以說是詩人追尋「理想」的生命歷程所走過的心靈軌跡。「境界」的表現既是一種追尋的軌跡，也就沒有所謂高低的差別，並不能說後面一個階段的軌跡就一定比前面一個階段的「境界」高。相對而論，「神韻說」就比較強調「生命境界」的高低差異。

　　至於為什麼一個追尋「理想」的生命歷程是「苦難」的開始呢？而時代與環境又為什麼在這樣一種生命軌跡中扮演著命運之神的角色？說到底，詩人的存在所以因著「理想」的追尋而充滿苦痛的主因，是因為詩人必須要拿他的「理想」與周邊的環境與社會不斷地奮戰與周旋：

> 　　詩之為道，既以描寫人生為事，而人生者，非孤立之生活，而在家族國家及社會中之生活也。北方派之理想，置於當日之社會中；南方派之理想，則樹於當日之社會外。易言以明之，北方派之理想，在改作舊社會；南方派之理想，在創造新社會。然改作與創造，皆當日社會之所不許也。(〈屈子文學之精神〉，《王靜庵文集》頁60)

由這段話我們可以看出，王國維認為詩歌主要是要描寫「人生」，而

所謂的「人生」又不是一個「孤立之生活」，任何一個人都離不開自身所處的周邊環境。特別是那些意欲成就大事業與大學問的偉大詩人，他們的生活與「家族國家及社會」更是密不可分。就如屈原所處的戰國時代而言，雖然「北方」與「南方」士大夫處理他們的「理想」的方式不同，但是不論採取哪一種方式似乎都不為當日的社會與環境所允許。如此而論，所謂的「理想」的追尋與完成常常都與人們所處的環境與時代互相矛盾，常常不為當下的環境所認同。緣是之故，「時代」與「環境」就成了摧殘「理想者」的角色，成為詩人追尋「理想」的生命歷程中的絆腳石：

> 南方之人，以長於思辯而短於實行故，知實踐之不可能，而即於其理想中，求其安慰之地，故有遯世無悶，囂然自得，以沒齒者矣。若北方之人，則往往以堅忍之志，強毅之氣，持其改作之理想，以與當日之社會爭。而社會之仇視之也，亦與其仇視南方學者無異，或有甚焉。故彼之視社會也，一時以為寇，一時以為親。如此循環，而遂生「歐穆亞」（humour）之人生觀。〈小雅〉中之傑作，皆此種競爭之產物也。且北方之人，不為離世絕俗之舉，而「日周旋於君臣父子夫婦之間」。此等在在畀以詩歌之題目，與之作詩之動機。此詩歌的文學，所以獨產於北方學派中，而無與於南方學派者也。（〈屈子文學之精神〉，《王靜庵文集》頁61，2）

從這一段話可以看出「理想」的追尋必然與周邊環境的奮戰分不開。《詩經》中的「小雅」就被王國維視為是某些詩人在追尋「理想」的過程中，與當時的社會相互「競爭的產物」。而由一些北方詩人的「詩歌之題目」與「作詩之動機」也都可以看出這些詩人「日周旋於君臣父子夫婦之間」的奮戰。不過，正由於詩人每日都要拿著自己的理想與身邊的人乃至社會周旋到底，因而在這個「周旋」與「循環」的過程中漸漸地就會產生一種「『歐穆亞』（humour）之人生觀」，而這種特殊的人生觀卻是創造「境界」作品的一種必要態度。

　　正因為詩人必須拿他的「理想」與身邊環境周旋到底，所以就導致「境界」作品的產生與時代環境有密切不可分的關係。如果把主題回到存在的原始「痛苦」上，可以說「境界」詩人的原始痛苦如果有所謂的「本質」，而這個本質如果又是「命運」，那麼一個詩人所處的時代與環境可以說是造成生命「苦難」的一個不可避免的環境。顯而易見，如果我們認為詩人的「苦難」必然存在是因為他所「選擇」的生命歷程是一個追尋「理想」的生命歷程，那麼他所處的時代可以說是造成他不可避免的痛苦的來源。正因為如此，時代與環境所帶給「境界」詩人的痛苦，往往與他的作品的成就成正比。越是處於亂世之中，詩人成就「理想」的阻力自然也越大，而阻力越大苦難就越多，在這樣的一個狀況之中，詩人所創造的作品自然也愈發具有生命的力度與深刻的感受。因此王國維說：

　　　　夫和平之音淡薄，而愁思之聲要妙，歡愉之詞難工，
　　而窮苦之言易好也。是故文章之作，恆發於羈旅草野，至
　　若王公貴人氣滿志得，非性能好之，則不暇以為。（《人間詞
　　話》34，注3）

由「和平之音淡薄，而愁思之聲要妙」這一段話可以看出，「情」的深淺與時代環境的因素是密切相關的。時代是和平或是動亂會深切地影響詩人的遭遇是「窮苦」還是「氣滿志得」，而詩人的遭遇又是影響詩歌情意「淡薄」與否的一個主因。

　　因此，就創造的最佳情境而言，「羈旅草野」可以說是創作有「境界」、有深情之作品的最佳環境，因為「氣滿志得」的「王公貴人」通常無暇也無心顧及創作。換句話說，王國維認為文學作品是詩人發抒哀怨愁思之情的工具，「不平則鳴」正是創作動因之所在。與「神韻說」相較，由於唯有那些真正歷經苦難的詩人，唯有那些離人、孽子、征夫才有可能創作「有境界」的作品，因此「境界」作品與時代環境的關係就較「神韻」作品更為緊密。這也就是為什麼王國維認為「感他人之所感」無法表現出「境界」的根本原因：

> 屈子感自己之感，言自己之言者也。宋玉、景差，感
> 屈子之所感，而言其所言，然親見屈子之境遇，與屈子之
> 人格，故其所言，亦殆與言自己之言無異。賈誼、劉向，
> 其遇略與屈子同，而才則遜矣。王叔詩以下，但襲其貌，
> 而無眞情以濟之，此後人之所以不復爲楚人之詞者也。(《文
> 學小言》，《王靜庵文集》頁 54，(十))

為什麼王國維認爲唯有像屈原那種「感自己之感，言自己之言者」才
是眞正的詩人？因爲唯有當詩人自身具有眞實的「境遇」才有可能具
有「眞情」，而「眞情」才是作爲一個詩人的根本條件。當然，並不
是所有具有像屈原那種「境遇」的人都能夠成就高境界的文學作品，
「人格」與「才」也是重要的條件，如果沒有這些條件的綜合搭配，
終究只能承襲前人作品的「貌」，而不能在詩歌內在的生命層面有所
著力刻畫。

總之，王國維認爲文學發源於「苦難」，詩人在心靈極爲愁苦憂
絕的情狀中就自然地能夠創作，循此，以上所規制的「生命型態」
與詩人遭遇就成爲創造「境界」所不可缺少的一種生命歷程。不管
這些詩人願不願意，他要成爲一位能寫出感人作品的詩人，他就要
在這樣一種生命歷程中：在所有的痛苦與絕望降臨其身還要繼續堅
持他的理想。這樣一種心靈與創作之間的因果關係，被王國維認爲
是一種自然反應：

> 古詩云：「誰能思不歌？誰能飢不食？」詩歌者，物之
> 不得其平而鳴者也。故「歡餘之詞難工，愁苦之言易巧。」
>
> (《人間詞話》，頁 35，34 (刪 8))

「誰能思不歌？誰能飢不食？」是說凡是內心有所「思」的人都會
以「歌」來抒發其內在的「愁苦」，就如同饑餓的人需要吃東西的生
理反應那樣自然。此正說明了王國維所認定的詩歌創作動因以及文
學作品的基本特質，基本上都承襲了自司馬遷以來的「不平則鳴」
的創作系統。

貳、內部狀況的規制──「天才」的心靈與感受模式

以上是就詩人的外部狀況（追尋「理想」的生命歷程）來說明詩人的存在所以是一種原始的「痛苦」的外部原因，接著進一步說明「境界」詩人本身所應具備的內部特質。

對於主體本身，王國維承繼叔本華、康德等人的看法，特別強調「天才」的重要性。〔註29〕由於王國維所認定的主體心靈模式，有一大半是來自歸納以前的大文學家（天才）的心靈與行徑，因此，本文擬稱呼這一套心靈感受模式為「天才的感受模式」。〔註30〕我們所關心的是作為一個所謂的「天才」，他的生命為什麼是一種「苦難」的存在？到底王國維所謂的「天才」具有哪一些特質導至了他生命裡必然而致命的「苦難」？

一、「才份」

「天才」必須具有哪一些質素呢？才份自然是作為一個天才所必須具備的：

> 梅溪、夢窗、中仙、玉田、草窗、西麓諸家，詞雖不
> 同，然同失之膚淺。雖時代使然，亦其才分有限也。近人
> 棄周鼎而寶康瓠，實難索解。（《人間詞話》頁25，23（冊35））

王國維最不欣賞南宋詞的原因乃在於許多作品都「失之膚淺」〔註31〕，基本上作品意涵的深淺與否主要與兩種因素密不可分：即「時

〔註29〕王國維的「天才說」大多被認為是直接導源於康德、叔本華的理論。在〈古雅之在美學上之位置〉一文中，王國維開宗明義地說：「美術者，天才之制作也，此自汗德（即康德，引者著）以來百余年間學者之定論也」。而劉剛強也提到：「王國維的天才論，仍是直接導源於康德、叔本華的唯心主義先驗論」。詳見劉剛強：《王國維美學論文選》（長沙：湖南人民出版社，1987），頁209。

〔註30〕不過，王國維也提出了二等天份作家的出路。他在〈古雅之在美學上之位置〉中，特別強調「古雅」（「第二形式」的一種）的價值，基本上可以說是為了「中智以下之人」設想。參見王國維：《王靜庵文集》（台南：匪免出版社），1978，頁74。

〔註31〕關於王國維對於南宋詞的評價也是前人討論的重點，如前文所引王宗樂的《苕華詞與人間詞話述評》。

代」與「才份」。關於時代（或環境）與天才的密切關係，前文已經
論及；至於才份所以是作為天才的必要條件，自然是因為「天才」與
「人力」的差別可以說是導至作品是否能夠具有「大家氣象」的主要
關鍵：

> 美成詞多作態，故不是大家氣象。若同叔、永叔雖不
> 作態，而「一笑百媚生」矣。此天才與人力之別也。(《《人
> 間詞話》附錄，頁 118，21)

由周美成與晏同叔、歐陽永叔之作品的對照中就可以看出「天才與人
力」的差別為何。王國維認為周美成的詞作所以給人以矯飾作態的感
覺，也就是不夠自然天成，主要是因為他本身的「天份」不夠，至於
同叔、永叔的作品所以具有「大家氣象」則是因為他們具有極高的「天
份」天份（才氣）。

　　就「才份」來說，「想像力」是一個非常重要的質素。王國維認
為「想像」是詩歌的重要「原質」之一，他把中國詩歌分為南方與北
方的差異，而南方的詩歌特質主要就是「想像力」：

> 然南方文學中，又非無詩歌的原質也。南方人想像力
> 之偉大豐富，勝於北人遠甚。彼等巧於比類，而善於滑稽，
> 故言大則有若北溟之魚，語小則有若蝸角之國；語久則大
> 椿冥靈，語短則蟪蛄朝菌。至於襄城之野，七聖皆迷；汾
> 水之陽，四子獨往。此種想像，決不能於北方文學中發見
> 之。(〈屈子文學之精神〉，《王靜庵文集》頁 61)

所謂的「想像力」就是在語言及意象的營造上具有豐富性與自由伸縮
的能力。王國維認為因為南方人想像力之豐富遠遠的超過北方人，所
以南方的詩歌往往具有一種強大的對比，充滿了「比類」、「滑稽」等
各種修辭。例如在他們用來「比類」的物象大小上，既能大到如「北
溟之魚」，也可以小到如「蝸角之國」；而在時間長短的「比類」上，
既可以接近永恆的「大椿冥靈」，也可以接近霎那的「蟪蛄朝菌」。總
之，王國維認為南方人具有天馬行空的想像力，此在北方文學中很難

看得到。

不過，雖然「想像力」很重要，但是王國維認為作品不能因為想像力過於豐富而脫離真實性（真理）：

> 稼軒中秋飲酒達旦用〈天問〉體作送月詞，調寄〈木蘭花慢〉云：「可憐今夕月，向何處，去悠悠？是別有人間，那邊才見，光景東頭。」詞人想像直悟月輪繞地球事，與科學上密合，可謂神悟。（《人間詞話》，頁55，60（47））

屈原因為具有南方人豐富的「想像力」所以才能夠自由地驅馳於「思想之游戲」，也才能創造雋永的文學佳作。但是所謂的「想像力」並不能全然漫無邊際的虛構，它必須能夠與「科學」密合才是一種好的「想像力」。就像稼軒這首詞作雖然是以想像的觀點出發，然而卻與月球繞地球的科學事實密合，因此王國維稱之為「神悟」。

雖然在一般的狀況中，所謂的「天才」大多是指向作者的才氣，然而對於王國維而言，「才份」雖然也是作為一個天才的基本要件，但是他所強調的「天才」其實是各種特質的綜合。亦即一個天才所具有的「才份」不單單只是文學上的創作才氣，它基本上是各種因素的融合與匯集：

> 天才者，或數十年而一出，或數百年而一出。而又須濟之以學問，帥之以德性，始能產生真正之大文學。此屈子、淵明、子美、子瞻等，所以曠世而不一遇也。（〈文學小言〉，《王靜庵文集》頁53，（七））

由這一段論述可以看出，「天才」的誕生除了時代等外部因素的促成之外，其實是各種特質：諸如「才份」、「學問」、「德性」等等的集合。正因為「天才」是各種因素的風雲際會，所以像屈子、淵明、子美、子瞻這樣的大詩人自然是「曠世而不一遇」。而在構成「天才」的諸多因素裡，王國維又認為「人格」與「性情」〔註32〕基本上才

〔註32〕關於這一點可以由叔本華的學說看出。劉剛強也提出：關於王國維的天才論我們可以從兩方面理解，即敏銳之知識與深邃之感情。王國維〈叔本華與尼采〉一文中，曾就天才的不幸、痛苦而導致的「深

是作爲一個天才最爲重要的條件，「才份」（才氣）反而並不被認爲是那麼重要。

基本上「人格」與「性情」可以說是密不可分的，如果我們要將王國維所規制的「天才」的兩大基本要素：「人格」與「性情」用一個概念來統合，大體上又可以用「赤子心」來說明。

二、「赤子心」的回歸

在說明「赤子心」〔註33〕之前，讓我們先來看看「人格」對於一個「天才」的重要性。

「人格」可以說一直是中國傳統詩論家面對文學課題的基本關懷，歷來對於詩人之內部特質的認定大都以「人格」爲重。王國維雖然極欲將「文學」導離傳統重政治教化的主要航道，但是他仍然策重作者的「人格」這一點。他把「人格」視爲「天才」的重心，認爲人格的偉大是作爲一個「天才」所必須具備的。基本上，王國維認爲詩人的人格與作品的偉大是一體的兩面，他說：

> 三代以下之詩人，無過於屈子、淵明、子美、子瞻者。
> 此四子者，苟無文學之天才，其人格亦自足千古。故無高
> 尚偉大之人格，而有高尚偉大之文學者，殆未之有也。（〈文
> 學小言〉，《王靜庵文集》頁53，（六））

王國維認爲屈子、淵明、子美、子瞻這四大詩人即使沒有那些偉大的作品，他們也能因著「偉大的人格」而名留千古。言下之意，一個詩

遂之感情」作過如下的描述：「天才者，天之所靳而人之不幸者也」，
「天才總是處於痛苦的氛圍中，人類的悲愁眼淚則滋潤萌發了他們
心中柔情的種子」。參見劉剛強：《王國維美學論文選》（長沙：湖南
人民出版社，1987），頁211-212。

〔註33〕蔣永青〈王國維與尼采〉一文提到：在尼采看來，「赤子」即查拉圖
斯特拉那樣的「酒神精神」，就是不斷創造和不可窮竭的生命的渴求
與運動。收入趙盛德主編：《中國古代文學理論名著探索》（廣西：
廣西師範大學，1989）。此外，張本楠也將王國維所提出的「赤子」
與尼采「酒神精神」相較。參考張本楠：《王國維美學思想研究》（台
北：文津出版社，1987）。

人的偉大不單是因著他的作品，更在於他的「人格」。如果沒有偉大的人格就不可能有偉大的作品，而就價值的高低而言，作者的人格甚至比作品本身的價值更爲崇高。

　　王國維既然認爲作品與人格是一體的兩面，那麼作品的詞語特質（意義）自然會反映作家的人品：

> 周介存謂：「梅溪詞中，喜用『偷』字，足以定其品格。」
> 劉融齋謂：「周旨蕩而史意貪。」此二語令人解頤。（（《人間
> 詞話》，頁 64，73（48））

王國維判斷梅溪這個詞人品格不夠光明正大基本上是依據「梅溪」詞作中喜歡用「偷」字，由此可以看出王國維認爲作品是詩人「人格」等內在精神的外顯。「人格」既然是創造「有境界」之作品的前提，那麼什麼是偉大的「人格」呢？大體而論，王國維並沒有特別地解釋他所認定的偉大「人格」爲何，不過如果我們把「性情」當作是與「人格」密不可分的部分，大致可以說王國維所認定的「人格」應該是偏重於個性與性情的某種特質。

　　就王國維所說的「性情」來說，最爲重要的就是深情不悔的個性。若是把焦點放到詩人的「存在」問題上，特別是苦難的「原始」與「本質」上，就可以了解爲什麼深情不悔的個性非常重要。如果詩人在追尋「理想」的過程中因爲不斷地遭遇挫折與排擠，他就選擇放棄這樣一種追尋「理想」的生命歷程，他的痛苦是否就不是一種「本質」性的存在？他是否因此就可以脫離生命中無窮無盡的失望與折磨？我們可以再進一步地追問，面對一切的落空與挫敗，詩人內在心靈的「感受」是什麼？這些詩人是一笑置之嗎？或者像「神韻」詩人那樣把所有的情緒與痛苦全都轉向「曠達」的心靈狀態中？很顯然的，王國維所強調的主體心靈特質是傾向於深情與執著，雖不至於耽溺於苦痛或把自己推向一個更深的絕望之中，或者任憑自我在刺骨與泣血的深淵之中撕裂，然而這一類的詩人也不會爲著一再的絕望與痛苦就棄絕「理想」的追尋。因此可以說，如果「境界」詩人的「存在」是一種

苦難的存在，那麼是因爲「苦難」臨到了他們，或者說他們不得不如此地「選擇」了「苦難」，因而他們與生命中的那些「不可承受之重」與不可避免的「苦難」從此就沒完沒了地糾纏在一起。

至此可以看出，就主體的外部與內部的關係而論，「境界」作品的產生其實是命運、遭遇、詩人本身之生命型態與個性等種種因素的糾結與交互影響。正因爲詩人的個性對於「理想」的堅持有決定性的影響，所以王國維對於詩人的個性「輕薄」與否以及其作人處世的態度就特別重視：

> 〈蝶戀花〉〈獨倚危樓〉一闋，見《六一詞》，亦見《樂章集》。余謂：屯田輕薄子，只能道「奶奶蘭心蕙性」耳。「衣帶漸寬終不悔，爲伊消得人憔悴」此等語固非歐公不能道也。（《人間詞話》頁 90，101（冊 42））

王國維認爲柳永因爲個性「輕薄」，也就是不夠深情執著，因此只能寫出像「奶奶蘭心蕙性」那樣的詩句。至於像歐陽修所寫的那種具有專精執著而至誠不變之精神境界的作品，以柳永的個性是不可能寫得出來的。

循此而論，王國維大體上是以「深情執著」與否來判定一個詩人，他甚至可以容忍詩人的個性中一些其他的負面特質，但是就是不能忍受無情輕薄的人。也可以說，在幾種傾向於負面的個性與性情的特質中，王國維往往以「深情執著」與否的角度來評斷這些負面的特質是否可以爲人所容忍：

> 讀〈會眞記〉者，惡張生之薄倖而恕其奸非。讀《水滸傳》者，恕宋江之橫暴而責其深險。此人人之所同也。故豔詞可作，唯萬不可作儇薄語。龔定庵詩云：「偶賦凌云偶倦飛，偶然閒慕遂初衣。偶逢錦瑟佳人問，便說尋春爲汝歸。」其人之涼薄無性，躍然紙墨間。余輩讀者卿、伯可詞，亦有此感。視永叔、希文小詞何如耶？（《人間詞話》，頁 90，102（冊 43））

例如同樣都是負面的特質，王國維卻認爲「薄倖」與「深險」這兩種

特質比「奸非」與「橫暴」更令人鄙棄。而所謂的「薄倖」所以比「奸非」更為可鄙，似乎是因為「薄倖」是捨棄自己最為親密的愛人；而「深險」所以比「橫暴」更令人鄙棄，似乎也是因為「深險」是一種對人對事長期性地心計謀算，「橫暴」只是自身個性或脾氣上一時間的暴躁易怒。由此都可看出王國維對於人的特質的判定是以情真與否為標準。簡言之，就性格而論，王國維所強調的特質是「純摯」：

> 然就屈子文學之形式言之，則所負於南方學派者，抑又不少。彼之豐富之想像力，實與莊列為近。天問、遠游，鑿空而談，求女謬悠之語，莊語之不足，而繼之以諧，於是思想之游戲，更為自由矣。變《三百篇》之體而為長句，變短什而為長篇，於是感情之發表，更為宛轉矣。此皆古代北方文學所未有，而其端自屈子開之。然所以驅使想像而成此大文學者，實由其北方之純摯的性格，此莊周等之所以僅為哲學家，而周秦間之大詩人，不能不獨數屈子也。

（〈屈子文學之精神〉，《王靜庵文集》頁 63）

他認為屈原所以能夠以莊子、列子那種豐富的想像力，自由地把《三百篇》之短篇變為長篇巨著，使詩歌感情的表現更為「宛轉」，正是因為他具有北方人「純摯的性格」。而同樣具有想像力，但是為什麼屈原可以成為文學家，而莊周等人只被視為哲學家？王國維認為這是因為屈原除了具備南方人的「想像力」之外，還具有「北方之純摯的性格」。也就是說，「想像力」雖是自由地趨使「思想之游戲」的條件，但是最重要的是以「純摯的性格」作為後盾。由此可見「純摯的性格」既是成就大文學的主要關鍵，也是作為一個天才所必備的核心。

就「天才」的人格與性情而論，整體而言可以用「赤子心」來說明。所謂的「赤子」就是具有如孩子般天真單純而執著的心，王國維對於詩人主體的要求就是他雖是一個歷經滄傷的「古之傷心人」，但是還是能夠保有「赤子心」。基本上，詩人所以能夠維持「赤子心」與他社會化的深淺密不可分：

> 詞人者，不失其赤子之心者也。故生於深宮之中，長

於婦人之手，是后主為人君所短處，亦即為詞人所長處。
故后主之詞，天眞之詞也。他人，人工之詞也。(按：「故
后主之詞，天眞之詞也。他人，人工之詞也。原以刪去)(《人
間詞話》，頁109，5)

由這段話可以看出，「赤子之心」的維持所以是作為一個詞人的基本
條件，是因為「天眞之詞」與「人工之詞」的產生乃在於一個詞人是
否具有「赤子之心」。所謂的「赤子之心」與社會化的深淺有關，以
李後主來說，他因為「生於深宮之中，長於婦人之手」，也就是毫不
了解人情事故與社會常規，因此才能夠保有「赤子之心」。如是而論，
要使作品達到「自然神妙」之境主要是因著作者是否具有「赤子之
心」，並不在於作家的文學才氣與天份而已。〔註34〕

這裡所謂的社會化的深淺，用王國維的話說就是「閱世」之深淺。
而作家「閱世」深淺的程度又因著不同的文體而不同，例如創作詩詞
的作家被要求「不必多閱世」，但是創作戲曲小說文類的作家卻「不
可不閱世」：

客觀之詩人，不可不閱世。閱世越深，則材料越豐富，
愈變化，《水滸傳》《紅樓夢》之作者是也。主觀之詩人，
不必多閱世。閱世愈淺，則性情愈眞，李后主是也。(《人間
詞話》，頁93，107（17))

由這一段話可以看出，作家閱世之深淺與文學類型的「客觀」與「主
觀」性密不可分。小說因為是「客觀」之作，因此小說家的社會化越
深就越能因著豐富的閱歷與材料而成就好作品。至於詩詞因為是屬於
「主觀」的創作，因此詩人反而「閱世愈淺」才越能表現其「性情」
的純眞。

如孩子般天眞單純而執著的「赤子心」既是作為一個詩人所必備
的基本人格與性情特質，如果把「境界」的基本核心：「情」放到這

〔註34〕而關於「社會化深淺」的命題，如果擴大為縱向的問題則是文明化
的深淺。其論爭的焦點將變成，到底一個原初社會的人，一個人類
的孩童較能洞析眞理？還是一個較為文明的人其觀物特別眞切？

個「赤子心」中來看，可以說「境界」詩人所要具備的眞性與深情，
主要是從一種如「赤子般」的人格與性情中所生發出來的。循此，詩
人的「想像力」雖然很重要，然而所有的想像力（才份）都應該要以
「純摯之感情」爲後盾才能彰顯詩歌的「原質」：

> 要之，詩歌者，感情的產物也。雖其中之想像的原質
> （即知力的原質），亦須有純摯之感情，爲之素地，而後此
> 原質乃顯。故詩歌者，實北方文學之產物，而非儇薄冷淡
> 之夫所能託也。觀後世之詩人，若淵明，若子美，無非受
> 北學派之影響者，豈獨一屈子然哉！豈獨一屈子然哉！（〈屈
> 子文學之精神〉，《王靜庵文集》頁 63）

由於王國維認爲詩歌是「感情」的產物，因此一個「儇薄冷淡」的詩
人是不可能成就好作品的。雖然南方人具有比北方人豐富的想像力，
然而北方人卻因爲有「純摯之感情」而能產生許多偉大的作品。當然，
最佳的狀況自然是「感情」與「想像」合而爲一，也就是才份與個性
兼具的「天才」：

> 由此觀之，北方人之感情，詩歌的也。以不得想像之
> 助，故其所作，遂止於小篇。南方人之想像，亦詩歌的也。
> 以無深邃之感情之後援，故其想像，亦散漫而無所麗，是
> 以無純粹之詩歌，而大詩歌之出，必須俟北方人之感情與
> 南方人之想像合而爲一，即必通南北之驛騎而後可，斯即
> 屈子其人也。（〈屈子文學之精神〉，《王靜庵文集》頁 62）

由這一段話可以看出，北方人所獨具的創作詩歌的特質主要是「感
情」，然而由於缺乏「想像力」所以大多只能爲短篇之作。至於南方
人創作詩歌的優勢主要在於豐富的想像力，但是由於缺乏「深邃之感
情」作爲內裡，因此其想像力往往缺乏凝聚力。也就是說，完美的詩
歌創作需要「感情」與「想像」的合而爲一，沒有深邃的情感，就算
有天馬行空的想像力，但是作品的意境終究會流於「散漫而無所麗」。

　　總的來說，就詩人本身的「內部」特質而言，由「赤子心」所
生發出來的「深情」可以說是最爲重要的。爲什麼呢？因爲在詩人

追尋「理想」的生命歷程中，正是因為詩人具有如「赤子」般的純真信念，因而才能在不斷地失落挫敗中仍保有一份對於「理想」單純相信的心意，而這種堅持執著的信念正是使詩人的作品具有「境界」的根本源頭。

深情與意象營造之間的關係

本文所以把「情」當作「境界」的核心，除了因為「情」是導致詩人的存在是一個「原始的苦難」的主因，還在於它與詩人「觀物」的真假密不可分。如果就「情」與創造之間的關係來說的話，「情」不只影響了主體的生命情態，同時還影響創作本身對於景物（意象）的描寫與營造。

為什麼說「情」除了影響詩人的生命情態還直接影響詩人對於意象的營造呢？因為「境界」作品的主要內涵（「境界」）既是指一種「真切」的感受，而這種「真切」的感受表現在作品中除了要能夠寫下「真感情」之外，具體而言還要能夠描寫「真景物」：

> 境非獨謂景物也，感情亦人心中之一境界，故能寫真景物，真感情者謂之有境界，否則謂之無境界。（《人間詞話》，頁 35（6））

「真景物」、「真感情」既是作品是否有「境界」的基本表現，那麼詩人如何才能觀照到「景物」與「感情」的真實本質呢？王國維認為詩人的「情」是否真切會直接影響詩人是否能夠觀照到「景物」與「感情」的真實，「情」不只影響詩人對於「理想」的堅持，還影響了景物的描寫與意象營造的真實感。

關於「真景物」與「真感情」的觀照與描寫正是以主體的「情」的真切與否作為前提，王國維認為「情」的因素越強烈就越能掌握與洞悉景物與感情的真實面。也就是說，「深邃之感情」是詩人具有「特別之眼」的前提：

> 然人類之趣味，實先人生而後自然，故純粹之模山範

　　水，流連光景之作，自建安以前，殆未之見。而詩歌之題
　　目，皆以描寫自己之感情爲主。其寫景物也，亦必以自己
　　深邃之感情爲之素地，而始得於特別特別之境遇中，用特
　　別之眼觀之。（〈屈子文學之精神〉，《王靜庵文集》頁 60）

由於「人類之趣味」是「先人生而後自然」，所以在「建安」之前的
文學表現幾乎很少出現「純粹之模山範水，流連光景之作」，也就是
幾乎沒有以描寫自然景物爲主的作品。中國早期詩歌裡的「題目」大
多以描寫「感情」爲主，即使描寫「景物」也是以「深邃之感情」爲
基礎。亦即早期的詩歌多半是詩人在某一個特別的「境遇」之中以其
特別的「眼光」所觀照到的自然景物。循此而論，詩人必須有「深邃
之感情」才能有一副觀照事物的特別眼力（亦即「特別之眼」），可以
說觀照洞悉「物」之「眞實」的條件是具有「眞感情」：

　　「燕燕于飛，差池其羽」。「燕燕于飛，頡之頏之」。「睍
　　睆黃鳥，載好其音」。「昔我往矣，楊柳依依」。詩人體物之
　　妙，侔於造化，然皆出於離人孽子征夫之口，故知感情眞
　　者，其觀物亦眞。（〈文學小言〉，《王靜庵文集》頁 54，（八））

由這一段話也可以看出，要能夠觀照到「物」的「眞實」面向主要的
條件是詩人必須具有「眞感情」，而詩人要具有「眞感情」又與他必
須親身經歷某種苦難密不可分。王國維認爲只有親身經歷苦難的離
人、孽子、征夫才可能觀照到「眞景物」，由此可以窺見「境界」詩
人之外部（生命歷程）與內部（赤子般的深情）的狀況其實是互相影
顯與制約的。「大家」所以能夠創造「泌人心脾」與「豁人耳目」的
寫景言情之作正是因爲他們親身經歷了某些遭遇，使他們因爲「所見
者眞」、「所知者深」而能夠創造出自然渾成的作品：

　　大家之作，其言情也必泌人心脾，其寫景也必豁人耳
　　目，其詞脫口而出無矯柔裝束之態。以其所見者眞，所知
　　者深也。持此以衡古今知作者，百不失一。此余所以不免
　　有北宋后無詞之嘆也。（《人間詞話》，頁 8，7（56））

緣上所論，王國維對於主體的要求就是要他們回歸「赤子」之心，只

有當主體的心境不受世界的制序與陳規的約制，甚至不受文化歷史之積累的綑綁，這個時候他才可能創造「真切」而「自然」的作品：

> 納蘭容若以自然之眼觀物，以自然之筆寫情。此由初
> 入中原，未染漢人風氣，故能真切如此。同時朱、陳、王、
> 顧諸家，便有文勝則史之弊。（《人間詞話》，頁 103，124（52））

以納蘭容若為例，正是由於未受「漢人風氣」（即某些文化歷史積累與常規）的影響所以能夠以「自然之眼」觀物，並因而創造出天然「真切」的作品。由此可見，影響作品是否「真切」，是否「天真」，是否不會流於「人工」及「文勝則史之弊」的因素，乃在於作者是否具有「赤子之心」，是否社會化過深以及是否為社會積習所沾染。

　　若是將詩人外部之生命情態與內部的天才特質綜合起來說，也就是回到我們的主題，即「境界」詩人的存在是「一種原始的痛苦」上，那麼可以說，是詩人「深情」的特質導致了他必然的痛苦。王國維所謂的「天才」其最為重要的特質就是如赤子般的「深情執著」，就是這種特質使詩人在追尋「理想」的生命歷程之中雖然遭遇無數的阻礙與痛苦，然而他仍然能夠堅持自我的「理想」。亦即要創造一個好作品，必須詩人外部之生命歷程與其本身內在的人格、深情等天才特質的綜合搭配，如此方能對於自我之理想予以堅持，對於外部環境不予妥協，其所記錄的所見所感也才能真切深刻。

參、世界觀的回歸：「境界」與「生命」

　　總結上文所述，可以看出王國維認定文學作品應該要表現什麼，以及他認為詩人主體本身所應該具備的的特質乃至於所走的生命之路，都與他對於生命的看法與理解有極為密切的關係。準此，最後讓我們將王國維所設定的文學功能與他所認定的生命本質（亦即他的世界觀）作一個對應。究竟而論，對王國維而言，文學的「起源」與文學的功能都指向「苦難」。王國維既認為文學發源於苦難的生命，同時他又反過來認為文學本身最大的「功能」就是對於苦難

人生的慰藉。而關於文學的功能，又可以分爲兩種對象來說，一是作者；一是讀者。

一、「宗教式」的解脫與救贖

先就讀者來說，又可以分爲兩個方面來論。就普遍大眾而論，文學只有以「血書」的方式，以揭露傷痛的方式，以執著不悔的深情，才能擔負全人類的罪惡與苦難，使人類得到一種類似於宗教式的救贖。可以說，王國維所以堅持「境界」作品要以「情」（「感受」）爲主，主要是因爲他認爲文學必須以「血書」的方式描述「苦難」，如此方能帶給苦難的生命以一種「宗教式」的解脫與救贖：

> 尼采謂：「一切文學，余愛以血書者」。后主之詞，眞
> 所謂以血書者也。宋道君皇帝〈燕亭山〉詞亦略似之。然
> 道君不過自道身世之感，后主則儼有釋迦、基督擔荷人類
> 罪惡之意，其大小固不同也。（《人間詞話》，頁93，108（18））

由這一段話可以看出，文學是以「血書」的形式使人類的苦難與罪惡得到一種類似於「宗教式」的解脫。由於偉大的文學家所表述的「情」是一種普遍性的「情」，而不只是「自道身世之感」與抒發一己的苦痛而已，因此他就如同宗教家一般「儼有釋迦、基督擔荷人類罪惡之意」。這也是爲什麼王國維強調文學所表述的「情」（「感受」）應該具有「深」且「大」的特質，因爲文學的最終目地是要靠著情感淋漓鮮明的揭露，才能夠使讀者得到一種傾向於「宗教式」的慰藉。如果詩人沒有眞誠而具體地將人的內在痛苦揭露出來，人的感情就只能墮入輪迴中而無法淨化，也永遠得不到慰藉與超升。

換言之，對於文學爲什麼應該以「血書」的形式來救贖人類仍然是要回到王國維所認定的生命本質上來看：

> 嗚乎！宇宙一生活之欲而已。而此生活之欲之罪過，
> 即以生活之苦痛罰之。此即宇宙之永遠的正義也。自犯罪
> 自加罰，自懺悔自解脫。美術之務，在描寫人生之苦痛與
> 其解脫之道，而使吾儕馮生之徒，於此桎梏之世界中，離

此生活之慾之爭鬥，而得其暫時之平和，此一切美術之目
的也。（〈紅樓夢評論〉，《王靜庵文集》第二章，頁 94）

人的生命往往充滿了「生活之欲」所帶來的許多「罪過」，有了「罪
過」自然感到「痛苦」，有了「痛苦」自然「自加罰」，然後就是感到
「懺悔」並且尋求「解脫」。循此，人都需要尋求生命的慰藉，而「美
術」（「文學」）的任務與目地就在於以「血書」的方式把生命裡的萬
般「苦痛」描寫出來，使得人類可以暫時地從世界的「桎梏」以及「生
活之慾」的「爭鬥」之中掙脫出來以得到「暫時之平和」。

除了「宗教式」的救贖之外，文學對於讀者的影響還有美感淨化
的作用。王國維認為文學因著它「形式」上的美感也使人類的精神得
以昇華與淨化：〔註35〕

然則古雅之價值，遂遠出優美及宏壯下乎？曰不然，
可愛玩不可利用者，一切美術品之公性也。優美即宏壯然，
古雅亦然。而以吾人之玩其物也，無關于利用故，遂使吾
人超乎利害之範圍外，而倘恍於縹緲寧靜之域。優美之形
式，使人心和平，古雅之形式，使人心休息，故亦可謂之
低度之優美。宏壯之形式常以不可抵抗之勢力，喚起人欽
仰之情，古雅之形式，則以不習於世俗之耳目故，而喚起
一種之驚訝，驚訝者，欽仰之情之初步，故雖謂古雅為低
度之宏壯，亦無不可也。故古雅之位置，可謂在優美及宏
壯之間，而兼有二者之性質也。（〈古雅之在美學上之價值〉，《王
靜庵文集》頁 74）

由這一段話可以看出，不論是「使人心和平」的「形式」（如「優美」）；
還是喚起人們「欽仰之情」的「形式」（如「宏壯」）；或是使人「驚
訝」的「形式」（如「古雅」），在在都顯示出文學具有另一種「超功
利」的功能，能夠因著其形式的「無關于利用」使人「超乎利害之範

〔註35〕此類似於亞里斯多得的「悲劇淨化論」，柯慶明在〈論王國維人間詞
話中的境界，有我之境，無我之境及其它〉一文中已有論及。參見
柯慶明：《境界的再生》（台北：幼獅文化事業，1977），頁 78。

圍外」而徜徉於一種「縹緲寧靜之域」。

二、「知性」與「權力」的使命

關於文學對於生命的慰藉，除了崇高而沈重的「宗教式」救贖以及「超功利性」之外，它還有一個傾向於「知性」與「權力」的使命，能提供創作者本身一種「知性」的滿足。也可以說，前者（宗教式救贖）主要是文學對於廣大群眾的「慰藉」；後者（知性與權力的使命），主要是針對作者本身而言。

為什麼文學對於創作者本身也具有「慰藉」的作用？關於這一點可以分為兩方面來說。先就創作者這方面來說，文學所以可以給予創作者「知性」層面的慰藉，是因為作家本身就是一群敏銳而又聰慧的人，他們一方面有強烈的求知欲，同時又有很強的「勢力之欲」（權力欲），亦即他們本身在知性方面本來就有比較大的需求。再就文學其本身來說，文學所以能夠給予創作者「勢力之欲」的滿足，是因為它所表述的是「萬世不變的真理」。也就是說，文學因為具有「真理」的價值，所以能慰藉創作者，這也是作品所傳達的「感受」必須具有「普遍性」的原因：

> 天下有最神聖，最尊貴，而無與於當世之用者，哲學與美術是已。天下之人，囂然謂之無用，無損於哲學美術之價值也。至為此學者，自忘其神聖之位置，而求以合當世之用，於是二者之價值失矣。夫哲學與美術之所志者，真理也。真理者，天下萬世之真理，而非一時之真理也。其有發明此真理（哲學家）或以記號表之（美術）者，天下萬世之功績，而非一時之功績。（〈論哲學家與美術家之天職〉，《王靜庵文集》頁 65）

哲學與美術所以具有最神聖與最尊貴的價值乃在於它們所要表述的是一種「天下萬世之真理，而非一時之真理」，也就是它所成就的功績具有永恆性，是一種「天下萬世之功績」，而非「一時之功績」。正因為文學與「真理」分不開，所以它能夠帶給詩人一種遠非擁有政治

權勢所能夠代替的「快樂」，進而使詩人的「權力之欲」得到滿足與
慰藉：

> 今夫人積年月之研究，而一旦豁然悟宇宙人生之真
> 理，或以胸中倘怳不可捉摸之意境，一旦表諸文字、繪話、
> 雕刻之上，此固彼天賦之能力之發展，而此時之快樂，決
> 非南面王之所能易者也。且此宇宙人生而尚如固，則其所
> 發明，所表述之宇宙人生之真理之勢力與價值，必仍如故。
> 之二者所以酬哲學家美術家者，固已多矣。若夫忘哲學美
> 術之神聖，而以為道德政治之手段者，正使其著作無價值
> 者也。願今後哲學美術家，毋忘其天職，而失其獨立之位
> 置，則幸矣。（〈論哲學家與美術家之天職〉，《王靜庵文集》頁68）

王國維認為文學與藝術所帶給詩人的「報酬」與「快樂」可以說是一
種「天賦之能力」的發展，當一個詩人一旦了悟「宇宙人生之真理」，
並且將心中那一些模糊不清的感想用文學藝術的媒介表述出來，這時
候所獲得的「快樂」一定遠遠超過擁有世俗權位的滋味。正因為文學
所表述的是永恆的「真理」，所以因著這個萬世不變的「真理」性，
它就足以擺脫道德與政治而具有一種獨立的價值：

> 就其所貢獻於人之事業言之，其性質之貴賤，固以殊
> 矣。至就其功效之所及言之，則哲學家與美術家之事業，
> 雖千載以下，四海以外，苟其所發明之真理，與其所表之
> 印記之尚存，則人類之知識感情，由此而得其滿足慰藉者，
> 曾無以異於昔。而政治家及實業家之事業，其及於五世十
> 世者希矣！此又久暫之別也。然則人而無所貢獻於哲學美
> 術，斯亦已耳，苟為真正之哲學家美術家，又何緘乎政治
> 家哉！（〈論哲學家與美術家之天職〉，《王靜庵文集》頁65）

為什麼哲學與文學的價值遠超過政治的價值呢？因為哲學與美術所
表述的「真理」可以使人類的知識感情得到「滿足慰藉」。而政治家
及實業家的事業最多只能延續數年，很少能夠影響到「五世十世」。
亦即文學的價值所以超過政治，乃在於政治雖有不可一世的輝煌與絢

麗，然而它終將淹沒於歷史春去秋來的荒煙蔓草之中。

　　透過上面的分析可以看出，文學所表述的既是一種萬世不變的「真理」，它就足已以滿足詩人的知力需求，同時又能帶給他們不朽的權力感。配合上文所談到的「天才」心靈，可以說「天才」所以要創作的主要動因乃在於其心中有很強的權力欲，而文學所表述的「真理」正可以給予他「勢力之欲」的滿足。由此也可以看出文學所帶給詩人本身的「慰藉」與它本身的「價值」──永恆不變的「真理」是分不開的。走筆至此，可以明白地看出，雖然文學對於讀者的慰藉也有純粹美感上的影響，然而對於王國維而言，文學絕對不止於此。文學（這裡指詩歌）所以要以「真切」而「普遍」的「感受」為主，追本就源乃在於他所看到的生命本質是一個充滿苦痛與罪惡的深淵，為了使人可以從層層悲苦的枷鎖中掙脫出來，詩人（乃至於各類文學、藝術家）就必須擔負起宗教家的責任，以揭露傷痛與罪惡的方式來撫慰眾生不可言喻的傷痛與苦難。

小　結

　　根據以上的推論，可以看出不論是就作家主體的生命境界而言，還是從作品對於讀者的功能而論，王國維根本上都是從「存在」的觀點出發，亦即從詩人（乃至於全人類）的「存在」是一種原始的「痛苦」的基點上發展而為他的文學觀點。不只作品的產生是建基於詩人的存在（乃至於人的存在）問題，作品的主要功能（作品與讀者）也是對於生命的救贖與慰藉。

　　「境界」在詩人主體身上所表現的狀態，也可以說是從詩人的生存方式：追求「理想」的生命歷程發展出來的。因為在追求「理想」的生命歷程中，詩人雖然遭遇到許多的挫折，但是因著赤子（「天才」的中心）般的深情與執著，真誠而普遍的「感受」（「境界」）就因而產生了。「情」（感受）所以是「境界」的核心，乃在於「境界」詩人存在於追尋「理想」的生命歷程中，雖然必然地要遭遇到許多的挫折，

然而由於他的深情與執著的個性，所以才不會因爲不斷的挫敗而放棄「理想」，而能自始自終堅持對於「理想」的一份無怨無悔。換言之，屬於詩人內在狀況的「情」與屬於詩人外部狀況的「生存模式」的交互影響是產生「境界」的根本原由。

至於「境界」詩人與「神韻」詩人的根本不同，乃在於「神韻」詩人所要展現的「性情」主要是一種外在的行爲表現，而「境界」詩人所要發展的是內在的「感受」（「情」）。此外，雖然「性情」與「情」對於詩人的生命型態都有相當的影響，但是「性情」對於「神韻」詩人可以說是一種「生命境界」，這個「生命境界」往往可以作爲詩人感時憂國的「生命型態」中的另一個與之平行發展，甚至相輔相成的力。至於「情」則是維持「境界」詩人追求「理想」的「生命歷程」中的主要支柱。換言之，正因爲兩位詩論家對於生命的本質與詩人的關注焦點各自有不同的認定，終於因著兩種心靈狀態的不同造就出兩種生命情態迥異的作品型態。最後，如果將我們的探究中心回到「神韻」與「境界」這兩個詞彙上，我們可以看到只有當作者能夠活出「神韻」與「境界」在作品中所要求的基本內涵：「性情」與「情」，也才能夠在他們的作品中展現「神韻」與「境界」其真正的內涵與生命風貌。

結　語

　　綜合地說，在王士禎與王國維的詩論中，「神韻」與「境界」在作品中的具體內涵是「性情」與「情」（狹義的「感受」）。如果要簡單地說明「性情」與「情」的差異，我們可以說「性情」基本上是以「性」為中心，而非以「情」為中心，它所強調的是由主體本身所發散的瀟灑風範。而「情」則是重在主體對於某一個對象的感情，也就是詩人要有「情」，前提是他必須對某一個對象有深切的關注。也就是說，由於「性情」所重的是主體本身的「性」，而不是主體對於某一個對象的「情」，因此詩人不必固執於某一個對象。以「性情」為重意味著當詩人面對某一個對象，他可以在這個對象之中自由地揮灑他本來就具有的，或是被當下良晨美景所啓發的風範。正因為「性情」與「情」的不同乃在於前者將主體自身的感覺不斷地發散與擴充出去，而後者則是將自我的感覺定止於某一對象上，因此表現在意象的營造上就形成了「開放形式」與「閉瑣形式」的構圖形式。更確切地說，「神韻」（性情）表現在作品意象的營造上是不斷流轉的不確定性以及「隨處越過自我」的構圖；而「境界」（情）表現在意象的構造上則傾向於濃重定止的確定性以及「隨處反身指向自我」的特性。

　　相較而論，「神韻」大多是傾向於形式、風格、美感上的營造，

它是一個模糊、朦朧的語義流轉；而「境界」基本上是屬於作品的內在精神（相對於形式），強調一個明確可感的鮮明語義與形象。由此也可以說「神韻」與「境界」最為根本的差別乃在於：所謂的「神韻」就是讀者不太需要去了解或知道一個作品是否具有深意就可以由表面上去推斷一個作品是不是具有「神韻」，雖然王士禎往往認定只有當一個詩人的生命境界到了某一境地其作品才可能有「神韻」。而所謂的「境界」就是讀者非得要了解一個作品其內在深沈的「感受」是什麼才能夠認定這個作品是否有「境界」。從這個角度觀之，我們就可以了解為什麼「神韻」詩往往被認為沒有深刻的內涵，因為「神韻」大體上就是游離在作品表面「形式」的東西。詩人如果以表現「神韻」作為目標，他可以特別著眼於營造作品的某種氣氛與感覺；但是詩人如果意欲表現「境界」，光是營造某種氣氛與感覺是不夠的，因為「境界」非得要是詩人自己真有某種真誠深切的經歷與感受才能夠呈現出來，它容不下一絲虛偽的感情。

緣是之故，同樣一件作品可能被王士禎與王國維給予完全不同的評價與定位。例如姜夔的作品由於側重美感與格調的營造，所以雖然被王士禎認為是「神韻」佳作，但是王國維就認為姜夔只是在營造某種表面的氣氛，所以不能稱之為有「境界」。因此可以說，「境界」一定要讓讀者感覺到是發自詩人肺腑的深刻「感受」，「境界」詩人必須要將他的整個內心情意真誠地表現給讀者看。這也是王國維所以要將作品分為內外層的主因，因為他要強調「境界」是屬於作品與生命內層的東西。再回到語義的確切度上來說，正因為「境界」必須是實實在在的東西，所以它的核心（「感受」）就必須具有「真誠」的特質，而且這個「真誠度」表現在作品中又必須具有明確的語義可感度。而「神韻」則因為傾向於一種氣氛與感覺的營造，而且它追求「無限」，所以它在語義上可以模糊不清。或許也可以說，一件作品若是太過於實在可感就不能稱之為有「神韻」，因為實在確切可能會限制風韻的無限。

　　換言之，「神韻」所要表現的生命境界大體上是從「形式」上著眼，它所要表現的性情與風範基本上是一種「形式」，這就是爲什麼「神韻」一定要和特定的「風格」連結在一起。可以說，與「境界」相較，「神韻」似乎是更傾向於「形式」的概念。我們由「神韻」往往必須與文雅牽涉在一起，而「境界」則可以不與文雅、文藝等連在一起也可以了解這一點。這也是爲什麼「神韻」表現在作品中往往伴隨著豐富的文化積累，又往往與聲韻上的美感不可分割，因爲「神韻」的中心既是「性情」，那麼它就要藉助很多客觀的東西來發散它無限流轉的韻致，而「神韻」到最後爲什麼容易流於雕琢字句也可以由此推想。至於「境界」基本上就比較不傾向客觀「形式」本身的營造，它重在從內在「眞實」的感受中表現爲一個鮮明可感的形象性。

　　雖然本文的主要目地是區分「神韻」與「境界」這兩個概念，但是在分析的過程中我們發現「神韻」中有所謂的「境界」，而「境界」中也有所謂的「神韻」，甚至「神韻」與「境界」之中也都有「格調」、「氣質」的問題（當然，這些概念在此是就一般的感覺而論的）。例如王國維就說：「有境界則三者（氣質、格律、神韻）隨之矣」，很明顯地，上述這些術語其實並不是完全分開的概念，相反地，它們是中國文學批評裡相互包涵的美學概念，只是每一個不同的術語在不同的批評論述之中各自有其不同的地位與內涵罷了。推本究原，本文所以要特別的區分「神韻」與「境界」這兩個概念正是因爲它們建基於許多相通與相似的基點上。而「神韻」與「境界」的相通處首先就在於它們同樣都是在意象的營造上構築爲一個「境」，而「境」同樣都是詮釋作品的關鍵所在。這也是爲什麼前人在建構「神韻」與「境界」的家數譜系時，有的將這兩者同放在「意境」論之中。也可以說，「神韻」與「境界」都要藉助意象的營造來製造一個個的「境」，只是這些「境」的構築方式與最終指向是不同的。若是就主體本身來說，「神韻」主要是從自然場景的蘊育中生發出來的性情；至於「境界」則是

在人情人倫之中所生發出來的情感。

　　除了「境」的概念，「神韻」與「境界」這兩個概念的相似處還在於它們都與主體的「生命境界」有關。就作品本身而言，我們往往使用「境界」指稱那個關乎「生命境界」本身的內在「感受」的部分；至於「神韻」則用來指稱「生命境界」表現出來的那個風範。也可以說，就「生命境界」在這兩個概念之中的位置而言，基本上「境界」所要表現的是「生命境界」本身；而「神韻」則是要表現這個「生命境界」身上所散逸出來的「風韻」，或者說是用「風韻」讓讀者看到一個「生命境界」。並且，如果我們認定「神韻」與「境界」兩說所要表現的都是一種「生命境界」，那麼在大部分的情況中它們所要表現的生命境界可以說是截然不同的。基本上「神韻」所要表現的是曠逸脫俗的生命境界；而「境界」所要表現的則是深情不悔的執著。當然「境界」所指的「生命境界」也可以是曠逸超凡的生命境界，但是最終並不以不斷的超越塵累以達到心靈的曠逸作為追求目標。由此也可以說，「神韻」與「境界」剛好可以代表中國傳統詩論中兩種基本的表情方式：亦即「蜻蜓點水，旋點旋飛」以及「春蟬作繭，愈敷愈緊」兩種不同的傳情方式。

　　其實「神韻」這個概念包含了生命「境界」，「境界」這個概念也包涵了「神韻」。只是王國維所說的「神韻」不是朦朧、模糊美感的流轉，而是從一個追尋「理想」的生命歷程之中，由一個具有深刻立度的生命精神所自然流溢出來的「神韻」，並在其言外之意中讓讀者真正地感受到不可言喻的生命風度。此外，我們還可以看出「神韻」與「境界」之中也都有「格調」的問題存在，只是「格調」在兩者中的份量不同。對於「神韻」而言，「格調」的清空古淡（也可以說是與風格相關）往往是評斷作品是否具有「神韻」的關鍵。至於「境界」雖然也重「格調」，但「格調」的高下與否絕非判準一個作品是否具有「境界」的重要關鍵。當然，單以王士禎與王國維這兩家的論述來說明中國傳統中「神韻」與「境界」這兩個概念的異同其實是不夠的。

不論如何，期待本文的立論對於「神韻」與「境界」這兩個概念的釐清能有一些助益。

尾聲，接著是黑暗與靜寂的到來。然後，流轉無數個無聲無息的晝夜之後，又是另一個燈火通明的夜晚。

附　錄

一、關於二家著述之參考版本

（本附錄一、二、三之書目順序皆按出版年月日排列）

（一）王士禎著述之參考版本

1. 王士禎、鈕琇，《漁洋、玉樵筆記合刊》（臺北：德志出版社，1963）。

2. 王漁洋撰、喻端士編，《分類詩話》（臺北：廣文書局，1968）。

3. 王士禎：《漁洋詩話》、《師友師傳錄》、《師友師傳續錄》，以上收入《清詩話》（臺北：明倫出版社，1971）。

4. 王士禎著、張宗柟纂集、戴鴻森校點，《帶經堂詩話》（北京：人民出版社，1982）。

5. 王士禎，《香祖筆記》（上海：古籍出版社，1982）。

6. 王士禎等著，周維德箋注，《詩問四種》（山東：齊魯書社出版，1985）。

7. 王士禎，《分甘餘話》（北京：中華書局，1989）。

8. 王士禎，《池北偶談》（臺北：廣文書局，1991）。

（二）王國維著述之參考版本

1. 王國維著，滕咸惠校注，《人間詞話新注》（修定本）（山東：齊魯書社，1986）。

2. 王國維，《王靜庵文集》（臺南：鼉勉出版社，1978）。

二、關於王士禎「神韻說」之參考書目

（一）專書與單篇著述部分

1. 黃海章編著，〈清代的文學批評：王士禎〉，《中國文學批評簡史》（廣東：廣東人民出版社，1962）。

2. 朱東潤，〈王士禎詩論述略〉，《中國文學家與文學批評》（三）（臺北：學生書局，1971）。

3. 余煥棟，〈王漁洋神韻說之分析〉，朱東潤編著《中國文學家與文學批評》（三）（臺北：學生書局，1971）。

4. 郭紹虞，《中國詩的神韻、格調及性靈說》（臺北：華正書局，1975）。

5. 劉若愚，《中國詩學》（臺北：幼獅文化事業，1977）。

6. 黃景進，《王漁洋詩論之研究》（臺北：文史哲出版社，1980）。

7. 黃如卉，〈王漁洋和袁隨園〉，《詩和詩人》（臺北：源流出版社，1982）。

8. 薛順雄，〈王漁洋新傳〉，《中國古典文學論叢》（臺北：學生書局，1983）。

9. 薛順雄，〈王士禛著作考〉，《中國古典文學論叢》（臺北：學生書局，1983）。

10. 薛順雄，〈漁洋評選書考〉，《中國古典文學論叢》（臺北：學生書局，1983）。

11. 黃景進，〈以禪喻詩到詩禪一致──嚴滄浪與王漁洋詩論之比較〉，中國古典文學研究會主編《古典文學》第五集（臺北：學生書局，1983）。

12. 張健，《王士禛論詩絕句三十二首箋證》（臺北：文史哲出版社，1994）。

13. 郭紹虞，〈王漁洋「取性情歸之神韻」〉，《中國文學八論》（北京：中國書店，1985）。

14. 郭紹虞，〈從王夫之到王士禛〉，《中國文學批評新論》（臺北：蒲公英出版社，1985）。

15. 王鎮遠，〈什麼是王士禛的「神韻說」〉，《古典文學三百題》（上海：古籍出版社，1986）。

16. 漢寶德等，〈中國古典詩的美學性格──「言志、神韻、格律、格調詩的出現」〉，《中國美學論集》（臺北：南天出版社，1987）。

17. 黃保眞、蔡仲翔、成復旺，〈王士禛神韻說〉，《中國文學理論史》（四），（北京：北京出版社，1987）。

18. 〔日〕青木正兒著，楊鐵嬰譯，〈王士禛的神韻說〉，《清代文學評論史》（北京：中國社會科學出版社，1988）。

19. 張少康，〈論《滄浪詩話》──兼談嚴羽和王士禛在文藝思想上的聯繫和區別〉，《古典文藝美學論稿》（臺北：淑馨出版社，1989）。

20. 劉偉林，〈王士禛「神韻」說、袁枚「性靈」說與文藝心理學〉，《中國文藝心理學史》（山東：三環出版社，1989）。

21. 吳宏一，〈王士禛的詞集與詞論〉，《清代詞學四論》（臺北：聯經出版社，1990）。

22. 吳調公，《神韻論》（北京：人民文學出版社，1991）。

23. 鄭松生，〈王士禎美學思想述評〉，徐中玉、王運熙主編《古代文學理論研究》（上海：古籍出版社，1991）。

24. 馬亞中，〈逆水行舟，不進則退：從王士禎到沈德潛的「老調重彈」〉，《中國近代詩歌史》（臺北：學生書局，1992）。

25. 周裕鍇，〈興趣說與神韻說〉，《中國禪宗與詩歌》（上海：人民出版社，1992）。

26. 楊麗卿，〈王漁洋「神韻說」探論──以批評術語，推尊詩家，得詩家三昧為中心〉，《文學與美學》第三集（臺北：文史哲出版社，1992）。

27. 張夢機，《詩學論叢》（臺北：華正書局，1993）。

28. 謝桃坊，〈劉體仁、王士禎和鄒祈謨的詞話〉，《中國詞學史》（成都：巴蜀書社，1993）。

29. 霍有明，〈王士禎與朱彝尊〉，《清代詩歌發展史》（陝西：陝西人民出版社，1993）。

30. 宋如珊，〈明七子與王士禎〉，《翁方綱詩學之研究》（臺北：文津出版社，1993）。

31. 宮曉衛，《王士禎》（上海：古籍出版社，1993）。

32. 王曉舒，《神韻詩史研究》（臺北：文津出版社，1994）。

（二）期刊部分

1. 嫣傳恕，〈清代詩論家論明代前後七子〉，《華中師範大學學報》（哲學社會科學版）第三期，1993 年 5 月。

2. 霍有明，〈論王士禎的詩歌理論和創作實踐〉，《河北師範大學學報》第三期（總第 62 期），1993 年 7 月。

3. 喬惟德，〈評王士禎的詩歌創作論〉，《武漢大學學報》第五期，1993 年 9 月。

4. 劉恐伏，〈蒲松齡與王士禎交往辨證〉，《南昌大學學報》第四期，1993 年 12 月。

5. 張綱，〈王士禎的詞論主張及其創作實踐〉，《南京師大學報》（社會科學版）第一期（總第 81 期），1994 年 1 月。

6. 彭玉平，〈論王漁洋評《詩品》之 「極則」〉，《南京師大學報》（社會科學版）第三期（總第 83 期），1994 年 7 月。

7. 何綿山，〈試論禪對王漁洋的影響〉，《中國文哲研究通訊》第五卷第一期，1995 年 3 月。

8. 洪橋，〈王漁洋蜀道紀行詩箋釋〉，《中國古代、近代文學研究》第七

期，1995 年 8 月。

三、關於王國維「境界說」之參考書目

（一）專書與單篇論述部分

1. 吳文祺，〈王靜庵先生的文學批評〉，朱東潤編著《中國文學批評家與文學批評》（臺北：學生書局，1971）。

2. 王鎮坤，〈評《人間詞話》〉，朱東潤編著《中國文學批評家與文學批評》（臺北：學生書局，1971）。

3. 葉鼎彝，〈廣境界論〉，朱東潤編著《中國文學批評家與文學批評》（臺北：學生書局，1971）。

4. 王宗樂，《苕華詞與人間詞話述評》（臺北：東大書局，1976）。

5. 柯慶明，〈論王國維人間詞話中的境界、有我之境、無我之境、及其它〉，《境界的再生》（臺北：幼獅文化事業公司，1977）。

6. 劉若愚，〈詩中的「境界」：王國維〉及〈作為境界和語言之探索的詩〉，《中國詩學》（臺北：幼獅文化事業公司，1977）。

7. 黃維樑，〈王國維《人間詞話》新論〉，《中國詩學縱橫論》（臺北：洪範書店，1977）。

8. 勞榦，〈說王國維的浣溪紗詞〉，劉守宜主編《中國文學評論》第二冊，（臺北：聯經出版社，1977）。

9. 勞榦，〈論神韻說與境界說〉，劉守宜主編《中國文學評論》第二冊，（臺北：聯經出版社，1977）。

10. 吳宏一，〈王靜安境界說的分析〉，《中國古典文學研究叢刊》（散文與論評之部）（臺北：巨流圖書出版社，1979）。

11. 楊牧，〈王國維及其「紅樓夢評論」〉，《文學知識》（臺北：洪範書店，1979）。

12. 葉嘉瑩，《王國維及其文學批評》（臺北：源流文化事業，1982）。

13. 黃志民，〈人間詞話「境界」一詞含義之探討〉，中國古典文學研究會主編《古典文學》第五集（臺北：學生書局，1983）。

14. 林同華，〈論王國維的美學思想〉，《中國美學史論集》（江蘇：人民出版社，1984）。

15. 李澤厚，〈梁啓超王國維簡論〉，《中國近代文學論文集》（詩文卷）（北京：中國社會科學出版社，1984）。

16. 黃維樑〈人間詞話新論〉，收入葉慶柄、吳宏一編著《中國古典文學批評論集》，（臺北：幼獅文化事業，1985）。

17. 楊煦生,〈略論王國維關於「欲」的觀念及其審美觀〉,《美學與藝術評論》(二)(上海:復旦大學出版,1985)。

18. 王達津,《古代文學理論研究論文集》(天津:南開大學,1985)。

19. 滕咸惠,〈略論王國維的美學和文學思想〉,《人間詞話新注》(山東:齊魯書社,1986)。

20. 葉朗,〈第 24 章:王國維的美學〉,《中國美學史大綱》(台北:滄浪出版社,1986)。

21. 李正治,〈境界說的闡釋〉,《至情只可酬知己》(臺北:業強出版社,1986)。

22. 黃霖,〈王國維的《人間詞話》主要有哪些觀點?〉,《古典文學三百題》(上海:上海古籍出版社,1986)。

23. 張本楠,《王國維美學思想研究》(臺北:文津出版社,1987)。

24. 佛雛,《王國維詩學研究》(北京:北京大學,1987)。

25. 柯慶明,《中國現代文學批評述論》(臺北:大安出版社,1987)。

26. 劉剛強,〈王國維美學思想初探〉,《王國維美學論文選》(湖南:湖南人民出版社,1987)。

27. 張利群,〈王國維與尼采——淺析《人間詞話》「境界說」之美學觀〉,趙盛德主編《中國古代文學理論探索》(廣西:師範大學出版,1989)。

28. 張少康,〈論王國維的《人間詞話》〉,《古典文藝美學論稿》(臺北:淑馨出版社,1989)。

29. 劉偉林,〈王國維的文藝心理學〉,《中國文藝心理學史》(山東:三環出版社,1989)。

30. 覃召文,《中國詩歌美學概論》(廣州:花城出版社,1990)。

31. 祖保泉、張曉雲,《王國維與人間詞話》(上海:古籍出版社,1990)。

32. 吳宏一,〈王靜安境界說的分析〉,《清代詞學四論》(臺北:聯經出版,1990)。

33. 蔣英豪,〈王國維的詞學批評〉,陳國球編《香港地區中國文學批評研究》(臺灣:學生書局,1991)。

34. 梁榮基,〈隔與不隔〉,《詞學理論綜考》(北京:北京大學出版,1991)。

35. 周錫山,〈論王國維美學思想中的功利觀〉,徐中玉、王運熙主編《古代文學理論研究》(上海:古籍出版社,1991)。

36. 饒宗頤,〈人間詞話平議〉,《文轍——文學史論集》(臺北:學生書局,1991)。

37. 陳永明,〈叔本華美學對王國維「境界說」之影響〉,中國古典文學

研究會主編《二十世紀中國文學》（臺北：學生書局，1992）。

38. 黃耀坊〈王國維詞論中的緣起說〉，中國古典文學研究會主編《二十世紀中國文學》（臺北：學生書局，1992）。

39. 李瑞騰，〈王國維〉，《晚清文學思想論》（臺北：漢光文化事業，1992）。

40. 陳良運，《中國詩學體系論》（北京：中國社會科學出版社，1992）。

41. 彭修銀，〈第六章：王國維獨創的美學範疇系統〉，《美學範疇論》（臺北：文津出版社，1993）。

42. 謝桃坊，〈第五章：王國維建立詞學體系的嘗試及其意義〉，《中國詞學史》（成都：巴蜀書社，1993）。

43. 溫儒敏，〈王國維文學批評的現代性〉，《中國現代文學批評史》（北京：北京大學出版社，1993）。

44. 陳永明，〈從《人間詞話》看《人間詞》〉及〈王國維《人間詞話》新詁〉，《中國文學散論》（臺北：書林出版，1994）。

45. 黃保真、成復旺、蔡鍾翔，〈王國維的資產階級「純粹」文藝哲學〉，《中國文學理論史：清代民初時期》（北京：北京出版社，1987）。

46. 周勛初，〈王國維集資產階級美學之大成〉，《中國文學批評小史》（高雄：麗文文化公司，1994）。

（二）期刊部分

1. 張本楠，〈王國維的「古雅說」〉，《美學研究》，1988年1月。

2. 佛雛，〈《王國維哲學美學佚文證補》序言〉，《揚州師院學報》第二期（總第87期），1992年6月。

3. 鐘明奇，〈站在世紀文化之交的十字路口上——王國維《紅樓夢憑論》的歷史性貢獻及其謬誤〉，《華東師範大學》第二期（總第106期），1993年3月。

4. 張貞林、馬廣先，〈關於「境界」的哲學思考〉，《殷都學刊》第二期（總第48期），1993年4月。

5. 呂孝龍，〈引進、融合與更新——王國維美學思想論〉，《雲南師範大學》第二期（總第25卷），1993年4月。

6. 佛雛，〈讀靜安詩文隨札〉，《揚州師院學報》第二期（總第91期），1993年6月。

7. 夏中義，〈「天才說」：從王國維到叔本華〉，《社會科學》第一期（總第161期），1994年1月。

8. 柯尊全，〈王國維的古雅理論〉，《美學》第三期，1994年4月。

9. 孫景陽，〈無我之境——詩歌藝術的最高境界〉，《湖南師範大學社會

科學學報》第 23 卷第三期（總第 101 期），1994 年 5 月。

10. 蔡報文，〈「有我之境」與「無我之境」（兼與葉朗先生商榷）〉，《美學》第十期，1994 年 11 月。

11. 郭志今，〈王國維早期的文學批評〉，《浙江學刊》第一期（總第 90 期），1995 年 1 月。

12. 柯漢琳，〈王國維「有我之境」與「無我之境」新論〉，《美學》第二期，1995 年 3 月。

四、其它相關參考書目（按類別編排）

（一）專書與單篇部分

1. 汪中選注，《詩品注》（臺北：正中書局，1969）。

2. 祖保泉，《司空圖詩品注釋及譯文》，（臺北：商務印書館，1966）。

3. 嚴羽著、郭紹虞校釋，《滄浪詩話校釋》（北京：人民文學出版社，1983）。

4. 弘征，《司空圖詩品今譯.簡析.附例》（寧夏：人民出版社，1984）。

5. 葉太平，《中國文學的精神世界》（臺北：正中書局，1994）。

6. 任仲倫，《中國山水審美文化》（上海：同濟大學，1991）。

7. 曾祖蔭，《中國古代美學範疇》（臺北：丹青出版社）。

8. 徐復觀，《中國藝術精神》（臺北：學生書局，1976）。

9. 涂光社，《勢與中國藝術》（北京：中國人民出版社，1990）。

10. 陳鐘凡，《漢魏六朝文學》（臺北：臺灣商務印書館，1966）。

11. 顏崑陽，〈中國古典文學批評術語疏解十則〉，《六朝文學觀念叢論》（臺北：正中書局，1993）。

12. 牟宗三，《才性與玄理》（臺北：學生書局，1993）。

13. 葉嘉瑩，〈從元遺山論詩絕句談謝靈運與柳宗元的詩與人〉，《中國古典詩歌評論集》（臺北：純真出版社，1983）。

14. 李淼，《禪宗與中國古代詩歌藝術》（高雄：麗文化公司，1993）。

15. 張文勛，〈禪理、禪境和禪趣──皎然的詩論和詩歌創作〉，《儒道佛美學思想探索》（北京：中國社會科學出版社，1988）。

16. 呂正惠，《抒情傳統與政治現實》（臺北：大安出版社，1989）。

17. 蔡英俊，〈「風格」的界義及其與中國文學批評理念的關係〉，中國古典文學研究會主編《文心雕龍綜論》（臺北：學生書局，1988）。

18. 劉若愚著、杜國清譯，《中國文學理論》（臺北：聯經出版社，1981）。

19. 韓瑞屈・沃夫林著、曾雅雲譯,《藝術史的原則》(臺北:雄獅圖書,1987)。

20. Rene Wellek & Warren,《文學理論》(臺北:水牛圖書,1991)。

21. 〔美〕戴維斯・麥克羅伊著、沈志遠審譯,《存在的原史憂慮——存在主義的文學運用》(臺北:結構出版群,1989)。

22. 馬丁・海德格著、孫周興譯,《林中路》(臺北:時報文化出版,1994)。

23. 羅蘭・巴特著、洪顯勝譯,《符號學要義》(台北:南方叢書出版社,1989)。

24. 王萬儀,《經驗與形式之間——姜夔的遊士生涯與詞作關係的研究》,清大中文所碩士論文,1994 年 7 月。

25. 吳若梅,《謝靈運的政治生涯與其山水詩的關係》,清大中文所碩士論文,1993 年 7 月。

(二)期刊部分

1. 董洪川,〈中西抒情詩「情」、「景」表現模式比較論〉,《重慶師院學報》第三期,1994 年 9 月。

2. 王濟民,〈中國詩學本體論:詩言「性情」——兼及幾個同類詩學命題〉,《華中師範大學》第四期,1994 年 7 月。

3. 施逢雨,〈「旁通」與「寄託」——兩種解讀詩詞的特殊方式〉,《清華學報》新 23 卷,第 1 期,1993 年 3 月。